沈从文 著
卓雅 摄影

沈从文的
湘西故事

神之
再现

北京时代华文书局

图书在版编目（CIP）数据

神之再现 / 沈从文著；卓雅摄影 . —北京：北京时代华文书局，2023.6
（沈从文的湘西故事 / 卓雅主编）
ISBN 978-7-5699-4911-7

Ⅰ . ①神… Ⅱ . ①沈…②卓… Ⅲ . ①中篇小说－小说集－中国－现代②短篇小说－小说集－中国－现代Ⅳ . ① I246.7

中国国家版本馆 CIP 数据核字（2023）第 012792 号

SHEN ZHI ZAIXIAN

出 版 人：陈　涛
项目策划：文汇雅聚
责任编辑：李　兵
特约编辑：鞠　俊
装帧设计：程　慧　周　丹
责任印制：訾　敬

出版发行：北京时代华文书局 http://www.bjsdsj.com.cn
　　　　　北京市东城区安定门外大街 138 号皇城国际大厦 A 座 8 层
　　　　　邮编：100011　电话：010-64263661　64261528

印　　刷：北京盛通印刷股份有限公司
开　　本：640 mm×960 mm　1/16　　成品尺寸：150 mm×230 mm
印　　张：24.5　　　　　　　　　　字　　数：333 千字
版　　次：2024 年 1 月第 1 版　　　印　　次：2024 年 1 月第 1 次印刷
定　　价：68.00 元

版权所有，侵权必究

本书如有印刷、装订等质量问题，本社负责调换，电话：010-64267955。

谈写游记

写游记像是一件最不费力的工作，因为凡是一个中小学生，就摇有机会在作文本子上做过我篇游记的练习。五于一个作家呢，只要他旅行，自然就有许多可写好事、物，摆在眼前，情形常是这样，好游记多不怎么多。编教科书和选奉的人，将要你一层体会到，古今游记浩如烟海，列入选时常费斟酌。既我个人意见，水经注容易得人记了。但有千部万字草是佳作。记花园还有对人的褒贬寓好意，洛阳名园记也是于草是佳作，记花园的意。其实洛阳伽蓝记中一部分，因样了草作游记，值得现代甲人效法。轻那种轻艺短、叙述中经我们一种重要启示，不好游记和好诗歌差不多，有多量作品不一定要字数多，不必分行排得像是诗。好游

小船溽口一边是一道长长的青苍崖壁，一边是一个

裸露着大片石头的平滩，其时正有几个赶乡场的乡下人，肩上背上挑负着箩、筐……沿着悬崖下边水边小路走向渡头。⃝渡船上有个接双辫女孩子，挽动缆索，把另外一批人送过江水东边。悬崖上有一列大树，尽是些习惯甘受风水摧残下来的，正如同晚来对于什么新发生事情全不吃惊，依然静静的看着这一切，⃝初乙来到这个渡口的我，多不能不对于这境⃝给我的印象和联想

异常感喟！因为实在太和我二十五年前写到的一个地方景物相近了。我无然置身于这么一个地方，一切十分新，一切又那么旧，正像不佳是我用笔写过子年前后，唐代的诗人，宋代的画家，前后虽不同时，也都同样由于一时曾置身到相似自然环境

诗

溪水流到这里被四周群山约束成一小潭，大小约半里样子，当地人叫伯主潭。冬水瘦时，许多部分都露出一堆堆石头，披阳光漂浮白云的天空，潭绿水，清碧澄澈，反映着一磐群山倒影，还显得分外动人。冬汛来时，石砌成的撮箕形渡口由方舟渡起，颈处是往来人设计。

潭上游一里还有一支老式小渡船，倚着横贯潭中那条竹缆索，由一个掌渡船的人拉动缆索，来回渡人。此即风景习惯里作成"野渡无人舟自横"的姿式，拦在靠西一边石滩头为了便于不知多少年来，经常都是那么拦在下，镇日长闲，和一般自然景色打成一片，若山一直在冬日阳光下沉睡，但是这千沉睡时代已过去了，大凌已经日不断有吼着叫着的各式各样车辆闹上方岂建凌，小渡船也大庙以北京碧云寺迤北的地方小峪口人家的雅话叫很，那地方出城八十夹猞，出纸，出边炮。造船厂规模很像个样子，大油坊长年在打油了铺，摇电是歌，问来晒油篓时必有几千个抛到河中且长至大木笼停泊，这大而好黄的船只停泊处，这些大船，尾皆高到两丈左右，渡船从下面过身时你船必愉恰对住一间大屋，那上面还用瓷瓷的一个桶字或顺字。又出鱼，大浮很。但这不碰舵却搭说立教十年方更坏时十年家我们那里时已衰废了的。

菱菽长废的原因当然是好边跳了沙雕，不便停船，水这段了才向富蕙也跑之而去了。正因的那些家子的神氣大屋犬庙大船，犬地方，音蕙都衰却称，故看起来尤其动人。我还驻掠走那个庙裡半个月到廿天，属于守庙第一厢，那庙裡精上的话的像也毠很，还有个大遊樣子的塔，当玉立丈，左一个大殿菩磕上面用木砌成全是菩薩，合装个人少笺好素地时，佗听到一种猱人的声音，我吟到太空。这东西中吧的庙裡如年不多，九救達大庙好像匹不美奥乡地好。

那，我船又立上一个大雕了，名为横石，船下行时使必需选过迂冰，上行时未果是几大船，也抬费轻，但小船倒还方便，不到廿分锺我会可以完事的。这时船已到了大滩裡，我把善很图到了的的抨，菩果没把我拾去，我也过了个佯。

这时上我必的一隻大船碎生急流裡，我小船據善纪止去，我还看好的会合活动，与发展。觉悟着重于认识结合自己的实践入，这种新型的文学作品，对我们这一代没有见过小说有好而坏的印象对人家观，尤其是因此理解人的善良。善良在当时代过渡期是不如这于生存好这为无用，更为害事，但一个人的本质是要经善良发展的。一切文学都各个深度，印象体力对于人的理解，及发展一变化中的关你。一切作品体也结合种种不同人事上的阅历，及发展变化中的道理。且下说这政治觉悟似多种多或大流入，都离不开表现和事。这不仅是生活经验和政治性高度热情即成事，还要些应当渡更多方面来培养的东西。也近于这种质上提高的问题，不是抽象教条和斗多经验印的成了。

应该一切优秀作品经文化多部门去学习，当把读书学习领域展宽，会对子人，对于事，都子体会浸一些。唐事这理解和学忠善，吃对人之观的经思考，打掌 会不同得多。用这些生命会日益丰富起来，因的左个人以外，还有千万种不同意察，左多种不同性形中存有人善生。到此些知子代史上多部门成就解解时，你也把会得到很多子启发的。

的人生了。初到北京时，黄于栈点荷号的使用我还不大明白身边唯一老师是一部史记，随後不久又才得到一本破旧圣经。这两部作品中我反復阅读中我得到许多启盖的启發，并且学习了许多叙事抒情的基本知识。可是玄安隙底用自然产十分遥远。当时想读城业学校又进魏二作无出路可得，只有每天到宣武门内京师圖书馆去看书。不间新舊，能看懂的就看。同时自觉和在乡村部隊中时一样，有更多機会圖读社会那本大书。甚时正是军阀分割火併时期，彼此利益矛盾，随时都可在口内某一地区爆發大战。住在北京城裏的口会议甘员，因为

選集題記

沈从文

一九二一年左右，五四運動餘波到達湘西。那時節我正在沅水流域保靖縣一個土著軍隊部隊中作司書，曾過了好幾年現在文學青年不易設想的生活，也因之看過了舊中國社會一小角陽种之好或壞的景象。在這種情形下，來自新文化報刊的，書契中所提出的新的社會理想希望，于是煽起了我追求知識進求光明的勇氣。由一個荒僻小縣，跑到了百萬市民居住的北京城。從此以後正由於在我那個自傳末尾所說的，就「開始進到一個永遠學習基業的學校，來學永遠學不盡

我的写作与水的关系

在我一千多个传裏，我曾经提到过水给我的种种印象。筆演小小的河流，注洋万顷的大海，莫不对于我有过大的帮助。我学会用小小脑子去思索一切，金钱得是水，我对于宇宙认识泛冰一些，也都得是水。

"孤独一春在你缺少一切的时才节，你就去发视原来还有个你自己！"这是一句真话。我由自己的生活与思想方以说是曾经孤陰得来的。我的教育，也是从孤独中得来的。坐而速孤独与水不能分开。

年经六岁七岁时节，私塾在我看来实在是个放去思的比方。我不能忍受那个偏窄的天地，无论如何总得想去方法到学校以外的日光下去生活，去一些别的把书塾里那种小小的日光下去生活，去一些别的把书塾里那种用草稻子作下了二十记号，搁在奉街主地堂的木偶身背後，就一浔酒着全身地们到城外去，钻入离乡及身的禾林裏捕捉来捉上的蚱蜢，虽肩背为到月西烘炎，也竟不在意。耳朵中只听到叉斯蚂蜢振翅翅的声音，全個心思便頒去迎接那种緑色黄色跳跃的小生物，彩绣着，成浮来的东西已塞满了，方刻何迪去洗清浮，拾些乾葉枯枝，用野

我的写作与水的关系

沈从文

在我一个自传里,我曾经提到过水给我的种种印象。檐溜,小小的河流,汪洋万顷的大海,莫不对于我有过极大的帮助,我学会用小小脑子去思索一切,全亏得是水,我对于宇宙认识得深一点,也亏得是水。

"孤独一点,在你缺少一切的时节,你就会发现原来还有个你自己。"这是一句真话。我有我自己的生活与思想,可以说是皆从孤独得来的。我的教育,也是从孤独中得来的。然而这点孤独,与水不能分开。

年纪六岁七岁时节,私塾在我看来实在是个最无意思的地方。我不能忍受那个逼窄的天地,无论如何总得想出方法到学校以外的日光下去生活。大六月里与一些同街比邻的坏小子,把书篮用草标各作下了一个记号,搁在本街土地堂的木偶身背后,就洒着手与他们到城外去,钻入高可及身的禾林里,捕捉禾穗上的蚱蜢,虽肩背为烈日所烤炙,也毫不在意。耳朵中只听到各处蚱蜢振翅的声音,全个心思只顾去追逐那种绿色黄色跳跃伶便的小生物。到后看看所得来的东西已尽够一顿午餐了,方到河边去洗濯净,拾些干草枯枝,用野火来烧烤蚱蜢,把这些东西当饭吃。直到这些小生物完全吃尽后,大家于是脱光了身子,用大石压着衣裤,各自从悬崖高处向河水中跃

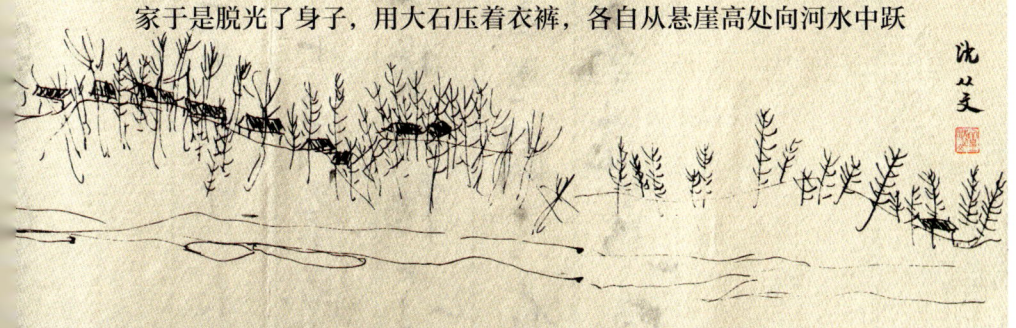

去。就这样泡在河水里,一直到晚方回家去,挨一顿不可避免的痛打。有时正在绿油油禾田中活动,有时正泡在水里,六月里照例的行雨来了,大的雨点夹着吓人的霹雳同时来到,各人匆匆忙忙逃到路坎旁废碾坊下或大树下去躲避,雨落得久一点,一时不能停止,我必一面望着河面的水泡,或树枝上反光的叶片,想起许多事情……所捉的鱼逃了,所有的衣湿了,河面溜走的水蛇,钉固在大腿上的蚂蟥,碾坊里的母黄狗,挂在转动不已大水车上的起花人肠子,因为雨,制止了我身体的活动,心中便把一切看见的经过的皆记忆温习起来了。

也是同样的逃学,有时阴雨天气,不能向河边走去,我便上山或到庙里去,在庙前庙后树林或竹林里,爬上了这一株,到上面玩玩后,又溜下来爬另外一株。若所爬的是竹子,必在上面摇荡一会,爬的是树木,便看看上面有无鸟巢或啄木鸟孵卵的孔穴。雨落大了,再不能做这种游戏时,就坐在楠木树下或庙门前石阶上看雨。既还不是回家的时候,一面看雨一面自然就需要温习那些过去的经验,这个日子方能发遣开去。雨落得越长,人也就越寂寞。在这时节想到一切好处也必想到一切坏处。那么大的雨,回家去说不定还得全身弄湿,不由得有点害怕起来,不敢再想了。我于是走到庙廊下去,为做丝线的人牵丝,为制棕绳的人摇绳车。这些地方每天照例有这种工人做工,而且这种工人照例又还是我很熟习的人。也就因为这种雨,无从掩饰我的劣行,回到家中时,我便更容易被罚跪在仓屋中。在那间空洞寂寞的仓屋里,听着外面檐溜滴沥声,我的想象力却更有了一种很好训练的机会。我得用回想与幻想补充我所缺少的饮食,安慰我所得到的痛苦。我因恐怖得去想一些不使我再恐怖的生活,我因孤寂又得去想一些热闹事情方不至于过分孤寂。

到十五岁以后，我的生活同一条辰河无从离开，我在那条河流边住下的日子约五年。这一大堆日子中我差不多无日不与河水发生关系。走长路皆得住宿到桥边与渡头，值得回忆的哀乐人事常是湿的。至少我还有十分之一的时间，是在那条河水正流与支流各样船只上消磨的。从汤汤流水上，我明白了多少人事，学会了多少知识，见过了多少世界！我的想象是在这条河水上扩大的。我把过去生活加以温习，或对未来生活有何安排时，必依赖这一条河水。这条河水有多少次差一点儿把我攫去，又幸亏它的流动，帮助我做着那种横海扬帆的远梦，方使我能够依然好好地在人世中过着日子！

再过五年，我手中的一支笔，居然已能够尽我自由运用了，我虽离开了那条河流，我所写的故事，却多数是水边的故事。故事中我最满意的文章，常用船上水上作为背景，我故事中人物的性格，全为我在水边船上所见到的人物性格。我文字中一点忧郁气氛，便因为被过去十五年前南方的阴雨天气影响而来。我文字风格，假若还有些值得注意处，那只因为我记得水上人的言语太多了。

再过五年后，我的住处已由干燥的北京移到一个明朗华丽的海边。海既那么宽泛无涯无际，我对人生远景凝眸的机会便较多了些。海边既那么寂寞，它培养了我的孤独心情。海放大了我的感情与希望，且放大了我的人格。

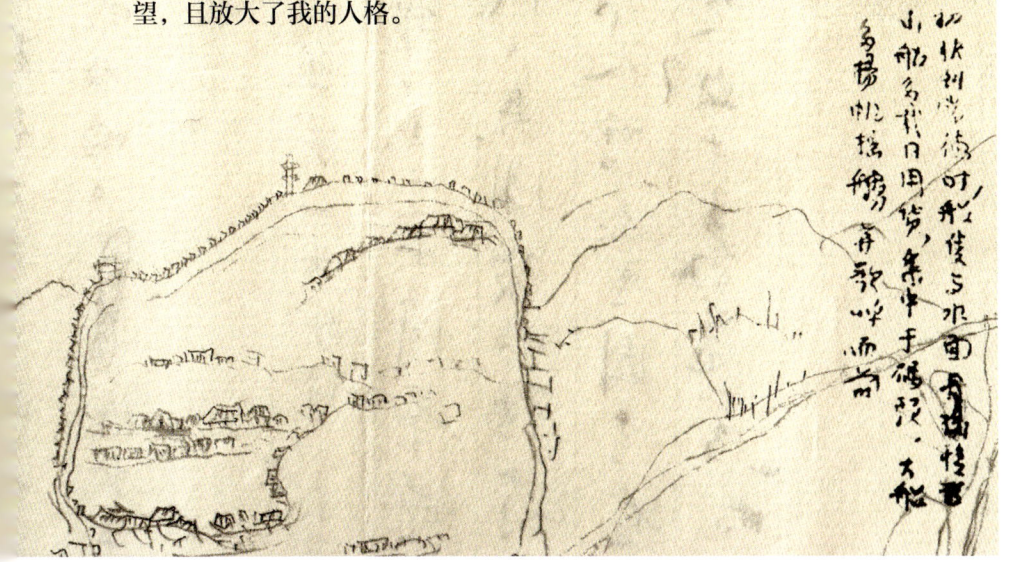

1929年沈从文在上海

永恒的湘西和沈从文

黄永玉

八十年代表叔住崇文门期间,有一天他病了,我去看他,坐在他的床边,他握着我的手说:"多谢你邀我们回湘西,你看,这下就回不去了!"我说:"病好了,选一个时候,我们要认真回一次湘西,从洞庭湖或是常德、沅陵找两只木船,按你文章写过的老路子,一个码头一个码头再走一遍,写几十年来新旧的变化,我一路给你写生插图,弄它三两个月。"

他眼睛闪着光:"那么哪个弄菜弄饭呢?"我说可以找个厨子大师傅随行。

"把曾祺叫在一起,这方面他是个里手,不要再叫别人了。"

之后,表叔的病情加重,直到逝世;随之曾祺也去世了。

这点想法一直紧缠着我。我告诉过刘一友,也跟卓雅谈过,后来又跟吉首大学的游校长交流更具体的方案和计划,也都是说说而已,"自是人生长恨水长东"矣!

想想看,如果表叔的身体得到复元,三人舟行计划能够实现,可真算得上是最后一个别开生面的"沈从文行为艺术"了。真是可惜!

卓雅重掀波澜的意义就在这里,我希望有心人顺着这个有趣的命题多为永恒的湘西做点文章。

2009年9月9日于万荷堂

之役，表叔的病情加重，直到逝世。

随之曾祺也去世了。

这點想法一直緊繞着我。我告诉過劉一友，也跟卓雅談過。後来又跟吉首大學的游校長和湖長杜崇烟交流時更具體的方案和計劃，也都是说说而已。自是人生恨水长東矣！想想看，如果表叔的身體不到復元，三人舟行計劃能夠實現，可真真以上是（最低）個别開生面的"沈從文行為藝術"了。真是可惜！

卓雅擬重撩皮阆的意義就在這裡，我希望有心人顺着這个有趣的命题為爲永恆的湘西做點文章。

二〇〇九年九月九日於萬荷堂

永恆的湘西和沈從文　黃永玉

八十年代表叔住崇文門期間，有一天他病了，我去看他，坐在他的床邊，他握著我的手說：「多謝你邀我們回湘西，你看，這下就回不去了。」我說：「病好了選一個時候，我們再認真回一次湘西，洞庭湖或是常往，沅陵我兩隻木船，按你文章寫過的老路子，一個碼頭一個碼頭再走一遍，寫幾十年來新舊的變化，我一路給你寫生插圖。弄完三兩個月，他眼睛閃著光：「那麼哪個弄菜弄飯呢？」我說可以找個廚子大師傅隨行。

「把曾祺叫在一起，這方面他是千里美，不高再叫別人了。」

目录

我的写作与水的关系
永恒的湘西和沈从文

龙朱	001
媚金·豹子·与那羊	031
月下小景	049
凤子（节选）	069
阿金	151
柏子	161
七个野人与最后一个迎春节	173
往昔之梦	189
瑞龙	201
夜渔	213
腊八粥	221
更夫阿韩	227

草绳	237
市集	245
街	251
屠桌边	257
渔	265
屠夫	283
道师与道场	299
新与旧	317
牛	329
石子船	349
后记	367

龙朱

写在"龙朱"一文之前

这一点文章,作在我生日,送与那供给我生命,父亲的妈,与祖父的妈,以及其同族中仅存的人一点薄礼。

血管里流着你们民族健康的血液的我,二十七年的生命,有一半为都市生活所吞噬,中着在道德下所变成虚伪庸懦的大毒,所有值得称为高贵的性格,如像那热情、与勇敢、与诚实,早已完全消失殆尽,再也不配说是出自你们一族了。

你们给我的诚实、勇敢、热情、血质的遗传,到如今,向前证实的特性机能已荡然无余,生的光荣早随你们已死去了。皮面的生活常使我感到悲恸,内在的生活又使我感到消沉。我不能信仰一切,也缺少自信的勇气。

我只有一天忧郁一天下来。忧郁占了我过去生活的全部,未来也仍然如骨附肉。你死去了百年另一时代的白耳族王子,你的光荣时代,你的混合血泪的生涯,所能唤起这被现代社会蹂躏过的男子的心,真是怎样微弱的反应!想起了你们,描写到你们,情感近于被阉割的无用人,所有的仍然还是那忧郁!

第一　说这个人

白耳族苗人中出美男子，仿佛是那地方的父母全曾参预过雕塑阿波罗神的工作，因此把美的模型留给儿子了。族长儿子龙朱年十七岁，为美男子中之美男子。这个人，美丽强壮像狮子，温和谦驯如小羊。是人中模型。是权威。是力。是光。种种比譬全是为了他的美。其他的德行则与美一样，得天比平常人都多。

提到龙朱相貌时，就使人生一种卑视自己的心情。平时在各样事业得失上全引不出妒嫉的神巫，因为有次望到龙朱的鼻子，也立时变成小气，甚至于想用钢刀去刺破龙朱的鼻子。这样与天作难的倔强野心却生之于神巫，到后又却因为这美，仍然把这神巫克服了。

白耳族，以及乌婆、猓猓、花帕、长脚各族，人人都说龙朱相貌长得好看，如日头光明，如花新鲜。正因为说这样话的人太多，无量的阿谀，反而烦恼了龙朱了。好的风仪用处不是得阿谀。（龙朱的地位，已就应当得到各样人的尊敬歆羡了。）既不能在女人中煽动勇敢的悲欢，好的风仪全成为无意思之事。龙朱走到水边去，照过了自己，相信自己的好处，又时时用铜镜观察自己，觉得并不为人过誉。然而结果如何

左图：
白耳族苗人中出美男子，仿佛是那地方的父母全曾参预过雕塑阿波罗神的工作，因此把美的模型留给儿子了。

右图：
在任何民族中，女子们，不能把神做对象，来热烈恋爱，来流泪流血，不是自然的事么？

呢？因为龙朱不像是应当在每个女子理想中的丈夫那么平常，因此反而与妇女们离远了。

女人不敢把龙朱当成目标，做那荒唐艳丽的梦，并不是女人的错。在任何民族中，女子们，不能把神做对象，来热烈恋爱，来流泪流血，不是自然的事么？任何种族的妇人，原永远是一种胆小知分的兽类，要情人，也知道要什么样情人为合乎身份。纵其中并不乏勇敢不知事故的女子，也自然能从她的不合理希望上得到一种好教训。相貌堂堂是女子倾心的原由，但一个过分美观的身材，却只作成了与女子相远的方便。谁不承认狮子是孤独？狮子永远是孤独，就只为了狮子全身的纹彩与众不同。

也从无一个女人，敢把她绣成的荷包，掷到龙朱身边来。也从无一个女人，敢把自己姓名与龙朱姓名编成一首歌，来到跳年时节唱。

龙朱因为美，有那与美同来的骄傲不？凡是到过青石冈的苗人，全都能赌咒作证，否认这个事。人人总说总爷的儿子，从不用地位虐待过人畜，也从不闻对长年老辈妇人女子失过敬礼。在称赞龙朱的人口中，总还不忘同时提到龙朱的相貌。全寨中，年青汉子们，有与老年人争吵事情时，老人词穷，就必定说，我老了，你青年人，干吗不学龙朱谦恭对待长辈？这青年汉子，若还有羞耻心存在，必立时遁去，不说话，或立即认错，作揖赔礼。一个妇人与人谈到自己儿子，总常说，儿子若能像龙朱，那就卖自己与江西布客，让儿子得钱花用，也愿意。所有未出嫁的女人，都想自己将来有个丈夫能与龙朱一样。所有同丈夫吵嘴的妇人，说到丈夫时，总说你不是龙朱，真不配管我磨我;你若是龙朱,我做牛做马也甘心情愿。

还有,一个女人同她的情人,在山峒里约会,男子不失约,女人第一句赞美的话总是"你真像龙朱"。其实这女人并不曾同龙朱有过交情,也未尝听到谁个女人同龙朱约会过。

一个长得太标致了的人,是这样常常容易为别人把名字放到口上咀嚼!

龙朱在本地方远远近近,得到的尊敬爱重,是如此。然而他是寂寞的。这人是兽中之狮,永远当独行无伴!

在龙朱面前,人人觉得是卑小,把男女之爱全抹杀,因此这族长的儿子,却永无从爱女人了。女人中,属于乌婆族,以出产多情多才貌女子著名地方的女人,也从无一个敢来在龙朱面前,闭上一只眼,荡着她上身,同龙朱挑情。也从无一个女人,敢把她绣成的荷包,掷到龙朱身边来。也从无一个女人,敢把自己姓名与龙朱姓名编成一首歌,来到跳年时节唱。然而所有龙朱的亲随,所有龙朱的奴仆,又正因为美,正因为与龙朱接近,如何在一种沉醉狂欢中享受这些年青女人小嘴长臂的温柔!

"寂寞的王子,向神请求帮忙吧。"

使龙朱生长得如此壮美,是神的权力,也就是神所能帮助龙朱的唯一事。至于要女人倾心,是人为的事啊!

要自己,或他人,设法使女人来在面前唱歌,狂中裸身于草席上面献上贞洁的身,只要是可能,龙朱不拘牺牲自己所有何物,都愿意。然而不行。任怎样设法,也不行。七梁桥的洞口终于有合拢的一日,有人能说在这高大山洞合拢以前,龙朱能够得到女人的爱,是不可信的事。

不是怕受天责罚,也不是另有所畏,也不是预言者曾有明示,也不是族中法律限止,自自然然,所有女人都将她的爱情,给了一个男子,轮到龙朱却无分了。民族中积习,折磨了天才与英雄,不是在事业上粉骨碎身，便是在爱情中退位落伍，这不是仅仅白耳族王子的寂寞，他一种族中人，总不缺少同样故事！

在寂寞中龙朱是用骑马猎狐以及其他消遣把日子混过了。

日子过了四年，他二十一岁。

四年后的龙朱，没有与以前日子龙朱两样处，若说无论如何可以指出一点不同来，那就是说如今的龙朱，更像一个好情人了。年龄在这个神工打就的身体上，加上了些更表示"力"的东西，应长毛的地方生长了茂盛的毛，应长肉的地方增加了结实的肉。一颗心，则同样因为年龄所补充的，是更其能顽固地预备要爱了。

他越觉得寂寞。

虽说七梁洞并未有合拢，二十一岁的人年纪算青，来日正长，前途大好，然而什么时候是那补偿填还时候呢？有人能作证，说天所给别的男子的，幸福与苦恼，也将同样给龙朱么？有人敢包，说到另一时，总有女子来爱龙朱么？

白耳族男女结合，在唱歌。大年时，端午时，八月中秋时，以及跳年刺牛大祭时，男女成群唱，成群舞，女人们，各穿了峒锦衣裙，各戴花擦粉，供男子享受。平常时，在好天气下，或早或晚，在山中深洞，在水滨，唱着歌，把男女吸到一块来，即在太阳下或月亮下，成了熟人，做着只有顶熟的人可做的事。在此习惯下，一个男子不能唱歌他是种羞辱，一个女子不能唱歌她不会得到好的丈夫。抓出自己的心，放在爱人的面前，方法不是钱，不是貌，不是门阀也不是假装的一切，只有真实热情的歌。所唱的，不拘是健壮乐观，是忧郁，是怒，是恼，是眼泪，总之还是歌。一个多情的鸟绝不是哑鸟。一个人在爱情上无力勇敢自白，那在一切事业上也全是无希望可言，这样人决不是好人！

那么龙朱必定是缺少这一项，所以不行了？

事实又并不如此。龙朱的歌全为人引作模范的歌，用歌发誓的男

大年时，端午时，八月中秋时，以及跳年刺牛大祭时，男女成群唱，成群舞，女人们，各穿了峒锦衣裙，各戴花擦粉，供男子享受。

子妇人，全采用龙朱誓歌那一个韵。一个情人被对方的歌窘倒时，总说及胜利人拜过龙朱作歌师傅的话。凡是龙朱的声音，别人都知道。凡是龙朱唱的歌，无一个女人敢接声。各样的超凡入圣，把龙朱摒除于爱情之外，歌的太完全太好，也仿佛成为一种吃亏理由了。

　　有人拜龙朱作歌师傅的话，也是当真的。手下的用人，或其他青年汉子，在求爱时腹中歌词为女人逼尽，或者爱情扼着了他的喉咙，歌不出心中的事时，来请教龙朱，龙朱总不辞。经过龙朱的指点，结果是多数把女子引到家，成了管家妇。或者到山峒中，互相把心愿了销。熟读龙朱的歌的男子，博得美貌善歌的女人倾心，也有过许多人。但是歌师傅永远是歌师傅，直接要龙朱教歌的，总全是男子，并无一个青年女人。

龙朱是狮子，只有说这个人是狮子，可以使我们对于他的寂寞得到一种解释！

年青女人到什么地方去了呢？懂到唱歌要男人的，都给一些歌战胜，全引诱尽了。凡是女人都明白情欲上的固持是一种痴处，所以女人宁愿意减价卖出，无一个敢屯货在家。如今是只能让日子过去一个办法，因了日子的推迁，希望那新生的犊中也有那不怕狮子的犊在。

龙朱是常常这样自慰着度着每个新的日子的。我们也不要把话说尽，在七梁桥洞口合拢以前，也许龙朱仍然可以遇着与这个高贵的人身份相称的一种机运！

第二　说一件事

中秋大节的月下整夜歌舞，已成了过去的事了。大节的来临，反而更寂寞，也成了过去的事了。如今是九月。打完谷子了。打完桐子了。红薯早挖完全下地窖了。冬鸡已上孵，快要生小鸡了。连日晴明出太阳。天气冷暖宜人。年青妇人全都负了柴耙同笼上坡耙草。各处山坡上都有歌声。各处山峒里，都有情人在用干草铺就并撒有野花的临时床上并排坐或并头睡。这九月是比春天还好的九月。

龙朱在这样时候更多无聊。出去玩，打鸠本来非常相宜，然而一出门，就听到各处歌声，到许多地方又免不了要碰到那成双的人，于是大门也不敢出了。

无所事事的龙朱，每天只在家中磨刀。这预备在冬天来剥豹皮的刀，是宝物，是龙朱的朋友。无聊无赖的龙朱，是正用着那"一日数摩挲剧于十五女"的心情来爱这宝刀的。刀用油在一方小石上磨了多日，光亮到暗中照得见人，锋利到把头发放到刀口，吹一口气发就成两截，然而还是每天把这刀来磨的。

某天，一个比平常日子似乎更像是有意帮助青年男女"野餐"的一天，黄黄的日头照满全村，龙朱仍然磨刀。

在这人脸上有种孤高鄙夷的表情，嘴角的笑纹也变成了一条对生存感到烦厌的线。他时时凝神听察堡外远处女人的尖细歌声，又时时望天空。黄的日头照到他一身，使他身上作春天温暖。天是蓝天，在蓝天作底的景致中，常常有雁鹅排成八字或一字写在那虚空。龙朱望到这些也不笑。

什么事把龙朱变成这样阴郁的人呢？白耳族、乌婆族、猩猩、花帕、长脚……每一族的年青女人都应负责，每一对年青情人都应致歉。妇女们，在爱情选择中遗弃了这样完全人物，是维纳斯神不许可的一件事，是爱神的耻辱，是民族灭亡的先兆。女人们对于恋爱不能发狂，不能超越一切利害去追求，不能选她顶欢喜的一个人，不论是白耳族还是乌婆族，总之这民族无用，近于中国汉人，也很明显了。

龙朱正磨刀，一个矮矮的奴隶走到他身边来，伏在龙朱的脚边，用手攀他主人的脚。

龙朱瞥了一眼，仍然不作声，因为远处又有歌声飞过来了。

奴隶抚着龙朱的脚也不作声。

过了一阵，龙朱发声了，声音像唱歌，在揉和了庄严和爱的调子中挟着一点愤懑，说："矮子你又不听我话，做这个样子！"

"主，我是你的奴仆。"

"难道你不想做朋友吗？"

"我的主，我的神，在你面前我永远卑小。谁人敢在你面前平排？谁人敢说他的尊严在美丽的龙朱面前还有存在必须？谁人不愿

意永远为龙朱作奴作婢?谁……"

龙朱用顿足制止了矮奴的奉承,然而矮奴仍然把最后一句"谁个女子敢想爱上龙朱?"恭维得不得体的话说毕,才站起。

矮奴站起了,也仍然如平常人跪下一般高。矮人似乎真适宜于做奴隶的。

龙朱说:"什么事使你这样可怜?"

"在主面前看出我的可怜,这一天我真值得生存了。"

"你太聪明了。"

"经过主的称赞,呆子也成了天才。"

"我问你,到底有什么事?"

左图：

妇女们，在爱情选择中遗弃了这样完全人物，是维纳斯神不许可的一件事，是爱的耻辱，是民族灭亡的先兆。

右图：

"你是一只会唱谄媚曲子的鸟，被欺侮是不会有的事！""但是，主，爱情把仆人变蠢了。""只有人在爱情中变聪明的事。"

"是主人的事，因为主在此事上又可见出神的恩惠。"

"你这个只会唱歌不会说话的人，真要我打你了。"

矮奴到这时，才把话说到身上。这个时候他哭着脸，表示自己的苦恼失望，且学着龙朱生气时顿足的样子。这行为，若在别人猜来，也许以为矮子服了毒，或者肚脐被山蜂所螫，所以做这样子，表明自己痛苦，至于龙朱，则早已明白，猜得出这样的矮子，不出赌输钱或失欢女人两事了。

龙朱不作声，高贵地笑，于是矮子说：

"我的主，我的神，我的事瞒不了你的，在你面前的仆人，是又被一个女子欺侮了。"

"你是一只会唱谄媚曲子的鸟，被欺侮是不会有的事！"

"但是，主，爱情把仆人变蠢了。"

"只有人在爱情中变聪明的事。"

"是的，聪明了，仿佛比其他时节聪明了点，但在一个比自己更聪明的人面前,我看出我自己蠢得像猪。"

"你这土鹦哥平日的本事往什么地方去了?"

"平时哪里有什么本事呢,这只土鹦哥,嘴巴大,身体大,唱的歌全是学来的歌,不中用。"

"把你所学的全唱过,也就很可以打胜仗了。"

"唱过了,还是失败。"

龙朱就皱了一皱眉毛,心想这事怪。

然而一低头,望到矮奴这样矮;便了然于矮奴的失败是在身体,不是在歌喉了,龙朱失笑地说:

"矮东西,莫非是为你相貌把你事情弄坏了?"

"但是她并不曾看清楚我是谁。若说她知道我是在美丽无比的龙朱王子面前的矮奴,那她早为我引到黄虎洞做新娘子了。"

"我不信你。一定是土气太重。"

"主,我赌咒。这个女人不是从声音上量得出我身体长短的人。但她在我歌声上,却把我心的长短量出了。"

龙朱还是摇头,因为自己是即或见到矮人在前,至于度量这矮奴心的长短,还不能够的。

"主,请你信我的话。这是一个美人,许多人唱枯了喉咙,还为她所唱败!"

"既然是好女人,你也就应把喉咙唱枯,为她吐血,才是爱。"

"我喉咙是枯了,才到主面前来求救。"

"不行不行,我刚才还听过你恭维了我一阵,一个真真为爱情绊倒了脚的人,他决不会又能爬起来说别的话!"

"主啊,"矮奴摇着他的大的头颅,悲声地说道,"一个死人在主面前,也总有话赞扬主的完全的美,何况奴仆呢。奴仆是已为爱情绊倒了脚,但一同主人接近,仿佛又勇气勃勃了。主给人的勇气比何首乌补药还强十倍。我仍然要去了。让人家战败了我也不说是主的奴仆，不然别人会笑主用着这样的蠢人，丢了白耳族的光荣！"

矮奴就走了。但最后说的几句话，激起了龙朱的愤怒，把矮子叫着，问，到底女人是怎样的女人。

矮奴把女人的脸、身，以及歌声，形容了一次。矮奴的言语，正如他自己所称，是用一支秃笔与残余颜色，涂在一块破布上的。在女人的歌声上，他就把所有白耳族青石冈地方有名的出产比喻净尽。说到像甜酒，说到像枇杷，说到像三羊溪的鲫鱼，说到像狗肉，仿佛全是可吃的东西。矮奴用口作画的本领并不蹩脚。

在龙朱眼中，是看得出矮奴饿了，在龙朱心中，则所引起的，似乎也同甜酒狗肉引起的欲望相近。他因了好奇，不相信，就为矮奴设法，说同到矮奴一起去看。

正想设法使龙朱快乐的矮奴，见到主人要出去，当然欢喜极了，就着忙催主人快出寨门到山中去。

> 正想设法使龙朱快乐的矮奴，见到主人要出去，当然欢喜极了，就着忙催主人快出寨门到山中去。不到一会，这白耳族的王子就到山中了。

不到一会,这白耳族的王子就到山中了。

藏在一积草后面的龙朱,要矮奴大声唱出去,照他所教的唱。先不闻回声。矮奴又高声唱,在对山,在毛竹林里,却答出歌来了。音调是花帕族中女子的音调。

龙朱把每一个声音都放到心上去,歌只唱三句,就止了。有一句留着待唱歌人解释。龙朱便告给矮奴答复这一句歌。又教矮奴也唱三句出去,等那边解释,歌的意思是:凡是好酒就归那善于唱歌的人喝,凡是好肉也应归善于唱歌的人吃,只是你好的美的女人应当归谁?

女人就答一句,意思是:好的女人只有好男子才配。她且即刻又唱出三句歌来,就说出什么样男子是好男子的称呼。说好男子时,提到龙朱的名,又提到别的个人的名,那另外两个名字却是历史上的美男子名字,只有龙朱是活人,女人的意思是:你不是龙朱,又不是××××,你与我对歌的人究竟算什么人?

"主,她提到你的名!她骂我!我就唱出你是我的主人,说她只配同主人的奴隶相交。"

龙朱说:"不行,不要唱了。"

"她胡说,应当要让她知道是只够得上为主人搭脚的女子!"

然而矮奴见到龙朱不作声,也不敢回唱出去了。龙朱的心是深深沉到刚才几句歌中去了,他料不到有女人敢这样大胆。虽然许多女子骂男人时,都总说:"你不是龙朱。"这事却又当别论了。因为这时谈到的正是谁才配爱她的问题,女人能提出龙朱名字来,女人骄傲也就可知了。龙朱想既然是这样,就让她先知道矮奴是自己的用人,再看情形是如何。

于是矮奴照到龙朱所教的,又唱了四句。歌的意思是:吃酒糟的人何必说自己量大,没有根柢的人也休想同王子要好,若认为掺了水的酒总比酒糟还行,那与龙朱的用人恋爱也就可以写意了。

然而矮奴见到龙朱不作声，也不敢回唱出去了。龙朱的心是深深沉到刚才几句歌中去了，他料不到有女人敢这样大胆。

谁知女子答得更妙，她用歌表明她的身份，说，只有乌婆族的女人才同龙朱用人相好，花帕族女人只有外族的王子可以论交，至于花帕苗中的自己，是预备在白耳族与男子唱歌三年，再来同龙朱对歌的。

矮子说："我的主，她尊视了你，却小看了你的仆人，我要解释我这无用的人并不是你的仆人，免得她耻笑！"

龙朱对矮奴微笑，说："为什么你不应当说'你对山的女子，胆量大就从今天起来同我龙朱主人对歌'呢？你不是先才说到要她知道我在此，好羞辱她吗？"

矮奴听到龙朱说的话，还不很相信得过，以为这只是主人的笑话。他哪里会想到主人因此就会爱上这个狂妄大胆的女人。他以为女人不知对山有龙朱在，唐突了主人，主人纵不生气，自己也应当生气。告女人龙朱在此，则女人虽觉得羞辱了，可是自己的事情也完了。

龙朱见矮奴迟疑，不敢接声，就打一声吆喝，让对山人明白，表示还有接歌的气概，尽女人起头。龙朱的行为使矮奴发急，矮奴说："主，你在这儿我是没有歌了。"

"你照到意思唱，问她胆子既然这样大，就拢来，看看这个如虹如日的龙朱。"

"我当真要她来？"

"当真！要来我看是什么女人，敢轻视我们白耳族说不配同花帕族女子相好！"

矮奴又望了望龙朱，见主人情形并不是在取笑他的用人，就全答应下来了。他们于是等待着女子的歌声。稍稍过了些时间，女子果然又唱起来了。歌的意思是：对山的雀你不必叫了，对山的人你也不必唱了，还是想法子到你龙朱王子的奴仆前学三年歌，再来开口。

矮奴说："主，这话怎么回答？她要我跟龙朱的用人学三年歌，再开口，她还是不相信我是你最亲信的奴仆，还是在骂我白耳族的全体！"

龙朱告矮奴一首非常有力的歌，唱过去，那边好久好久不回。矮奴又提高喉咙唱。回声来了，大骂矮子，说矮奴偷龙朱的歌，不知羞，至于龙朱这个人，却是值得在走过的路上撒花的。矮子烂了脸，不知所答。年青的龙朱，再也不能忍下去了，小小心心，压着了喉咙，平平地唱了四句。声音的低平仅仅使对山一处可以明白，龙朱是正怕自己的歌使其他男女听到，因此哑喉半天的。龙朱的歌意思就是说：唱歌的高贵女人，你常常提到白耳族一个平凡的名字使我惭

龙朱告矮奴一首非常有力的歌，唱过去，那边好久好久不回。矮奴又提高喉咙唱。

愧，因为我在我族中是最无用的人，所以我族中男子在任何地方都有情人，独名字在你口中出入的龙朱却仍然是独身。

不久，那一边像思索了一阵，也幽幽地唱和起来了，歌的是：你自称为白耳族王子的人我知道你不是，因为这王子有银钟的声音，本来拿所有花帕苗年青的女子供龙朱作垫还不配，但爱情是超过一切的事情，所以你也不要笑我。所歌的意思，极其委婉谦和，音节又极其整齐，是龙朱从不闻过的好歌。因为对山的女人不相信与她对歌的是龙朱，所以龙朱不由得不放声唱了。

这歌是用白耳族顶精粹的言语，自白耳族顶纯洁的一颗心中摇着，从白耳族一个顶甜蜜的口中喊出，成为白耳族顶热情的音调，这样一来所有一切声音仿佛全哑了。一切鸟声与一切远处歌声，全成了这王子歌时和拍的一种碎声，对山的女人，从此沉默了。

龙朱的歌一出口，矮奴就断定了对山再不会有回答。这时等了一阵，还无回声，矮奴说："主，一个在奴仆当来是劲敌的女人，不等主的第二句歌已压倒了。这女人不久还说到大话，要与白耳族王子对歌，她学三十年还不配！"

矮奴不问龙朱意见，许可不许可，就又用他不高明的中音唱道："你花帕族中说大话的女子，大话是以后不用再说了，若你欢喜做白耳族王子仆人的新妇，他愿意你过来见他的主同你的夫。"

仍然不闻有回声。矮奴说，这个女人莫非害羞上吊了。矮奴说的只是笑话，然而龙朱却说出过对山看看的话了。龙朱说后就走，向谷里下去。跟到后面追着，两手拿了一大把野黄菊同山红果的，是想做新郎的矮奴。

矮奴常说，在龙朱王子面前，跛脚的人也能跃过阔涧。这话是真的。如今的矮奴，若不是跟了主人，这身长不过四尺的人，就决不会像腾云驾雾一般的飞！

左图：
　　一切鸟声与一切远处歌声，全成了这王子歌时和拍的一种碎声，对山的女人，从此沉默了。

右图：
　　各处找遍了，见到不少好女子，女人见到龙朱来，识与不识都立起来怯怯的如为龙朱的美所征服。

第三　唱歌过后一天

"狮子我说过你，永远是孤独的！"白耳族为一个无名勇士立碑，曾有过这样句子。

龙朱昨天并没有寻到那唱歌人。到女人所在处的毛竹林中时，不见人。人走去不久，只遗了无数野花。跟到各处追。还是不遇。各处找遍了，见到不少好女子，女人见到龙朱来，识与不识都立起来怯怯的如为龙朱的美所征服。见到的女子，问矮奴是不是那一个人，矮奴总摇头。

到后龙朱又重复回到女人唱歌地方。望到这个野花的龙朱，如同

各处村庄全睡尽了。大地也睡了。寒月凉露,助人悲思,于是白耳族的王子,仰天叹息,悲叹自己。

嗅到血腥气的小豹,虽按捺到自己咆哮,仍不免要憎恼矮奴走得太慢。其实则走在前面的是龙朱,矮奴则两只脚像贴了神行符,全不自主,只仿佛像飞。不过女人比鸟儿,这称呼得实在太久了,不怕白耳族王子主仆走得怎样飞快,鸟儿毕竟是先已飞到远处去了!

天气渐渐夜下来,各处有鸡叫,各处有炊烟,龙朱废然归家了。那想做新郎的矮奴,跟在主人的后面,把所有的花丢了,两只长手垂到膝下,还只说见到了她非抱她不可,万料不到自己是拿这女人在主人面前开了多少该死的玩笑。天气当时原是夜下来了。矮奴是跟在龙朱王子的后面,望不到主人的颜色。一个聪明的仆人,即或怎样聪明,总也不会闭了眼睛知道主人的心中事!

龙朱过的烦恼日子以昨夜为最坏。半夜睡不着,起来怀了宝刀,披上一件豹皮裘,走到堡墙上去外望。无所闻,无所见,入目的只是远山上的野烧明灭。各处村庄全睡尽了。大地也睡了。寒月凉露,助人悲思,于是白耳族的王子,仰天叹息,悲叹自己。且远处山下,听到有孩子哭,好像半夜醒来吃奶时情形,龙朱更难自遣。

龙朱想,这时节,各地各处,那洁白如羔羊温和如鸽子的女人,岂不是全都正在新棉絮中做那好梦?那白耳族的青年,在日里唱歌疲倦了的心,做工疲倦了的身体,岂不是在这时也全得到休息了么?只是那扰乱了白耳族王子的心的女人,这时究竟在什么地方呢?她不应当如同其他女人,在新棉絮中做梦。她不应当有睡眠。她应当这时来思索她所歆慕的白耳族王子的歌声。她应当野心扩张,希望我凭空而下。她应当为思我而流泪,如悲悼她情人的死去。……但是,这究竟是什么人的女儿?

烦恼中的龙朱,拔出刀来,向天作誓,说:"你大神,你老祖宗,神明在左在右:我龙朱不能得到这女人作妻,我永远不与女人同睡,承宗接祖的事我不负责!若是爱要用血来换时,我愿在神面前立约,斫下一只手也不悔!"

白耳族的大神是能护佑于青年情人的，龙朱所要的，业已由神帮助得到了。

　　立过誓的龙朱，回到自己的屋中，和衣睡了。睡了不久，就梦到女人缓缓唱歌而来，穿白衣白裙，头发披在身后，模样如救苦救难观世音。女人的神奇，使白耳族王子屈膝，倾身膜拜。但是女人却不理，越去越远了。白耳族王子就赶过去，拉着女人的衣裙，女人回过头就笑。女人一笑龙朱就勇敢了，这王子猛如豹子擒羊，把女人连衣抱起飞向一个最近的山洞中去。龙朱做了男子。龙朱把最武勇的力，最纯洁的血，最神圣的爱，全献给这梦中女子了。

　　白耳族的大神是能护佑于青年情人的，龙朱所要的，业已由神帮助得到了。

　　今日里的龙朱，已明白昨天一个好梦所交换的是些什么了，精神反而更充足了一点,坐到那大凳上晒太阳,在太阳下深思人世苦乐的分界。

矮奴走进院中来,仍复来到龙朱脚边伏下,龙朱轻轻用脚一踢,矮奴就乘势一个筋斗,翻然立起。

"我的主,我的神,若不是因为你有时高兴,用你尊贵的脚踢我,奴仆的筋斗决不至于如此纯熟!"

"你该打十个嘴巴。"

"那大约是因为口牙太钝,本来是得在白耳族王子跟前的人,无论如何也应比奴仆聪明十倍!"

"唉,矮陀螺,你是又在做戏了。我告了你不知道有多少回,不许这样,难道全都忘记了么?你大约似乎把我当作情人,来练习一精粹的谄媚技能吧。"

"主,惶恐!奴仆是当真有一种野心,在主面前来练习一种技能,便将来把主的神奇编成历史的。"

"你是近来赌博又输了,总是又缺少钱扳本。一个天才在穷时越显得是天才,所以这时的你到我面前时话就特别多。"

"主啊,是的,是输了。损失不少。但这个不是金钱,是爱情!"

"你肚子这样大,爱情总是不会用尽!"

"用肚子大小比爱情贫富,主的想象是历史上大诗人的想象。不过……"

矮奴从龙朱脸上看出龙朱今天情形不同往日,所以不说了。这据说爱情上赌输了的矮奴,看得出主人有出去的样子,就改口说:

"主,今天这样好的天气,是日神特意为主出游而预备的天气,不出去像不大对得起神的一番好意!"

龙朱说:"日神为我预备的天气我倒好意思接受,你为我预备的恭维我可不要了。"

"本来主并不是人中的皇帝,要倚靠恭维而生存。主是天上的虹，同日头与雨一块儿长在世界上的，赞美形容自然是多余。"

"那你为什么还是这样唠唠叨叨？"

"在美的月光下野兔也会跳舞，在主的光明照耀下我当然比野兔聪明一点儿。"

"够了！随我到昨天唱歌女人那地方去，或者今天可以见到那个人。"

"主呵，我就是来报告这件事。我已经探听明白了。女人是黄牛寨寨主的姑娘。据说这寨主除会酿好酒以外就是会养女儿。据说姑娘有三个，这是第三个，还有大姑娘二姑娘不常出来。不常出来的据说生长得更美。这全是有福气的人享受的！我的主，当我听到女人是这家人的姑娘时，我才知道我是癞蛤蟆。这样人家的姑娘，为白耳族王子擦背擦脚，勉勉强强。主若是要，我们就差人抢来。"

龙朱稍稍生了气，说："滚了吧，白耳族的王子是抢别人家的女儿的么？说这个话不知羞么？"

矮奴当真就把身卷成一个球，滚到院的一角去。是这样，算是知羞了。然而听过矮奴的话以后的龙朱，怎么样呢？三个女人就在离此不到三里路的寨上，自己却一无所知，白耳族的王子真是怎样愚蠢！到第三的小鸟也能到外面来唱歌，那大姐二姐是已成了熟透的桃子多日了。让好的女人守在家中，等候那命运中远方大风吹来的美男子作配，这是神的意思。但是神这意见又是多么自私！白耳族的王子，如今既明白了，也不要风，也不要雨，自己马上就应当走去！

龙朱不再理会矮奴就跑出去了。矮奴这时正在用手代足走路，做戏法娱龙朱，见龙朱一走，知道主人脾气，也忙站起身追出去。

"我的主，慢一点，让奴仆随在一旁！在笼中蓄养的雀儿是始终飞不远的，主你忙有什么用？"

龙朱虽听到后面矮奴的声音，却仍不理会，如飞跑向黄牛寨去。

快要到寨边，白耳族的王子是已全身略觉发热了，这王子，一面想起许多事,还是要矮奴才行,于是就蹲到一株大榆树下的青石墩上歇憩。这个地方再有两箭远近就是那黄牛寨用石砌成的寨门了。树边大路下,是一口大井。溢出井外的水成一小溪活活流着,溪水清明如玻璃。井边有人低头洗菜,龙朱望到这人的背影是一个女子,心就一动。望到一个极美的背影还望到一个大大的髻,髻上簪了一朵小黄花,龙朱就目不转睛地注意这背影转移,以为总可有机会见到她的脸。在那边,大路上,矮奴却像一只海豹匍匐气喘走来了。矮奴不知道路下井边有人,只望到龙朱,深恐怕龙朱冒冒失失走进寨去却一无所得,就大声嚷:

"我的主,我的神,你不能冒昧进去,里面的狗像豹子!虽说白耳族的王子原是山中的狮子,无怕狗道理,但是为什么让笑话留给这花帕族,说狮子曾被家养的狗吠过呢?"

溢出井外的水成一小溪活活流着,溪水清明如玻璃。井边有人低头洗菜,龙朱望到这人的背影是一个女子,心就一动。

平时气概轩昂的龙朱看日头不眨眼睛，看老虎也不动心，只略把目光与女人清冷的目光相遇，却忽然觉得全身缩小到可笑的情形中了。

　　龙朱也来不及喝止矮奴，矮奴的话却全为洗菜女人听到了。听到这话的女人，就嗤的笑。且知道有人在背后了，才抬起头回转身来，望了望路边人是什么样子。

　　这一望情形全了然了。不必道名通姓，也不必再看第二眼，女人就知道路上的男子便是白耳族的王子，是昨天唱过了歌今天追跟到此的王子，白耳族王子也同样明白了这洗菜的女人是谁。平时气概轩昂的龙朱看日头不眨眼睛，看老虎也不动心，只略把目光与女人清冷的目光相遇，却忽然觉得全身缩小到可笑的情形中了。女人的头发能系大象，女人的声音能制怒狮，白耳族王子屈服到这寨主女儿面前，也是平平常常的一件事啊！

听到这话的女人,笑着回过头来,见到矮奴情形,更好笑了。

矮奴走到了龙朱身边,见到龙朱失神失态的情形,又望到井边女人的背影,情形明白了五分。他知道这个女人就是那昨天唱歌被主人收服的女人,且知道这时候无论如何女人也明白蹲在路旁石墩上的男子是龙朱,他不知所措,对龙朱做呆样子,又用一手掩自己的口,一手指女人。

龙朱轻轻附到他耳边说:"聪明的扁嘴公鸭,这时节,是你做戏的时节!"

矮奴于是咳了一声嗽。女人明知道了头却不回。矮奴于是把音调弄得极其柔和,像唱歌一样地说道:

"白耳族王子的仆人昨天做了错事,今天特意来当到他主人在

矮奴与菜篮，全像懂得事，避开了，剩下的是白耳族王子同寨主女儿。

姑娘面前赔礼。不可恕的过失是永远不可恕，因为我如今把姑娘想对歌的人引导前来了。"

女人头不回却轻轻说道：

"跟到凤凰飞的乌鸦也比锦鸡还好。"

"这乌鸦若无凤凰在身边，就有人要拔它的毛……"

说出这样话的矮奴，毛虽不被拔，耳朵却被龙朱拉长了。小子知道了自己猪八戒性质未脱，忙赔礼作揖。听到这话的女人，笑着回过头来，见到矮奴情形，更好笑了。

矮奴望到女人回了头，就又说道：

"我的世界上唯一良善的主人，你做错事了。"

"为什么？"龙朱很奇怪矮奴有这种话，所以问。

"你的富有与慷慨，是各苗族全知道的，所以用不着在一个尊贵的女人面前赏我的金银，那不要紧的。你的良善喧传远近，所以你故意这样教训你的奴仆，别人也相信你不是会发怒的人。但是你为什么不差遣你的奴仆，为那花帕族的尊贵姑娘把菜篮提回，表示你应当同她说说话呢？"

白耳族的王子与黄牛寨主的女儿，听到这话全笑了。

矮奴话还说不完，才责了主人又来自责。他说：

"不过白耳族王子的仆人，照理他应当不必主人使唤就把事情做好，是这样也才配说是好仆人——"

于是，不听龙朱发言，也不待那女人把菜洗好，走到井边去，把菜篮拿来挂到屈着的肘上，向龙朱眨了一下眼睛，却回头走了。

矮奴与菜篮，全像懂得事，避开了，剩下的是白耳族王子同寨主女儿。

龙朱迟了许久才走到井边去。

原载一九二九年《红黑》

神之再现

　　她是一个白脸苗中顶美的女人，同到凤凰族相貌极美又顶有一切美德的一个男子，因唱歌成了一对。

媚金·豹子·与那羊

不知道麻梨场麻梨的甜味的人，告他白脸苗的女人唱的歌是如何好听也是空话。听到摇橹的声音觉得很美是有人。听到雨声风声觉得美的也有人。听到小孩子半夜哭喊，以及芦苇在小风中说梦话那样细细的响，以为美，也总不缺少那呆子。这些是诗。但更其是诗，更其容易把情绪引到醉里梦里的，就是白脸族苗女人的歌。听到这歌的男子，把流血成为自然的事，这是历史上相传下来的魔力了。一个熟习苗中掌故的人，他可以告你五十个有名美男子被丑女人的好歌声缠倒的故事，他又可以另外告你五十个美男子被白脸苗女人的歌声唱失魂的故事。若是说了这些故事的人，还有故事不说，那必定是他还忘了把媚金的事情相告。

媚金的事是这样。她是一个白脸苗中顶美的女人，同到凤凰族相貌极美又顶有一切美德的一个男子，因唱歌成了一对。两方面在唱歌中把热情交流了。于是女人就约他夜间往一个洞中相会。男子答应了。这男子名叫豹子。豹子答应了女人夜里到洞中去，因为是初次，他预备牵一匹小山羊去送女人，用白羊换媚金贞女的红血，所做的纵是罪恶，似乎神也许可了。谁知到夜豹子把事情忘了，等了一夜的媚金，因无男子的温暖，就冷死在洞中。豹子在家中睡到天明才记起，赶即去，则女人已死了，豹子就用自己身边的刀自杀在女人身旁。尚有一说则豹子的死，为此后仍然常听到媚金的歌，因寻不到唱歌人，所以自杀。

但是传闻全为人所撰拟，事情并不那样。看看那遗传下来据说是豹子临死前用树枝画在洞里地面沙上最后的一首诗，那意思，却是媚金有怨豹子爽约的语气。媚金是等候豹子不来，以为自己被欺，终于自杀了。豹子是因了那一只羊的缘故，爽了约，到时则媚金已死，所以豹子就从媚金胸上拔出那把刀来，陷到自己胸里去，也倒在洞中。至于羊此后的消息，以及为什么平时极有信用的豹子，却在这约会上成了无信的男子，是应当问那一只羊了。都因为那一只羊，一件喜事变成了一件悲剧，无怪乎白脸族苗人如今有不吃羊肉的理由。

> 都因为那一只羊，一件喜事变成了一件悲剧，无怪乎白脸族苗人如今有不吃羊肉的理由。

但是问羊又到什么地方去问？每一个情人送他情妇的全是一只小小白山羊，而且为了表示自己的忠诚，与这恋爱的坚固，男人总说这一只羊是当年豹子送媚金姑娘那一只羊的血族。其实说到当年那一只羊，究竟是公山羊或母山羊，谁也还不能够分明。

让我把我所知道的写来吧。我的故事的来源是得自大盗吴柔。吴柔是当年承受豹子与媚金遗下那只羊的后人，他的祖先又是豹子的拳棍师傅，所传下来的事实，可靠的自然较多。后面是那故事。

媚金站在山南，豹子站在山北，从早唱到晚。山就是现在还名为唱歌山的山。当年名字是野菊，因为菊花多，到秋来满山一片黄。如今还是一样黄花满山，名字是因为媚金的事而改了。唱到后来的媚金，承认是输了，是应当把自己交把与豹子，尽豹子如何处置了，就唱道：

　　红叶过冈是任那九秋八月的风，
　　把我成为妇人的只有你。

豹子听到这歌，欢喜得踊跃。他明白他胜利了。他明白这个白脸族中最美丽风流的女人，心归了自己所有，就答道：

　　白脸族一切全属第一的女人，
　　请你到黄村的宝石洞里去。
　　天上大星子能互相望到时，
　　那时我看见你你也能看见我。

媚金又唱：

　　我的风，我就照到你的意见行事。

> 我但愿你的心如太阳光明不欺，
> 我但愿你的热如太阳把我融化。
> 莫让人笑凤凰族美男子无信，
> 你要我做的事自己也莫忘记。

豹子又唱：

> 放心，我心中的最大的神。
> 豹子的美丽你眼睛曾为证明。
> 豹子的信实有一切人作证。
> 纵天空中到时落的雨是刀，
> 我也将不避一切来到你身边与你亲嘴。

　　天是渐渐夜了。野猪山包围在紫雾中如今日黄昏景致一样。天上剩一些起花的红云，送太阳回地下，太阳告别了。到这时打柴人都应归家，看牛羊人应当送牛羊归栏，一天已完了。过着平静日子的人，在生命上翻过一页，也不必问第二页上面所载的是些什么，他们这时应当从山上，或从水边，或从田坝，回到家中吃饭时候了。

　　豹子打了一声呼哨，与媚金告别，匆匆赶回家，预备吃过饭时找一只新生的小羊到宝石洞里去与媚金相会。媚金也回了家。

　　回到家中的媚金，吃过了晚饭，换过了内衣，身上擦了香油，脸上擦了宫粉，对了青铜镜把头发挽成一个大髻，缠上一匹长一丈六尺的绉绸首帕，一切已停当，就带了一个装满了酒的长颈葫芦，以及一个装满了钱的绣花荷包，一把锋利的小刀，走到宝石洞去了。

　　宝石洞当年，并不与今天两样。洞中是干燥，铺满了白色细沙，有用石头做成的床同板凳，有烧火地方，有天生凿空的窟窿，可以望星子，所不同，不过是当年的洞供媚金豹子两人做新房，如今变成圣

过着平静日子的人，在生命上翻过一页，也不必问第二页上面所载的是些什么，他们这时应当从山上，或从水边，或从田坝，回到家中吃饭时候了。

地罢了。时代是过去了。好的风俗是如好的女人一样，都要渐渐老去的。一个不怕伤风，不怕中暑，完完全全天生为少年情人预备的好地方，如今却供奉了菩萨，虽说菩萨就是当年殉爱的两人，但媚金、豹子若有灵，都会以为把这地方盘据为不应当吧。这样好地方，既然是两个情人死去的地方，为了纪念这一对情人，除了把这地方来加以人工，好好布置，专为那些唱歌互相爱悦的少男少女聚会方便外，真没有再适当的用处了。不过我说过，地方的好习惯是消灭了，民族的热情是下降了，女人也慢慢地像中国女人，把爱情移到牛羊金银虚名虚事上来了，爱情的地位显然是已经堕落，美的歌声与美的身体同样被其他物质战胜成为无用东西了，就是有这样好地方供年青人许多方

洞口微微的光照到外面，她就坐着望到洞口有光处，期待那黑的巨影显现。

便，恐怕媚金同豹子，也见不惯这些假装的热情与虚伪的恋爱，倒不如还是当成圣地，省得来为现代的爱情脏污好！

如今且说媚金到宝石洞的情形。

她是早先来，等候豹子的。她到了洞中，就坐到那大青石做成的床边。这是她行将做新妇的床。石的床，铺满了干麦秆草，又有大草把做成的枕头，干爽的穹形洞顶仿佛是帐子，似乎比起许多床来还合用。她把酒葫芦挂到洞壁钉上，把绣花荷包放到枕边（这两样东西是她为豹子而预备的），就在黑暗中等候那年青壮美的情人。洞口微微的光照到外面，她就坐着望到洞口有光处，期待那黑的巨影显现。

她轻轻地唱着一切歌，娱悦到自己。她用歌去称赞山中豹子的武勇与人中豹子的美丽，又用歌形容到自己此时的心情与豹子的心

做一个男子的新妇，这样的女人，在这种地方，略为害着羞，容纳了一个莽撞男子的热与力，是怎样动人的事！

情。她用手揣自己身上各处，又用鼻子闻嗅自己各处；揣到的地方全是丰腴滑腻如油如脂，嗅到的气味全是一种甜香气味。她又把头上的首巾除去，把髻拆松，比黑夜还黑的头发一散就拖地。媚金原是白脸族极美的女人，男子中也只有豹子，才配在这样女人身上做一切撒野的事。

这女人，全身发育到成圆形，各处的线全是弧线，整个的身材却又极其苗条相称。有小小的嘴与圆圆的脸，有一个长长的鼻子。有一个尖尖的下巴。还有一对长长的眉毛。样子似乎是这人的母亲，照到荷仙姑捏塑成就的，人间决不应当有这样完全的精致模型。请想想，再过一点钟，两点钟，就应当把所有衣衫脱去，做一个男子的新妇，这样的女人，在这种地方，略为害着羞，容纳了一个莽撞男子的热与力,是怎样动人的事!

生长于二十世纪,一九二八年,在中国上海地方,善于在朋友中刺探消息,各处造谣,天生一张好嘴,得人怜爱的文学家,聪明伶俐为世所惊服,但请他来想想媚金是如何美丽的一个女人,仍然是很难的一件事。

白脸族苗女人的秀气清气,是随到媚金灭了多日了。这事是谁也能相信的。如今所见到的女人,只不过是下品中的下品,还足使无数男子倾心,使有身份的汉人低头,媚金的美貌也就可以仿佛得知了。

爱情的字眼,是已经早被无数肮脏的虚伪的情欲所玷污,再不能还到另一时代的纯洁了。为了说明当时媚金的心情,我们是不愿再引用时行的话语来装饰,除了说媚金心跳着在等候那男子来压她以外,她并不如一般天才所想象的叹气或独白!

她只望豹子快来,明知是豹子要咬人,她也愿意被吃被咬。

那一只人中豹子呢?

豹子家中无羊,到一个老地保家买羊去了。他拿了四吊青钱,预备买一只白毛的小母山羊,进了地保的门就说要羊。

地保见到豹子来问羊,就明白是有好事了,问豹子说:"年青的标致的人,今夜是预备做什么人家的新郎?"

豹子说:

"在伯伯眼中,看得出豹子的新妇所在。"

"是山茶花的女神,才配为豹子屋里人。是大鬼洞的女妖,才配与豹子相爱。人中究竟是谁,我还不明白。"

"伯伯,人人都说凤凰族的豹子相貌堂堂,但是比起新妇来,简直不配为她做垫脚蒲团!"

"年青人,不要太自谦卑。一个人投降在女人面前时,是看起自己来本就一钱不值的。"

"伯伯说的话正是!我是不能在我那个人面前说到自己的。得罪伯伯,我今夜里就要去做丈夫了。对于我那人,我的心,要怎样来诉说呢?我来此是为伯伯匀一只小羊,拿去献给那给我血的神。"

地保是老年人,是预言家,是相面家,听豹子在喜事上说到血,就一惊。这老年人似乎就有一种预兆在心上明白了,他说:"年青人,你神气不对。"

"伯伯呵!今夜你的儿子是自然应当与往日两样的。"

"你把脸到灯下来我看。"

豹子就如这老年人的命令,把脸对那大清油灯。地保看过后,把头点点,不作声。

"你把脸到灯下来我看。"豹子就如这老年人的命令,把脸对那大清油灯。地保看过后,把头点点,不作声。

豹子说：

"明于见事的伯伯，可不可以告我这事的吉凶？"

"年青人，知识只是老年人的一种消遣，于你们是无用的东西！你要羊，到栏里去拣选，中意的就拿去吧。不要给我钱。不要致谢。我愿意在明天见到你同你新妇的……"

地保不说了，就引导豹子到屋后羊栏里去。豹子在羊群中找取所要的羔羊，地保为掌灯相照。羊栏中，羊数近五十，小羊占一半，但看去看来却无一只小羊中豹子的意。毛色纯白的又嫌稍大，较小的又多脏污。大的羊不适用那是自然的事，毛色不纯的羊又似乎不配送给媚金。

"随随便便吧，年青人，你自己选。"

"选过了。"

"羊是完全不合用么？"

"伯伯，我不愿意用一只驳杂毛色的羊与我那新妇洁白贞操相比。"

"不过我愿意你随随便便选一只，赶即去看你那新妇。"

"我不能空手，也不能用伯伯这里的羊，还是要到别处去找！"

"我是愿意你随便点。"

"道谢伯伯，今天是豹子第一次与女人取信的事，我不好把一只平常的羊充数。"

"但是我劝你不要羊也成。使新妇久候不是好事。新妇所要的并不是羊。"

"我不能照伯伯的忠告行事，因为我答应了我的新妇。"

豹子谢了地保，到别一人家去看羊。送出大门的地保，望到这转瞬即消失在黑暗中的豹子，叹了一口气，大数所在这预言者也无可奈何，只有关门在家等消息了。他走了五家，全无合意的羊，不是太大就是毛色不纯。好的羊在这地方原是如好的女人一样，使豹子中意

"我是愿意你随便点。""道谢伯伯，今天是豹子第一次与女人取信的事，我不好把一只平常的羊充数。"

全是偶然的事！

当豹子出了第五家养羊人家的大门时，星子已满天，是夜静时候。他想，第一次答应了女人做的事，就做不到，此后尚能取信于女人么？空手地走去，去与女人说羊是找遍了全个村子还无中意的羊，所以空手来，这谎话不是显然了么？他于是下了决心，非找遍全村不可。

凡是他所知道的地方他都去拍门，把门拍开时就低声柔气说出要羊的话。豹子是用着他的壮丽在平时就使全村人皆认识了的，听到说要羊，送女人，所以人人无有不答应。像地保那样热心耐烦地引他

他看看天空，以为时间尚早。豹子为了守信，就决心一气跑到另一村里去买羊。

到羊栏去看羊，是村中人的事。羊全看过了，很可怪的事是无一只合式的小羊。

在洞中等候的媚金着急情形，不是豹子所忘记的事。见了星子就要来的临行嘱托，也还在豹子耳边停顿。但是，答应了女人为抱一只小羔羊来，如今是羊还不曾得到，所以豹子这时着急的，倒只是这羊的寻找，把时间忘了。

想在本村里找寻一只净白小羊是办不到的事，若是一定要，那就只有到离此三里远近的另一个村里询问了。他看看天空，以为时间尚早。豹子为了守信，就决心一气跑到另一村里去买羊。

到别一村去道路在豹子走来是极其熟习的，离了自己的村庄，不到半里，大路上，他听到路旁草里有羊叫的声音。声音极低极弱，这汉子一听就明白这是小羊的声音。他停了。又详细地侧耳探听，那羊又低低地叫了一声。他明白是有一只羊掉在路旁深坑里了，羊是独自留在坑中有了一天，失了娘，念着家，故在黑暗中叫着哭着。

豹子藉到星光拨开了野草，见到了一个地口。羊听到草动，就又叫，那柔弱的声音从地口出来。豹子欢喜极了。豹子知道近来天气晴明，坑中无水，就溜下去。坑只齐豹子的腰，坑底的土已干硬了，豹子下到坑中以后稍过一阵，就见到那羊了。羊知道来了人便叫得更可怜，也不走拢到豹子身边来，原来羊是初生不到十天的小羔，看羊人不小心，把羊群赶走，尽它掉下了坑，把前面一只脚跌断了。

豹子见羊已受了伤，就把羊抱起，爬出坑来，以为这羊无论如何是用得着了，就走向媚金约会的宝石洞路上去。在路上，羊却仍然低低地喊叫。豹子悟出羊的痛苦来了，心想只有抱它到地保家去，请地保为敷上一点药，再带去。他就又返向地保家走去。

到了地保家，拍门时，正因为豹子事无从安睡的老人，还以为是豹子的凶信来了。老人隔门问是谁。

"伯伯，是你的侄儿。羊是得到了，因为可怜的小东西受了伤，跌坏了脚，所以到伯伯处求治。"

"年青人，你还不去你新妇那里吗？这时已半夜了，快把羊放到这里，不要再耽搁一分一秒吧。"

"伯伯，这一只羊我断定是我那新妇所欢喜的。我还不能看清楚它的毛色，但我抱了这东西时，就猜得这是一只纯白的羊！它的温柔与我的新妇一样，它的……"

那地保真急了，见到这汉子对于无意中拾来一只受伤的羊，像对这羊在作诗，就把门闩抽去，砰地把门打开。一线灯光照到豹子怀中的小羊身上，豹子看出了小羊的毛色。

羊的一身白得像大理的积雪。豹子忙把羊抱起来亲嘴。

"年青人，你这是做什么？你忘了你是应当在今夜做新郎了。"

"伯伯，我并不忘记！我的羊是天赐的。我请你赶紧为设法把羊脚搽一点药水，我就应当抱它去见我的新人了。"

地保只摇头，把羊接过手来在灯下检视，这小羊见了灯光再也不喊了，只闭了眼睛，鼻孔里咻咻地出气。

过了不久，豹子已在向宝石洞的一条路上走着了。小羊在他怀中得了安眠。豹子满心希望到宝石洞时见到了媚金，同到媚金说到天赐这羊的事。他把脚步放宽，一点不停，一直上了山，过了无数高崖，过了无数水涧，走到宝石洞。

到得洞外时东方的天已经快明了。这时天上满是星，星光照到洞门，内中冷冷清清不见人。他轻轻地喊："媚金，媚金，媚金！"

他再走进一点，则一股气味从洞中奔出，全无回声，多经验的豹子一嗅便知道这是血腥气。豹子愕然了。稍稍发痴，即刻把那小羊向地下一掼，奔进洞中去。

到了洞中以后，向床边走去，为时稍久，豹子就从天空星子的微光返照下望到媚金倒在床上的情形了。血腥气也就从那边而来。豹子扑拢去，摸到媚金的额，摸到脸，摸到口；口鼻只剩了微热。

"媚金！媚金！"

喊了两声以后，媚金微微地嘤的应了一声。

"你做什么了呢？"

先是听嘘嘘地放气，这气似乎并不是从口鼻出，又似乎只是在肚中响，到后媚金转动了，想爬起不能，就幽幽地继续地说道："喊我的是日里唱歌的人不？"

"是的，我的人！他日里常常是忧郁地唱歌，夜里则常是孤独

"为什么？""是！是谁害了你？""是那不守信实的凤凰族年青男子，他说了谎。……"

地睡觉；他今天这时却是预备来做新郎的……为什么你是这个样子了呢？"

"为什么？"

"是！是谁害了你？"

"是那不守信实的凤凰族年青男子，他说了谎。一个美丽的完人，总应当有一些缺点，所以菩萨就给他一点说谎的本能。我不愿在说谎人前面受欺，如今我是完了。"

"并不是！你错了！全因为凤凰族男子不愿意第一次对一个女人就失信，所以他找了一整夜才无意中把那所答应的羊找到，如今是得了羊倒把人失了。天啊，告我应当在什么事情上面守着那信用！"

　　临死的媚金听到这语，知道豹子迟来的理由是为了那羊，并不是故意失约了，对于自己在失望中把刀陷进胸膛里的事是觉得做错了。她就要豹子扶她起来，把头靠到豹子的胸前，让豹子的嘴放到她额上。

　　女人说：

　　"我是要死了……我因为等你不来，看看天已快亮，心想自己是被欺了……所以把刀放进胸膛里了……你要我的血我如今是给你血了。我不恨你……你为我把刀拔去，让我死……你也乘天未大明就逃到别处去，因为你并无罪。"

　　豹子听着女人断断续续地说到死因，流着泪，不作声。他想了一阵，轻轻地去摸媚金的胸，摸着了全染了血的媚金的奶，奶与奶之间则一把刀柄浴着血。豹子心中发冷，打了一个战。

　　女人说：

　　"豹子，为什么不照到我的话行事呢？你说是一切为我所有，那么就听我命令，把刀拔去了，省得我受苦。"

　　豹子还是不作声。

　　女人过了一阵，又说：

　　"豹子，我明白你了，你不要难过。你把你得来的羊拿来我看。"

　　豹子就好好把媚金放下，到洞外去捉那只羊。可怜的羊是无意中被豹子已掼得半死，也卧在地下喘气了。

　　豹子望一望天，天是完全发白了。远远地有鸡在叫了。他听到远处的水车响声，像平常做梦日子。

　　他把羊抱进洞去给媚金，放到媚金的胸前。

　　"豹子，扶我起来，让我同你拿来的羊亲嘴。"

　　豹子把她抱起，又把她的手代为抬起，放到羊身上。"可怜这只羊也受伤了，你带它去了吧……为我把刀拔了，我的人。不要哭……

她们也仍然是能原谅男子，也仍然常常为男子牺牲，也仍然能用口唱出动人灵魂的歌，但都不能做媚金的行为了！

我知道你是爱我，我并不怨恨。你带羊逃到别处去好了……呆子，你预备做什么？"

豹子是把自己的胸也坦出来了，他去拔刀。陷进去很深的刀是用了大的力才拔出的。刀一拔出血就涌出来了，豹子全身浴着血。豹子把全是血的刀子扎进自己的胸脯，媚金还能见到就含着笑死了。

天亮了，天亮了以后，地保带了人寻到宝石洞，见到的是两具死尸，与那曾经自己手为敷过药此时业已半死的羊，以及似乎是豹子临死以前用树枝在沙上写着的一首歌。地保于是乎把歌读熟，把羊抱回。

白脸苗的女人，如今是再无这种热情的种子了。她们也仍然是能原谅男子，也仍然常常为男子牺牲，也仍然能用口唱出动人灵魂的歌，但都不能做媚金的行为了！

原载一九二九年《人间》创刊号

他们用另一种言语，用另一种习惯，用另一种梦，生活到这个世界一隅，已经有了许多年。

月下小景

　　初八的月亮圆了一半，很早就悬到天空中。傍了××省边境由南而来的横断山脉长岭脚下，有一些为人类所疏忽历史所遗忘的残余种族聚集的山寨。他们用另一种言语，用另一种习惯，用另一种梦，生活到这个世界一隅，已经有了许多年。当这松杉挺茂嘉树四合的山寨，以及寨前大地平原，整个为黄昏占领了以后，从山头那个青石碉堡向下望去，月光淡淡地洒满了各处，如一首富于光色和谐雅丽的诗歌。山寨中，树林角上，平田的一隅，各处有新收的稻草积，以及白木做成的谷仓。各处有火光，飘扬着快乐的火焰，且隐隐地听得着人语声，望得着火光附近有人影走动。官道上有马项铃清亮细碎的声音，有牛项下铜铎沉静庄严的声音。从田中回去的种田人，从乡场上回家的小商人，家中莫不有一个温和的脸儿等候在大门外，厨房中莫不预备有热腾腾的饭菜与用瓦罐炖热的家酿烧酒。

　　薄暮的空气极其温柔，微风摇荡，大气中有稻草香味，有烂熟了山果香味，有甲虫类气味，有泥土气味。一切在成熟，在开始结束一个夏天阳光雨露所及长养生成的一切。一切光景具有一种节日的欢乐情调。

　　柔软的白白月光，给位置在山岨上石头碉堡画出一个明明朗朗的轮廓，碉堡影子横卧在斜坡间，如同一个巨人的影子。碉堡缺口处，迎月光的一面，倚着本乡寨主的独生儿子傩佑，傩神所保佑的儿子，身体靠定石墙，眺望那半规新月，微笑着思索人生苦乐。

"……人实在值得活下去，因为一切那么有意思，人与人的战争，心与心的战争，到结果皆那么有意思。无怪乎本族人有英雄追赶日月的故事。因为日月若可以请求，要它停顿在哪儿时，它便停顿，那就更有意思了。"

这故事是这样的：第一个××人，用了他武力同智慧得到人世一切幸福时，他还觉得不足，贪婪的心同天赋的力，使他勇往直前去追赶日头，找寻月亮，想征服主管这些东西的神，勒迫它们在有爱情和幸福的人方面，把日子去得慢一点，在失去了爱，心子为忧愁失望所啮蚀的人方面，把日子又去得快一点。结果这贪婪的人虽追上了日头，因为日头的热所烤炙，在西方大泽中就渴死了。至于日月呢，虽知道了这是人类的欲望，却只是万物中之一的欲望，故不理会。因为神是正直的，不阿其所私的，人在世界上并不是唯一的主人，日月不单为人类而有。日头为了给一切生物的热和力，月亮为了给一切虫类唱歌，用这种歌声与银白光色安息劳碌的大地。日月虽仍然若无其事地照耀着整个世界，看着人类的忧乐，看着美丽的变成丑恶，又看着丑恶的称为美丽；但人类太进步了一点，比一切生物智慧较高，也比一切生物更不道德。既不能用严寒酷热来困苦人类，又不能不将日月照及人类，故同另一主宰人类心之创造的神，想出了一点方法，就是使此后快乐的人越觉得日子太短，使此后忧愁的人越觉得日子过长。人类既然凭感觉来生活，就在感觉上加给人类一种处罚。

这故事有作为月神与恶魔商量结果的传说，就因为恶魔是在夜间出世的。人都相信这是月亮做成的事，与日头毫无关系。凡一切人讨论光阴去得太快或太慢时，却常常那么诅咒："日子，滚你的去

柔软的白白月光，给位置在山岨上石头碉堡画出一个明明朗朗的轮廓，碉堡影子横卧在斜坡间，如同一个巨人的影子。

吧。"痛恨日头而不憎恶月亮。土人的解释，则为人类性格中，慢慢地已经神性渐少，恶性渐多。另外就是月光较温柔、和平，给人以智慧的冷静的光，却不给人以坦白直率的热，因此普遍生物皆欢喜月光，人类中却常常诅咒日头。约会恋人的，走夜路的，做夜工的，皆觉得月光比日光较好。在人类中讨厌月光的只是盗贼，本地方土人中却无盗贼，也缺少这个名词。

这时节，这一个年纪还刚只满二十一岁的寨主独生子，由于本身的健康，以及从另一方面所获得的幸福，对头上的月光正满意地会心微笑，似乎月光也正对了他微笑。傍近他身边，有一堆白色东

西。这是一个女孩子，把她那长发散乱的美丽头颅，靠在这年青人的大腿上，把它当作枕头安静无声地睡着。女孩子一张小小的尖尖的白脸，似乎被月光漂过的大理石，又似乎月光本身。一头黑发，如同用冬天的黑夜作为材料，由盘据在山洞中的女妖亲手纺成的细纱。眼睛、鼻子、耳朵，同那一张产生幸福的泉源的小口，以及颊边微妙圆形的小涡，如本地人所说的藏吻之巢窝，无一处不见得是神所着意成就的工作。一微笑，一映眼，一转侧，都有一种神性存乎其间。神同魔鬼合作创造了这样一个女人，也得用侍候神同对付魔鬼的两种方法来侍候她，才不委屈这个生物。

一微笑，一映眼，一转侧，都有一种神性存乎其间。神同魔鬼合作创造了这样一个女人，也得用侍候神同对付魔鬼的两种方法来侍候她，才不委屈这个生物。

女人正安安静静地躺在他的身边，一堆白色衣裙遮盖到那个修长丰满柔软温香的身体，这身体在年轻人记忆中，只仿佛是用白玉、奶酥、果子同香花调和削筑成就的东西。两人白日里来此，女孩子在日光下唱歌，在黄昏里和落日一同休息，现在又快要同新月一样苏醒了。

一派清光洒在两人身上，温柔地抚摩着睡眠者的全身，山坡下是一部草虫清音繁复的合奏。天上那半规新月，似乎在空中停顿着，长久还不移动。

　　幸福使这个孩子轻轻地叹息了。

　　他把头低下去，轻轻地吻了一下那用黑夜搓成的头发，接近那魔鬼手段所成就的东西。

　　远处有吹芦管的声音，有唱歌声音。身近旁有斑背萤，带了小小火把，沿了碉堡巡行，如同引导得有小仙人来参观这古堡的神气。

　　当地年青人中唱歌圣手的傩佑，唯恐惊了女人，惊了萤火，轻轻地轻轻地唱：

　　　　龙应当藏在云里，
　　　　你应当藏在心里。
　　　　…………

　　女孩子在迷糊梦里，把头略略转动了一下，在梦里回答着：

　　　　我灵魂如一面旗帜，
　　　　你好听歌声如温柔的风。

　　他以为女孩子已醒了，但听下去，女人把头偏向月光又睡去了。于是又接着轻轻地唱道：

　　　　人人说我歌声有毒，
　　　　一首歌也不过如一升酒使人沉醉一天，
　　　　你那敷了蜂蜜的言语，
　　　　一个字也可以在我心上甜香一年。

　　女孩子仍然闭了眼睛在梦中答着：

不要冬天的风，
不要海上的风，
这旗帜受不住狂暴大风。
请轻轻地吹，轻轻地吹；
（吹春天的风，温柔的风，）
把花吹开，不要把花吹落。

小寨主明白了自己的歌声可作为女孩子灵魂安宁的摇篮，故又接着轻轻地唱道：

有翅膀鸟虽然可以飞上天空，
没有翅膀的我却可以飞入你的心里。
我不必问什么地方是天堂，
我业已坐在天堂门边。

女孩又唱：

身体要用极强健的臂膀搂抱，
灵魂要用极温柔的歌声搂抱。

寨主的独生子傩佑，想了一想，在脑中搜索话语，如同宝石商人在口袋中搜索宝石。口袋中充满了放光眩目的珠玉奇宝，却因为数量太多了一点，反而选不出那自以为极好的一粒，因此似乎受了一点儿窘。他觉得神只创造美和爱，却由人来创造赞誉这神工的言语。向美说一句话，为爱下一个注解，要适当合宜，不走失感觉所及的式样，不是一个平常人的能力所能企及。

小寨主明白了自己的歌声可作为女孩子灵魂安宁的摇篮,故又接着轻轻
地唱道:……

"这女孩子值得用龙朱的爱情装饰她的身体,用龙朱的诗歌装
饰她的人格。"他想到这里时,觉得有点惭愧了,口吃了,不敢再唱
下去了。

歌声做了女孩子睡眠的摇篮,所以这女孩子才在半醒后重复入
梦,歌声停止后,她也就惊醒了。

他见到女孩子醒来时,就装作自己还在睡眠,闭了眼睛。女孩从
日头落下时睡到现在,精神已完全恢复过来,看男子还依靠石墙睡

远处那条长河,在月光下蜿蜒如一条带子,白白的水光,薄薄的雾,增加了两人心上的温暖。

着,担心石头太冷,把白披肩搭到男子身上去后,傍了男子靠着。记起睡时满天的红霞,望到头上的新月,便轻轻地唱着,如母亲唱给小宝宝听催眠歌。

　　　睡时用明霞作被,
　　　醒来用月儿点灯。

　　寨主独生子哧地笑了。

"……"

"……"

四只放光的眼睛互相瞅着,各安置一个微笑在嘴角上,微笑里却写着白日中两个人的一切行为。两人似乎皆略略为先前一时那点回忆所羞了,就各自向身旁那一个紧紧地挤了一下,重新交换了一个微笑。两人发现了对方脸上的月光那么苍白,于是齐向天上所悬的半规新月望去。

远远的有一派角声与锣鼓声,为田户巫师禳土酬神所在处,两人追寻这快乐声音的方向,于是向山下远处望去。远处有一条河。

"没有船舶不能过那条河,没有爱情如何过这一生?"

"我不会在那条小河里沉溺,我只会在你这小口上沉溺。"

两人意思仍然写在一种微笑里,用的是那么暧昧神秘的符号,却使对面一个从这微笑里明明白白,毫不含胡。远处那条长河,在月光下蜿蜒如一条带子,白白的水光,薄薄的雾,增加了两人心上的温暖。

女孩子说到她梦里所听的歌声,以及自己所唱的歌,还以为他们两人皆在梦里。经小寨主把刚才的情形说明白时,两人笑了许久。

女孩子天真如春风,快乐如小猫,长长的睡眠把白日的疲倦完全恢复过来,因此在月光下,显得如一尾鱼在急流清溪里,十分活泼。

只想说话。全是说那些远无边际的,与梦无异的,年青情人在狂热中所能说的糊涂话蠢话,皆完全说到了。

小寨主说:

"不要说话,让我好在所有的言语里,找寻赞美你眉毛头发美丽处的言语!"

"说话呢,是不是就妨碍了你的谄谀?一个有天分的人,就是谄谀也显得不缺少天分!"

"神是不说话的。你不说话时像……"

"还是做人好！你的歌中也提到做人的好处！我们来活活泼泼地做人，这才有意思！"

"我以为你不说话就像何仙姑的亲姊妹了。我希望你比你那两个姐姐还稍呆笨一点。因为得呆笨一点，我的言语字汇里，才有可以形容你高贵处的文字。"

"可是，你曾同我说过，你也希望你那只猎狗敏捷一点。"

"我希望它灵活敏捷一点，为的是在山上找寻你比较方便，为我带信给你时也比较妥当一点。"

"希望我笨一点，是不是也如同你希望羚羊稍笨一样，好让你嗾使那只猎狗追我时，不至于使我逃脱？"

"好的音乐常常是复音，你不妨再说一句。"

"我记得到你也希望羚羊稍笨过。"

"羚羊稍笨一点，我的猎狗才可以赶上它，把它捉回来送你。你稍笨一点，我才有相当的话颂扬你！"

"你口中体面话够多了。你说说你那些感觉给我听听。说谎若比真实更美丽，我愿意听你那些美丽的谎话。"

"你占领我心上的空间，如同黑夜占领地面一样。"

"月亮起来时，黑暗不是就只占领地面空间很小很小一部分了吗？"

"月亮照不到人心上的。"

"那我给你的应当也是黑暗了。"

"你给我的是光明，但是一种眩目的光明，如日头似的逼人熠耀。你使我糊涂。你使我卑陋。"

"其实你是透明的，从你选择诣澳时，证明你的心现在还是透明的。"

"清水里不能养鱼，透明的心也一定不能积存辞藻。"

"羚羊稍笨一点，我的猎狗才可以赶上它，把它捉回来送你。你稍笨一点，我才有相当的话颂扬你！"

"江中的水永远流不完，心中的话永远说不完。不要说了，一张口不完全是说话用的！"

两人为嘴唇找寻了另外一种用处，沉默了一会。两颗心同一地跳跃，望着做梦一般月下的长岭、大河、寨堡、田坪。芦管声音似乎为月光所湿，音调更低郁沉重了一点。寨中的角楼，第二次摇了转更鼓。女孩子听到时，忽然记起了一件事。把小寨主那颗年青聪慧的头颅捧到手上，眼眉口鼻吻了好些次数，向小寨主摇摇头，无可奈何低低地叹了一声气，把两只手举起，跪在小寨主面前来梳理头上散乱了的发辫，意思想站起来，预备要走了。

小寨主明白那意思了，就抱了女孩子，不许她站起身来。

"多少萤火虫还知道打了小小火炬游玩，你忙些什么？走到什么地方去！"

"一颗流星自有它来去的方向，我有我的去处。"

"宝贝应当收藏在宝库里，你应当收藏在爱你的那个人家里。"

"美的都用不着家：流星、落花、萤火，最会鸣叫的蓝头红嘴绿翅膀的王母鸟，也都没有家的。谁见过人蓄养凤凰呢？谁能束缚月光？"

"狮子应当有它的配偶，把你安顿到我家中去，神也十分同意！"

"神同意的人常常不同意。"

"我爸爸会答应我这件事，因为他爱我。"

"因为我爸爸也爱我，若知道了这件事，会把我照××人规矩来处置。若我被绳子缚了沉到地眼里去时，那地方接连四十八根箩筐绳子还不能到底，死了做鬼也找不出路来看你，活着做梦也不能辨别方向。"

女孩子是不会说谎的，××族人的习气，女人同第一个男子恋爱，却只许同第二个男子结婚。若违反了这种规矩，常常把女子用一扇小石磨捆到背上，或者沉入潭里，或者抛到地窟窿里。习俗的来源极古，过去一个时节，应当同别的种族一样，有认处女为一种有邪气的东西，地方族长既较开明，巫师又因为多在节欲生活中生活，故执行初夜权的义务，就转为第一个男子的恋爱。第一个男子因此可以得到女人的贞洁，就不能够永远得到她的爱情。若第一个男子娶了这女人，似乎对于男子也十分不幸。迷信在历史中渐次失去了它本来的意义，习俗却把古代规矩保持了下来。由于××守法的天性，故年青男女在第一个恋人身上，也从不做那长远的梦。"好花不能长在，明月不能长圆，星子也不能永远放光"，××人歌唱恋爱，因此

女孩子明理懂事一点的，一到了成年时，总把自己最初的贞操，稍加选择就付给了一个人，到后来再同自己钟情的男子结婚。

也多忧郁感伤气氛。常常有人在分手时感到"芝兰不易再开，欢乐不易再来"，两人悄悄逃走的。也有两人携了手沉默无语一同跳到那些在地面张着大嘴，死去了万年的火山孔穴里去的。再不然，冒险地结了婚，到后被查出来时，就应当把女的向地狱里抛去那个办法了。

当地女孩子因为这方面的习俗无法除去，故一到成年，家庭即不大加以拘束，外乡人来到本地若喜悦了什么女子，使女子献身总十分容易。女孩子明理懂事一点的，一到了成年时，总把自己最初的贞操，稍加选择就付给了一个人，到后来再同自己钟情的男子结婚。男子中明理懂事的，业已爱上某个女子，若知道她还是处女，也

日头向西掷去，两人对于生命感觉到一点点说不分明的缺处。黄昏将近以前，山坡下小牛的鸣声，使两人的心皆发了抖。

将尽这女子先去找寻一个尽义务的爱人，再来同女子结婚。

但这些魔鬼习俗不是神所同意的。年青男女所做的事，常常与自然的神意合一，容易违反风俗习惯。女孩子总愿意把自己整个交付给一个所倾心的男孩子，男子到爱了某个女孩时，也总愿意把整个的自己换回整个的女子。风俗习惯下虽附加了一种严酷的法律，在这法律下牺牲的仍常常有人。

女孩子遇到了这寨主独生子，自从春天山坡上黄色棠棣花开放时，即被这男子温柔缠绵的歌声与超人壮丽华美的四肢所征服，一直延长到秋天,还极纯洁地在一种节制的友谊中恋爱着。为了狂热的爱,且在这种有节制的爱情中,两人皆似乎不需要结婚,两人中谁也不想到照习惯先把贞操给一个人蹂躏后再来结婚。

但到了秋天,一切皆在成熟,悬在树上的果子落了地,谷米上了仓,秋鸡伏了卵,大自然为点缀了这大地一年来的忙碌,还在天空中涂抹了些无比华丽的色泽,使溪涧澄清,空气温暖而香甜,且装饰了遍地的黄花,以及在草木枝叶间敷上与云霞同样的眩目颜色。一切皆布置妥当以后,便应轮到人的事情了。

秋成熟了一切,也成熟了两个年青人的爱情。

两人同往常任何一天相似,在约定的中午以后,在这古碉堡上见面了。两人共同采了无数野花铺到所坐的大青石板上,并肩地坐在那里。山坡上开遍了各样草花,各处是小小蝴蝶,似乎对每一朵花皆悄悄嘱咐了一句话。向山坡下望去,入目远近皆异常恬静美丽。长岭上有割草人的歌声,村寨中有为新生小犊做栅栏的斧斤声,平田中有拾穗打禾人快乐的吵骂声。天空中白云缓缓地移,从从容容地流动,透蓝的天底,一阵候鸟在高空排成一线飞过去了,接着又是一阵。

两个年青人用山果山泉充了口腹的饥渴,用言语微笑喂着灵魂的饥渴。对日光所及的一切唱了上千首的歌,说了上万句的话。

日头向西掷去,两人对于生命感觉到一点点说不分明的缺处。黄昏将近以前,山坡下小牛的鸣声,使两人的心皆发了抖。

神的意思不能同习惯相合,在这时节已不许可人再为任何魔鬼作成的习俗加以行为的限制。理智即或是聪明的,理智也毫无用处。两人皆在忘我行为中,失去了一切节制约束行为的能力,各在新的形式下,得到了对方的力,得到了对方的爱,得到了把另一个灵魂互相交换移入自己心中深处的满足。到后来,于是两个人皆在战栗中昏迷了,暗哑了,沉默了,幸福把两个年青人在同一行为上皆弄得十分疲倦，终于两人皆睡去了。

男子醒来稍早一点，在回忆幸福里浮沉，却忘了打算未来。女孩子则因为自身是女子，本能地不会忘却当地人对于女子违反这习惯的赏罚，故醒来时，也并未打算到这寨主的独生子会要她同回家去。两人的年龄还皆只适宜于生活在夏娃亚当所住的乐园里，不应当到这"必需思索明天"的世界中安顿。

但两人业已到了向所生长的一个地方一个种族的习惯负责时节了。

"爱难道是同世界离开的事吗？"新的思索使小寨主在月下沉默如石头。

女孩子见男子不说话了，知道这件事正在苦恼到他，就装成快乐的声音，轻轻地喊他，恳切地求他，在应当快乐时放快乐一点。

  ××人唱歌的圣手，
  请你用歌声把天上那一片白云拨开。
  月亮到应落时就让它落去，
  现在还得悬在我们头上。

天上的确有一片薄云把月亮遮住了，一切皆朦胧了。两人的心皆比先前黯淡了一些。

寨主独生子说：

  我不要日头，可不能没有你。
  我不愿作帝称王，却愿为你作奴当差。

女孩子说：

  "这世界只许结婚不许恋爱。"
  "应当还有一个世界让我们去生存，我们远远地走，向日头出处远远地走。"

"你不要牛,不要马,不要果园,不要田土,不要狐皮褂子同虎皮坐褥吗?"

"有了你我什么也不要了。你是一切:是光,是热,是泉水,是果子,是宇宙的万有。为了同你接近,我应当同这个世界离开。"

两人就所知道的四方各处想了许久,想不出一个可以容纳两人的地方。南方有汉人的大国,汉人见了他们就当生番杀戮,他不敢向南方走。向西是通过长岭无尽的荒山,虎豹所据的地面,他不敢向西方走。向北是本族人的地面,每一个村落皆保持同一魔鬼所颁的法律,对逃亡人可以随意处置。只有东边是日月所出的地方,日头既那么公正无私,照理说来日头所在处也一定和平正直了。

但一个故事在小寨主的记忆中活起来了,日头曾炙死了第一个

向北是本族人的地面,每一个村落皆保持同一魔鬼所颁的法律,对逃亡人可以随意处置。

寨主的独生子想到另外一个世界，快乐地微笑了。他问女孩子，是不是愿意向那个只能走去不再回来的地方旅行。

××人，自从有这故事以后，××人谁也不敢向东追求习惯以外的生活。××人有一首历史极久的歌，那首歌把求生的人所不可少的欲望，真的生存意义却结束在死亡里，都以为若贪婪这"生"只有"死"才能得到。战胜命运只有死亡，克服一切唯死亡可以办到。最公平的世界不在地面，却在空中与地底；天堂地位有限，地下宽阔无边。地下宽阔公平的理由，在××人看来是可靠的，就因为从不听说死人愿意重生，且从不闻死人充满了地下。××人永生的观念，在每一个人心中皆坚实地存在。孤单地死，或因为恐怖不容易找寻他的爱人，有所疑惑，同时去死皆是很平常的事情。

寨主的独生子想到另外一个世界，快乐地微笑了。

他问女孩子，是不是愿意向那个只能走去不再回来的地方旅行。

女孩子想了一下，把头仰望那个新从云里出现的月亮。

　　水是各处可流的，
　　火是各处可烧的，
　　月亮是各处可照的，
　　爱情是各处可到的。

说了，就躺到小寨主的怀里，闭了眼睛，等候男子决定了死的接吻。寨主的独生子，把身上所佩的小刀取出，在镶了宝石的空心刀把上，从那小穴里取出如梧桐子大小的毒药，含放到口里去，让药融化了，就度送了一半到女孩子嘴里去。两人快乐地咽下了那点同命的药，微笑着，睡在业已枯萎了的野花铺就的石床上，等候药力发作。

月儿隐在云里去了。

　　　　　　　一九三二年九月作，一九三三年在青岛写成
　　　　　　　　　　　原载一九三三年《东方杂志》

神之再现

若从一百年前某种较旧一点的地图上去找寻,当可在黔北、川东、湘西,一处极偏僻的角隅上,发现了一个名为"镇筸"的小点。

凤子（节选）

五　一个被地图所遗忘的一处
　　被历史所遗忘的一天

　　一个好事的人，若从一百年前某种较旧一点的地图上去找寻，当可在黔北、川东、湘西，一处极偏僻的角隅上，发现了一个名为"镇筸"的小点。那里同别的小点一样，事实上应有一个城市，在那城市中，安顿了无数人口的。不过一切城市的存在，大部分皆在交通、物产、经济的情形下面，成为那个城市荣枯的因缘。这一个地方，却以另外一个意义无所依附而独立存在。将那个用粗糙而坚实的巨大石头砌成的圆城，作为其地的中心，向四方展开，围绕了这边疆僻地的孤城，约有四千到七千左右的碉堡，五百以上的营汛。碉堡各用大石块堆成，位置在山上，随了山岭的脉络蜿蜒各处走去，营汛各位置在驿路上，布置得极有秩序。这些东西在一百七十年前，是按照了一种精密的计划，保持到相当距离，在周围数百里内，平均分配下来，解决了退守一隅常作蠢动的边苗叛变的。两世纪来满清人的暴政，以及因这暴政而引起的反抗，血染赤了每一条官路同每一个碉堡。到如今，一切完事了，碉堡多数业已毁掉了，营汛多数成为

那里土匪的名称是不习惯于一般人的耳朵的。兵皆纯善如平民，与人无侮无扰。农民皆勇敢而安分，且莫不敬神守法。

民房了，人民已大半同化了。落日黄昏时节，站到那个巍然独在万山环绕的孤城高处，望到那些远近残毁碉堡，还可依稀想象到当时角鼓火炬传警告急的光景。这地方到今日此时，因为另一军事重心，一切皆以一种迅速的姿式，在改变，在进步，同时这种进步也就正在消灭到过去一切。

凡是有机会，追随了屈原溯江而行那条常年澄清的辰河，向上走去的旅客和商人，若打量由陆路入黔入川，不经古夜郎国，不经永顺龙山，皆应明白"镇筸"是一个可以安顿他的行李，最可靠也最舒服的地方。那里土匪的名称是不习惯于一般人的耳朵的。兵皆纯善如平民，与人无侮无扰。农民皆勇敢而安分，且莫不敬神守法。商人各负担了花纱同货物，洒脱地向深山村庄里走去，同平民做有无交易，谋取什一之利。地方统治者分数种：最上为天神，其次为官，又其次才为村长同执行巫术的神的侍奉者。人人洁身信神，守法爱官。每家皆有兵役，每家皆可从官中领取二百年前被政府所没收的公田播种。城中人每年各按照家中有无，杀猪、宰羊、磔狗、献鸡献鱼，求神保佑五谷的繁殖，六畜的兴旺，儿女的长成，以及疾病婚丧的禳解。人人皆很高兴担负官府所分派的捐款，又自动地捐钱与庙祝或单独执行巫术者。一切皆保持到一种淳朴遵从古礼：春秋二季农事起始与结束时，照例有年老人向各处人家敛钱，为社稷神唱木傀儡戏。旱暵祈雨，便有小孩子各抬了活狗，带上柳条，或扎成草龙，各处走去。春天常有春官，穿黄衣各处念农事歌词。年末则居民装饰红衣傩神于家中正屋，捶大鼓如雷鸣，巫者穿鲜红如血衣服，吹镂银牛角，拿铜刀，踊跃歌舞娱神。城中的住民，多当时派遣移来的戍卒屯丁，此外则有江西人在此卖布，福建人在此卖烟，广东人在此卖药。地方由少数读书人与多数军官，在政治上与婚姻上两面的结合，产生一个上层阶级，这阶级一方用一种保守稳健的政策，长时期处置到政治，一方支配了大部属于私有的土地；而这阶级的来源，却又仍然出于当年的戍卒屯丁。地方山坡上产桐树杉树，矿坑中有朱砂水银，松林里生菌子，山洞中多硝。城乡皆不缺少勇敢忠诚适于理想的兵士，与温柔耐劳适于家庭的妇人。在军校阶级厨房中，出异常可口的菜饭，在伐树砍柴人口中，出热情优美的歌声。

地方东南四十里后近大河，一道河流肥沃了平衍的两岸，多米，多橘柚。西北二十里后，即已渐入高原，近抵苗乡，万山重叠。大小重叠的山中，大杉树以常年深绿逼人的颜色，蔓延各处。一道小河从高山绝涧中流出，汇集了万山细流，沿了两岸有杉树林的河沟奔驶而过，农民皆就河边编缚竹子做成水车，引河中流水，灌溉高处的山田。河水长年清澈，其中多鳜鱼、鲫鱼、鲤鱼，大的比人脚板还大。

河岸上那些人家里，常常可以见到白脸长身见人善作媚笑的女子。

一个旅行的人，若沿了进苗乡的小河，向上游走去，过××，再离开河流往西，在某一时，便将发现一个村落，位置一带壮丽山脉的结束处，这旅行者就已到了边境上的矿地了。三千年来中国方士神仙所用作服食的宝贝，朱砂同水银，在那个地方，是以一个极平常的价值，在那里不断地生产和贸易的。

那个自己比作"在××河中流过的一尾鱼"的绅士，在某一年中，为了调查这特殊的矿产，用一个工程师的名分，的的确确曾经沿了这一道河流，做过一次有意义的旅行。在这一次旅行中，他发现了那个地方，地下蕴藏了如何丰富的矿产，人民心中，却蕴藏更其如何丰富的热情。

历史留给活人一些记忆的义务，若我们不过于善忘，那么辛亥革命那一年，国内南方某一些地方，为了政局的变革，旧朝统治者与民众因对抗而起的杀戮，以及由于这杀戮而引起的混乱，应多少有一种印象，保留到年龄二十五岁以上的人们记忆中。这种政变在那个独立无依市民不过一万的城市里，大约前后有七千健康的农民，为了袭击城池，造反作乱，被割下头颅，排列到城墙雉堞上。然而为时不久，那地方也同其他地方一样，大势所趋，一切无辜而流的血还没有在河滩上冲尽，城中军队一变，统兵官乘夜挟了妻小一逃，地方革命了。当各地方资议局、参政局继续出现，在省政府方面，也成立了矿政局、农矿厅一类机关后，隐者绅士，因为同那地方一个地主有一科友谊，就从那种建设机关方面，得到了一种委托，单独地深入了这个化外地方。因这种理由，便轮到下面的事情了。

某一日下午三点钟左右，在去"镇筸"已有了五十里左右的新寨苗乡山路上，有两匹健壮不凡的黑色牲口，驮了两个男子，后面还跟了两个仆人。那两匹黑马配上镂银镶牙的精美鞍子，赭色柔软的鞯皮，白铜的嚼口，紫铜的足镫。牲口上驮了两个像不同的男子，默默

凤子（节选） 073

稍后一点，是一个年在三十左右的城中绅士。这人和他的同伴比起来显得瘦了一些，骑姿式却十分优美在行。

地向边境走去。两匹马先是前后走着，到后来路宽了一点，后边那匹马便上前了一点，再到后来两匹便并排走了。

稍前一个马头，在那小而性醇耐劳的云南种小马背上，坐的是一个红脸微胖中年男子，年纪约五十岁上下。从穿着上，从派头上，从别的方面，譬如说，即从那搁在紫铜马足镫上两只很体面的野猪皮大靴子看来，也都证明到这个有身份的人物，在任何聚落里，皆应是一地之长。稍后一点，是一个年在三十左右的城中绅士。这人和他的同伴比起来显得瘦了一些，骑姿式却十分优美在行。这人一望而知就是个城里人,生活在城中很久,故××高原的风日,在这城里人的脸上同手上,皆以一种不同颜色留下一个记号,脸庞和手臂,反而似乎比乡下人更黑了一点。按照后面这个人物身份看来,则这男子所受的教育,使他不大容易有机会,到这边僻地方来,和另一位有酋长风范的人物同在一处。××的军官是常常有下乡的,这人又决不是一个军官。显然的,这个人在路上触目所见,一切皆不习惯,皆不免发生惊讶,故长途跋涉,疲劳到这个男子的身心,却因为一切陌生,触目成趣,常常露出微笑,极有兴致似的,去注意听那个同伴谈话。

　　那时正是八月时节,一个山中的新秋,天气无风而晴。地面一切皆显得饱满成熟。山田的早稻已经割去,只留下一些白色的短桩。山中枫树叶子同其他叶子尚未变色。遍山桐油树果实大小如拳头,美丽如梨子。路上山果多黄如金子红如鲜血,山花皆五色夺目,远看成一片锦绣。

　　路上的光景,在那个有教育的男子头脑中,不断地唤起惊讶的印象。曲折无尽的山路,一望无际的树林,古怪的石头,古怪的山田,路旁斜坡上的人家,以及从那些低低屋檐下面,露出一个微笑

路旁斜坡上的人家,以及从那些低低屋檐下面,露出一个微笑的脸儿的小孩们,都给了这个远方客人崭新的兴味。

的脸儿的小孩们，都给了这个远方客人崭新的兴味。

看那一行人所取的方向，极明白的，他们今天一早是从大城走来，却应当把一顿晚饭同睡眠，在边境矿场附近安顿的。

这种估计并没有多少错误。这个一方之长的寨主，是正将接待他的朋友，到他那一个寨上去休息的。因为两匹马已并排走去，那风仪不俗的本地重要人物说话了。

"老师，你一定很累了！"

另一个把头摇摇，却微笑着。

那人便又接到说："老师，读佛家所著的书，走××地方的路，实在是一种讨厌的事，我以为你累了！"

城里那一个人回答这种询问："总爷，我完全不累。在这段长长的路上，看到那么多新鲜东西，我眼睛是快乐的，听到你说那么多智慧言语，我耳朵是快乐的。"说过后自己就笑了，因为对比的言语，一种新的风格的谈话，已给这城市里人清新的趣味，同伴说了很久，自己却第一次学到那么说了。

在他们的谈话中，一则因为从远处来，一则因为是一地之长，那么互相尊敬到对面的身份，被称作"老师"同"总爷"，却用了异常亲切的口吻说到一切。那个城市中人，大半天来就对于同伴的说话，感到最大的兴味，第一次摹仿并不失败，于是第二次摹仿那种口吻，说到关于路的远近。他说：

"总爷，你是到过京里的，北京计算钱的数目，同你们这一边计算路程，都像不大准确。"

那个总爷对这问题解释了下面的话："老师，你说得对。这两处的两样东西，都有点儿古怪。这原因只是那边为皇帝所管，我们这边却归天王所管。都会上钱太重要，所以在北京一个钱算作十个；这乡下路可太多了一点，所以三里路常常只算作一里。……另外说来，也是天王要我们'多劳苦少居功'的意思。这意思我完全同意！我们这里多少事皆由神来很公正地支配，神的意思从不会和皇帝相同的！"

"你那么说来，你们这里一切都不同了！"

"是的，可以说有许多事常常不同。你已经看过很多了。再说，"那总爷说时用马鞭指到路旁一堆起虎斑花纹红色的草，"老师，你瞧，这个就将告给你野蛮地方的意义。这颜色值得称赞的草，它就从不许人用手去摸它折它。它的毒会咬烂一个人的手掌，却美丽到那种样子。"

"美丽的常常是有毒的，这句格言是我们城中人用惯了的。"

"是的，老师，我们也有一句相似的格言，说明到这种真理。"

"这原是一句城里人平常话，恰恰适用到总爷所说的毒草罢了。至于别的……譬如说，从果树上摘下的果子，从人口中听到的话，决不会成为一种毒药！"

总爷最先就明白了城里人对于谈话，无有不为他那辞令拜倒的。听到这种大胆的赞美，他就笑了一下。这个在××六十里内极有身份的人物，望到年纪尚青的远客，想起另外一点事情了。"老师，你的说明不很好。我仍然将拥护那一句格言。照我的预感，你到了那边，你会自己否认你这个估计的不当。言语实在就是一样有毒的东西！你那么年青，一到了那里，就不免为一些女孩子口里唱出的歌说出的话中毒发狂。我××堡子上的年青女人，恰恰是那么美丽，也那么十分有毒的！"

城市中人听到这个稍带夸张的叙述，就在马上笑着："那好极了！好烧酒能够醉人，好歌声也应当使人大醉；这中毒是理所当然的。"

"好看草木不通咬烂手掌，好看女人可得咬烂年青人心肝。"

"总爷，这个不坏。到了这儿，既然已经让你们这里的高山阔涧，劳动到我这城市中人的筋骨，自然也就不能拒绝你们这地方的女孩子，用白脸红唇困苦到我的灵魂！"

"是的,老师。我相信你是有勇气的,但我担心到你的勇气只能支持一时。"

"乡下人照例不怕老虎,城里人也照例不怕女人:我愿意有一个机会,遇到那顶危险的一个。"

"是的,老师。假若存心打猎,原应当打那极危险的老虎。"

"不过她们性情怎么样?"

"垄上的树木,高低即或一样,各个有不相同的心。"

"她们对于男子,危险到什么情形,我倒愿意听你说说。"

"爱你时有娼妓的放荡,不爱你时具命妇的庄严。"

"这并不危险!爱人时忘了她自己,不爱人时忘了那男子,多

么公平和贞洁！"

"是的，老师，这是公平的。倘若你的话可以适用到这些女孩子方面，同时她们还是贞洁的。但一个男子，一个城里人，照我所知，对于这种个性常常不能同意。"

"我想为城里人而抗议，因为在爱情方面，城里人也并就不缺少那种尊敬女子自由的习惯。"

"是的，一面那么尊敬，一面还是不能忍受。照龙朱所说，××女子是那么的：朱华不觉得骄人，白露不能够怜人。意思是有爱情时她不骄傲，没有爱情时她不怜悯。女孩子们对于爱情的观念，容易苦恼到你们年青男子。"

"总爷，我觉得十分荣幸，能够听到你引用两句如此动人的好诗。其实这种××女子的美德，我以为就值得用诗歌来装饰的。我是一个与诗无缘的人，但我若有能力，我就将做这件事。"

"是的，老师。把一个××的女孩子聪慧和热情，用一组文字来铺叙，不会十分庸俗丑看。××女孩子，用爱情装饰她的身体，用诗歌装饰她的人格，这似乎也是必需的。做这件事你是并不缺少这种能力的，我却希望你有勇气。不过假若这种诗歌送给城市中先生小姐们去读，结果有什么益处？他们将觉得稀奇，那是一定的，但完全没有益处！"

"总爷，我不同意这个推测。我以为这种诗歌，将帮助他们先生小姐们思索一下，让他们明白他们以外还有些什么东西，尽他们多知道一点。"

"是的，老师。我先向你告罪，当到你城里人我要说城里人几句坏话。我以为城里人是要礼节不要真实的，要常识不要智慧的，要婚姻不要爱情的。城市中的女子仍然是女子，同样还是易于感动富于幻想，那种由于男子命运为命运的家婆观念，或者并不妨碍到对她对这种诗歌的理解。但实在说来，她们只需要一本化妆同烹饪的书，这

"……因为直到此时为止,你就还不十分相信我所说的女人热情有毒的意义,就因为你到如今还不曾经验那种女子。"

种诗歌并不是她们最需要的。至于男子,大家不是都在革命么?那是更不需要的!并且我同你说,你若和一个广东人描写冰雪,那是一种极费力的说明,他们不相信的。你同城市中人说到我们这里一切,也不能使他们相信。一切经验才能击碎人类的顽固,因为直到此时为止,你就还不十分相信我所说的女人热情有毒的意义,就因为你到如今还不曾经验那种女子。"

那时节,城里人被那个总爷说到的几句话,稍稍害羞起来了,就只回答着:"是的,我承认你一切的话语。我希望有一种机会,让我发现蕴藏在××地下矿产以前,就能发现蕴藏在××女人胸中的秘密。"

那总爷说:"是的,老师,一到了这里,自然不会缺少机会。宝石矿许可我们随时发现宝石。你看看,上了那个小坡,前面就可以到一个小小客店里歇歇了,我们或者就可以发现一点东西。"

两人一面说着一面把马加快了一点,不到一会就上了那个小坡,进抵一个小村庄的街头了。到了客店,下了马,跟到马后的用人,把马牵到街外休息去了,他们于是进了一个客店的堂屋里,接受了一个年老妇人的款待。

客店里另外还有一个过路的少妇,也在那休息,年纪约二十二三岁,一张黑黑的脸庞,一条圆圆的鼻子,眉眼长长的尾梢向上飞去,穿了一身蓝色布衣,头上包了一块白布。两个人进去时,那妇人正低下头坐在一条板凳上吃米糕。见到了两个新来的客人,从

总爷的马认识了这一方之主,所以糕饼还不吃完,站起了身来就想走去。那客店老妇人就说:"天气还早,为什么不稍歇歇?日头还不忙到下山,你忙什么?"那妇人听到客店主人说的话,微微地一笑,就又坐下了。

妇人相貌并不如何美丽,五官都异常端整秀气,看来使人十分舒服。唯神气微带惨怛,好像居丧不久的样子。

那总爷轻轻地向城里人说:"老师,的确宝石矿是随处可拾宝石的。照××地方的礼仪,凡属远方来客,逢到果树可以随意摘取果子,逢到女人可以随意问讯女人:你不妨问问那个大嫂,有什么忧愁烦扰到她。"

城里人望到妇人,想了一会,才想出两句极得体的话,问到那个妇人,因什么事情,神气很不高兴。

按照××地方的规矩,一个女子不能拒绝远方客人善意的殷勤。妇人听到城里人的问候,把头稍稍抬起,轻轻地说:"芝兰不易再开,欢乐不易再来。"说后恐怕客人不明白所说的意思,又把手指着悬挂在门外那个红布口袋,望到客人,带了一点害羞的神气,"这是一个已经离开了世界的人。在那个布口袋里,装的是他的骨灰;在一个妇人的心胸里,

左图:
那客店老妇人就说:"天气还早,为什么不稍歇歇?日头还不忙到下山,你忙什么?"

右图:
"这是一个已经离开了世界的人。在那个布口袋里,装的是他的骨灰;在一个妇人的心胸里,装的是他的爱情。"

装的是他的爱情。"说过后，低下头凄凉地笑着，眼睛却潮湿了。

总爷就说："玫瑰要雨水灌溉，爱情要眼泪灌溉：不知为什么事情，年纪轻轻的就会死去？"

"……"

妇人便告着这男子生前的一切。才知道这男子是一个士兵，在×××无意中被一个人杀死的，死时年龄还不到二十五岁，妇人住在××附近，听到了这事，赶过×××去，因为不能把死尸带回，才把男子烧成灰，装在一个口袋里。话说到末尾，那妇人用一种动人的风度，望到两个男子，把这个叙述结束到下面句子里：

"流星太捷，他去的不是正路，虹霓极美，可惜他性命不长！"

说完后，重复把头低下去，用袖口擦到眼角。

那客店妇人，见到这情形，便把两只手互相捏着，走过来了一点，站在他们的中间，劝慰到那个年青妇人："一切皆属无常：谁见过月亮长圆？谁能要星子永远放光？好花终究会谢，记忆永远不老。"可是那年青妇人，听到那个话，正因为被那种"在一切无常中永远不老"的记忆所苦，觉得十分伤心，就哭了。

过一会儿后，这妇人背了门外那个口袋走了，客店人站到门边向妇人所去一方，望了许久，才回过身来，向两个客人轻轻地吁着，还轻轻地念着神巫传说一个歌词上的两句歌：

"年青人，不是你的事你莫管，你的路在前途离此还远。"

那个城里人沉默了半天没有说话。

到后这一行人又重新上路了。

他们当天落黑时，还应当赶到总爷那个位置在××山一片嘉树成荫的石头堡寨上，同在一个大木盆里，用滚热的水洗脚，喝何首乌泡成的药酒，用手拉蒸鹅下酒，在那血梿木做的大床上，拥了薄薄的有干果香味的新棉被睡觉，休养到这一整天的疲乏的。

边境地方一地之主的城堡，位置在边境山岭的北方支脉上，由发源于边境山中那一道溪流，弯弯地环抱了这个石头小城。

六　矿场

边境地方一地之主的城堡，位置在边境山岭的北方支脉上，由发源于边境山中那一道溪流，弯弯地环抱了这个石头小城。城堡前面一点，下了一个并不费力的斜坡，地形渐次扩张，便如一把扇子展开了一片平田。秋天节候华丽了这一片大坪，农事收获才告终结，田中各处皆金黄颜色的草积，同用白木做成的临时仓库，这田坪在阳光下便如一块东方刺绣。城堡后面所依据的一支山脉，大树千章，葱笼郁合，王杉向天空矗去，远看成一片墨绿。巨松盘旋空际，如龙蛇昂首奋起。古银杏树木叶，已开始变成黄色，艳冶动人，于众树中如穿黄袍之贵人。城堡前有平田，后依高山，边境大山脉曲折蜿蜒而西去，堡墙上爬满了薜萝与葡萄藤，角楼上竖一高桅，角楼旁安置了四尊古铜炮，一切调子庄严而兼古朴。这城堡是常常在一些城市中人想象中，却很少机会为都会市民目击身经的。

这城堡一望而知是有了年龄的。这是一个古土司的宫殿所在地。一个在历史上有了一点儿声名的"王杉堡垒"。山后的杉树，各有五百年以上的岁数。堡主从祖父的祖父就有了这边境的土地和农夫，第七世才到了昨天那一位陪了城市中人下乡的有仪貌善辞令的总爷。这总爷除了在堡内据了那个位置略南的古宫殿，安置他的一家外，围绕了这古宫殿，堡内尚住下了一百家左右的农户。每一家屋子里各有他的牲畜家禽和妇人儿女，各人皆和平安分地住下，按照农夫的本分，春天来把从堡主所分配得到的田亩播种，夏天拔草，秋时收获，冬天则一家十分快乐地过一个年。每一家皆有相当的积蓄，这积蓄除了婚丧所耗以外没有用处。就常常买下用大铁筒装好的水银，负了上城去换取银器首饰同生活所必需的棉纱。每家皆有一张机床，每一个妇人皆能织棉布同麻布。凡属在这古堡表面所看到的古典的美丽处，每一个农户的生活与观念，每一个农人的灵魂，都恰恰与这古堡相调合一致。

矿场去堡上约有二里左右，从堡上过矿场，只沿了那条绕过堡垒的小河而东走，过一山岨，经过四个与王杉城堡成犄角形势的小石峒，在最后一个石峒下斜坡上，就可望到那一片荒山乱石下面的村落了。

堡内农户房屋，多黑色屋顶，黄泥墙垣，且秩序井井有条，远远望去显明如一种图案。矿场村落却恰恰相反，一切房子多就了方便，用荒石砌成，墙壁是石头的，屋顶不是石头的也压上无数石块，且房屋地位高下不等，各据了山地做成房屋的基础，远看不会知道那里有多少人家。矿场除了一些小商人以外，其余就多数是依

每家皆有一张机床，每一个妇人皆能织棉布同麻布。凡属在这古堡表面所看到的古典的美丽处，每一个农户的生活与观念，每一个农人的灵魂，都恰恰与这古堡相调合一致。

靠了那一带石山为生活的人。远远望去，只见各处皆堆积荒石成小阜，各处皆是制汞灶炉的白烟，各处皆听到有一种锤子敲打石头的声音。间不久时候，又可以听到訇的一声炮响。一个陌生的人，到了这种地方，见到此种情景，他最先就将在他自己感觉上发生一个问题："这就是那个产生宝贝，供给神仙粮食的所在地方吗？"他会不大相信这个地方，朱砂同水银，是那么吓人平常的一种东西，但他只要下去一点，他就可以见到那些人，用大秤钩挂了竹筐同铁筒所称量的，就正是朱砂和水银。这实在是一个古怪地方，隐藏在地下，同靠到了那地下的东西而生存的人，全是古怪的。

这矿还是在最近不久才恢复过来的。当各处革命兴起时节，矿场中因为官坑占了一部分，曾驻了一连军队，保护到矿场的秩序，正当城中杀戮紧急时，这一面边境上游民和工人也有了一次暴动。一千余游民工人集合在一处，夺取兵士的枪械，发生了一种战争。结果死了一些人，烧去了无数小屋同草棚，所有官坑私坑也就完全炸毁了。革命结束以后，一切平定了，城中军队经过改编，皆改驻其他地方，官私坑既已炸毁，官家一时不能顾及这点矿地，私人方面各存观望不敢冒险来此，商人则因为下游尚未知道消息，货物即有来源也无去路，因此地方人心秩序恢复以后，矿地种种一时还无从恢复。这件事除了堡上的总爷来努力以外，别无可希望了。这总爷因此到城中去商洽，把新军请来，且保证到军民之间的无事，又向城中商人接洽，为他们物质方面的债务做一种信用担保，在一极短时期中，用魄力与金钱恢复了矿地原来的秩序。到后官坑重新开了工，私人的小山头也渐次开了工，一切都恢复了原来的旧观，各处皆可以听到炮声同敲打石头的声音，石工也越来越多。山下做朱砂水银交易的市集，也恢复了五日一集的习惯，于是许多被焚烧过的地方，有人重新斫了树木搭盖茅棚，预备复兴家室。有人重新砌墙打灶，预备烧锅制酒。有人从各处奔来做生意，小商人也敢留住在场上小客店里放账做期货交易了。

因为官方有大坑，在场积上住得有军队，同一个位置不大收入可观的监督，且常常可见到从城中骑马来的小官员了。那些收砂买水银的小商人，有些住在矿地自己的小店里，有时住到本地人所开的客店里，照例同厂方同官吏都得有一种交谊，相互地酬酢，因此按照风气，在矿地方面，还开了一间很值得城市中人试试的馆子。这馆子里的一切必需用品，全从城中带来的，那一位守在锅边的大司

到后官坑重新开了工，私人的小山头也渐次开了工，一切都恢复了原来的旧观，各处皆可以听到炮声同敲打石头的声音，石工也越来越多。

务，烹调手段也是不下于城中军校厨房中人物的。

矿地有些是露坑，有些又是地下坑，因为开采的时间已极久远，故各处碎石皆堆积如山陵。大部分男子多按照一定价格为矿坑所有人做工，小部分男子，同那些妇人小孩，便提了竹篮，每日到正在开采的矿坑边上荒石所在处，爬找荒砂。矿坑除了划定区域的正坑以外，任何地方的荒石，皆尚有残砂可得。这些人从荒石中捡出有砂的石头。回到家中蹲坐到屋门前，用锤子扎出那些红色的颗粒，再把这些东西好好地装到竹筒中去。这些零碎的货物，同到正坑里工人私自带出的货物，另外一时，自然就有那种收荒的商人，排家去收买,收买这种东西时,自然比应当得到价钱要少一点,有时用钱收买,有时用一点糖,或一点妇人所需要的东西,就可以把它掉换到手了。

制汞处多用泥灶,上面覆盖一个锅子,把成色较差的砂石,用泥瓶装好放到灶中去烧炼,冷却后,就从泥瓶同锅上以及做灶的泥砖里得到那种白色流动的毒物。制汞工人脸色多是苍白的,都死得很早,但这种工人因为必不可少的技术,照例收入也比较多,地位也比较好。

当那个城市中人来到矿场时,××地方的矿场,刚恢复了三个

那时城市中人正从窗口望到堡外的原野,朝日金光映照到一切,空气清新而滋润。

月,但去年来的一切焚杀痕迹皆不可找寻,看到那种热闹而安静的情形,且使人不大相信这地方也有过这类事情发生了。

七 去矿山的路上

王杉古堡的总爷,安置了他的城中朋友在一间小而清静的房间,使他的朋友在那有香草同干果味道的新棉被里极舒服地睡了一晚,第二天,先打发了人来看看,见朋友已醒了,就走了过来,问候这朋友,晚上是不是还好。那时城市中人正从窗口望到堡外的原野,朝日金光映照到一切,空气清新而滋润。

那城市中人望到总爷笑着:"总爷,一切都太好了,我有生以来,还是第一次睡得那么甜熟舒适,第一次醒来那么快乐。"

总爷说:"安静同良好空气,使老师觉得高兴,我这做主人的倒太容易做主人了。乡下一切都是那么简陋,不比城中方便,你欢喜早上吃点什么?请你告给我。"

"随便一点吧……"

"是的,就随便做一点,××地方的神就是极洒脱的,让我去告他们预备一点东西,吃过后我们到矿场去看看那个地方吧。"

总爷今天把身上的装束同口中的言语皆换了一下,因为他明白了他的朋友在那种谈话风格上,有些费事费力。

两人把早饭吃过后,骑了马过矿场去。一出堡外,为了那种天气太好,实在不好意思骑到马上了,就要跟身的人把马牵到后面跟着,两人缓缓地沿了下坡的路步行走去。早晨的美丽,照例不许形容的,因为人世的文字,还缺少描写清晨阳光下一切的能力。单只路旁草尖上,蛛网上,露水所结成的珠子,在晨光中闪耀的五色,那种轻盈与灵活,是微笑,是羞怯,是为谁做成又为谁而做?这个并不止不许人去描写，连想象也近于冒失的。这东西就只许人惊讶，使人感动。那个一地之长的总爷，对这件事有了一个最好的说明。当两人皆注意到那露珠时，总爷就说：

"老师，神是聪明的，他把一切创造得那么美丽，却要人自己去创造赞美言语。即或那么一小点露水，也使我们全历史上所有诗人窘于言语来阿谀。从这事上我们可以见出人类的无能，与人类的贫乏。人类固然能够酿造烧酒，发明飞机，但不会对自然的创作有所批评，说一句适当的话。"

那城市中人说："创造一切美，却不许人用恰当的言语文字去颂扬，那么说来神是自私的了！"

"老师，我不能承认你这点主张。神不是自私的。因为他创造一切，同时在人类中他也并不忘记创造德性颜貌一切完全的人。但在这种高尚的灵魂同美丽的身体上，却没有可安置我们称誉的地方。这不是神的自私，却是神的公正。由于人力以外而成的东西，原用不着赞美而存在的。一切美处使人无从阿谀，就因为神不须乎赞美。"

"这样说来，诗人有时是一种罪人了。因为每一个诗人，皆是用言语来阿谀美丽诋毁罪恶的。"

"老师，很抱歉，我不大明白诗也不大尊敬诗人，因为我是一个在自然里生活的人。但照到你所说的诗人，我懂得你对于这种人的意思。在人类刑法中，有许多条款使人犯罪，作诗现在还不是犯罪的一种。但毫无可疑，他们所做的事，却实在是多数人同那唯一的神都无从了解的。由于他们的冒失，用一点七拼八凑而成的文字，过分地大胆去赞美一切，说明一切，所以他们各得了他们应得的惩罚，就是永远孤独。但社会在另一方面又常常是尊重他们鼓励他们的，就因为他们用惯了那几千符号，还能保存一点历史的影子，以及为那些过分愚蠢的人，过分褊狭的人，告给一些自然的美同德性的美。这些事在一个乡下人可有可无，一个都市中人是十分需要的。一个好诗人像一个神的舌人,他能用贫乏的文字,翻出宇宙一角一点的光辉。但他工作常常遭遇失败,甚至于常常玷污到他所尊敬的不能稍稍凝固的生命,那是不必怀疑了的。"

"你这种神即自然的见解,会不会同你对科学的信仰相矛盾?"

"老师,你问得对。但我应当告你,这不会有什么矛盾的。我们这地方的神不像基督教那个上帝那么顽固的。神的意义想我们这里只是'自然',一切生成的现象,不是人为的,由于他来处置。他常常是合理的、宽容的、美的。人做不到的算是他所做,人做得的归人去做。人类更聪明一点,也永远不妨碍到他的权力。科学只能同迷信相冲突,或被迷信所阻碍,或消灭迷信。我这里的神并无迷信,他不拒绝知识,他同科学无关。科学即或能在空中创造一条虹霓,但不过是人类因为历史进步聪明了一点,明白如何可以成一条虹,但原来那一条非人力的虹的价值还依然存在。人能模仿神迹,神应当同意而快乐的。"

"但科学是在毁灭自然神学的。"

"老师,这有什么要紧?人是要为一种自己所不知的权力来制服的,皇帝力量不能到这偏僻地方,所以大家相信神在主宰一切。在

那总爷说:"老师,你太客气了点。你明白,这些空话,是只有你来到这里,才给我一个机会谈到的……"

科学还没有使人人能相信自己以前,仍然尽他们为神所管束,到科学发达够支配一切人的灵魂时候,神慢慢地隐藏消灭,这一切都不须我们担心。但神在××人感情上占的地位,除了他支配自然以外,只是一个抽象的东西,是正直和诚实和爱:科学第一件事就是真,这就是从神性中抽出的遗产,科学如何发达也不会抛弃正直和爱,所以我这里的神又是永远存在不会消灭的。"

那城市中人在这理论上,显然同意了那个神的说明,却不愿意完全承认完全同意的。在朋友说完以后，他接着就说："总爷，从另外一个见解上看来，科学虽是求真的事情，他的否认力量和破坏力量，在以神为依据的民族上面所生的影响，在接受时，转换时，人民的感情上和习惯上，是会发生骚乱不安的。我想请你在这一点上，稍稍注意一下。我对这问题在平时缺少思索，我现在似乎做着抛砖引玉的事情。"

那总爷说："老师，你太客气了点。你明白，这些空话，是只有你来到这里，才给我一个机会谈到的。平常时节，我不作兴把思想徘徊到这个理论上面。你意思是以为我们聪明了一点，从别个民族进步上看来，已到了不能够相信神的程度，但同时自己能力却太薄弱了，又薄弱得没有力量去单独相信我们自己，结果将发生一点社会的悲剧，结果一切秩序会因此而混乱，结果将有一时期不安：老师，这是一定的，不可免的。但这个悲剧，只会产生于都会上，同农村无关。预言是无味的，不可靠的，但这预言若根据老师那个理由，则我们不妨预言，中国的革命，表面上的统一不足乐观。中国是信神的，少数受了点科学富国强种教育的人，从国外回来，在能够应用科学以前，先来否认神的统治，且以为改变组织即可以改变信仰，社会因此在分解，发生不断的冲突，这种冲突，恐怕将给我们三十年混乱的教训，这预言我大胆地同你谈到，我们可以看看此后是什么样子。"

城市中人微笑着，总爷从他朋友的微笑上，看得出那个预言，是被"太大胆了一点的假定"那种意思否认到的，他于是继续了下面的推理。

"老师，照这预言看来，农村的和平自然会有一日失去的。农民的动摇不是在信仰上，应当是在经济上。可是这不过我们一点预言，这预言从一点露水而来，我们不妨还归到露水的讨论吧。请你注意那边，那一丛白色的禾梗旁，那点黄花，如何惊人！是谁说过这样体

两人合并起来应有八十年的寿命,但却为那点生命不过数日在晨光积露中的草花,颜色与配置,吸引了过去……

面的言语:自然不随意在一朵花上多生一根毫毛。你瞧,真是……"

两人合并起来应有八十年的寿命,但却为那点生命不过数日在晨光积露中的草花,颜色与配置,吸引了过去,徘徊了约十分钟左右。两人一面望到这黄花做了一些愉快而又坦白的谈话,另外远处一个女人的歌声,才把他们带回到"人事"上来。

歌声如一线光明,清新快乐浮荡在微湿空气中,使人神往情移。

城市中人说:"总爷,××地方使人言语华丽的理由,我如今可明白了,因为你们这地方有一切,还有这种悦耳的歌声!"

总爷微微笑着,望到歌声所在一方,"老师,你这句话应当留下

总爷微微笑着,望到歌声所在一方,"老师,你这句话应当留下来说给那些唱歌人听的,这是一句诚实的话……"

来说给那些唱歌人听的,这是一句诚实的话。可是你得谨慎一点,因为每一滴放光的露珠,都可以湿了你的鞋子,莫让每一句歌声,在你情感上中毒,是一件要紧的事。"

城市中人说:"我盼望你告我在这些事上,神所持的见解。"

"神对此事毫无成见,神之子对此事却有一种意见。当××族神巫独身各处走去替边境上人民禳鬼悦神时节,走过我们这里的长岭,在岭上却说下了那么两句话:'好烧酒醉人三天,好歌声醉人三年。'这个稍嫌夸张的形容,增加了本地的光荣。但这是一个笑话,因为那体面人并没有被歌声所醉,却爱上了哑子的。"

"我愿意明白这个神巫留在王杉堡上的一切传说。"

于是总爷把这个神巫的一切,为他的朋友一一述说,到后他们上了长坂,便望到矿山一切,且听到矿山方面石工的歌声同敲打石头声音了,他们不久就进到那个古怪地方,让一个石洞所吞灭了。

八　在栗林中

秋天为一切圆熟的时节。从各处人家的屋檐下,从农夫脸上,从原野,从水中,从任何一处,皆可看到自然正在完成种种,行将结束这一年,用那个严肃的冬来休息这全世界。但一切事物在成熟的秋天，凝寒把温露结为白霜以前，反用一种动人的几乎是妩媚的风姿，照耀人的眼目。春天是小孩一般微笑，秋天近于慈母一般微笑。在这种时节，照例一切皆极华丽而雅致，长时期天气皆极清和干爽，蔚蓝作底的天上，可常见到候鸟排成人字或一字长阵写在虚空。晚来时有月，月光常如白水打湿了一切；无月时繁星各依青天，列宿成行有序。草间任何一处皆是虫声，虫声皆各如有所陈诉，繁杂而微带凄凉。薄露湿人衣裳，使人在"夏天已去"的回忆上略感惆怅。天上纤云早晚皆为日光反照成薄红霞彩，树木叶子皆镀上各种适当其德性的颜色。在这种情形下，在××堡墙上，每日皆可听到××人镂银漆朱的羊角，芦叶卷成的竖笛，应和到××青年男女唱歌的声音，这声音浮荡在绣了花朵的平原上，徘徊在疏疏的树林里。

用那么声音那么颜色装饰了这原野，应是谁的手臂？华丽了这原野，应是谁所出的主意？

若按照矿地那个一方之主的言语说来，××一切皆为镇箪地方天神所支配，则这种神的处置，是使任何远方来客皆只有赞美和感谢言语的。

各处歌声所在处，皆有大而黑的眼睛，同一张为日光所炙颜色微黑的秀美脸

左图：
　　从各处人家的屋檐下，从农夫脸上，从原野，从水中，从任何一处，皆可看到自然正在完成种种，行将结束这一年……

右图：
　　每日皆可听到××人镂银漆朱的羊角，芦叶卷成的竖笛，应和到××青年男女唱歌的声音，这声音浮荡在绣了花朵的平原上，徘徊在疏疏的树林里。

庞。各处皆不缺少微带忧郁的缠绵,各处却泛溢到欢乐与热情。各处歌声所在处,到另一时节,皆可发现一堆散乱的干草,草上撒满了各色的野花。

年岁去时没有踪迹,忧愁来时没有方向。城市中人在这种情形中,微觉得有种不安,扰乱到这个端谨自爱的城市中人的心情。每日骑了马到××附近各处去,常常就为那个××地方随处可遇的现象所摇动,先是常常因此而微笑,到后来却间或变成苦笑了。这个远方客人他缺少什么呢?没有的,这城市中人并不缺少什么,不过来到此间,得到些不当得到的与平时不相称的环境,心中稍稍不安罢了。

在新寨路上同总爷所说的话,有些地方他没有完全忘记,但这个一地之长原有一半当成笑话同他朋友说到的。他知道他朋友的为人,正直而守分,不大相信××的女人会扰乱这个远客的心绪,也不担心那种笑话有如何影响。一个城里绅士,在平时常常行为放荡言语拘谨,这种人平时照例不说女人的。但另外还有一种人,常常在某一时,言语很放肆随便,照那种陌生人看来,还几几乎可以说是稍轻佻一点,但这种人行为却端谨自爱,是一个无折无扣的君子。××的堡上的主人,把他的朋友的身份,安置在较后一种人的身份上。正因为估计到这城里人不会有什么问题,故遇到并辔出游时,总指点到那些歌声所在处,带着笑谑,一一告给他的朋友,这里那里全是有放光的眼睛同跳动的心的地方。或者遇到他朋友独自从外边骑马散步归来时,总不免带了亲切蕴藉的神气,问到这个朋友:

"从城里来打猎的人,遇到有值得你射一箭的老虎没有?"

城里这一个,便微微笑着,把头摇摇,做了一个比平常时节活泼了点的表示,也带了点诙谐神气,回答他的朋友:

"在出产宝石的宝石坑边,这人照例是空手的。因为他还不能知道哪一颗宝石比其余宝石更好!"

那寨主便说:"花须用雨水灌溉,爱须用爱情培养。在这里,过

"可是宝石是五色的,谁应当算最好的一颗?""一切你觉得好的,照到这里规矩,你都可以用手去拾取!"

分小心是不行的,过分拘持则简直是一种罪过。"

"我记得你前一次在路上所引那两句诗:朱华不觉得骄人,白露不能够怜人。胆小心怯的理由,便是还不忘记这两句诗。"

"是的,老师,龙朱说过的两句话,画出了××女人灵魂的轮廓。可是照到他另一个歌上的见解,却有下面的意思:爱花并不是爱花的美,只为自己年青;爱人不徒得女人的爱,还应当把你自己的青春赠给她。爱是权利同义务相纠结揉杂的。凡打量逃避这义务的人,神不能保佑他。"

"可是宝石是五色的,谁应当算最好的一颗?"

"一切你觉得好的,照到这里规矩,你都可以用手去拾取!"

"我不知道如何……"

"是的，老师，我明白你的意思，在城市里你应当用谦卑装饰你女人的骄傲，用绫罗包裹你女人的身体，这是城里的规矩。你得守到这种规矩，方可以得到女人。可是这里一切都用不着！这是边境地方，是××，是神所处置的地方。这里年青女人，除了爱情以及因爱情而得的智慧和真实，其余旁的全无用处。你不妨去冒一次险，遇到什么好看的脸庞同好看的手臂时，大胆一点，同她说说话，你将可以有福气听到她好听的声音。只要莫忘了这地方规矩，在女人面前不能说谎；她问到你时，你得照到她要明白的意思一一答应，你使她知道了你一切以后，就让她同时也知道你对于她的美丽所有的尊敬。一切后事尽天去铺排好了。你去试试吧，老师，让那些放光的手臂，燃烧你的眼睛吧。不要担心明天，好好处置今天吧。你在城市时，我不反对你为过去的历史和未来的希望而生活，到这里却应当为生活而生活。一个读书人只知道明天和昨天，我要你明白今天。"

城市中人听到这种说教，就大笑了："这种游戏，可不成了……"

那寨主不许他的朋友有说下去的机会就忙说："老师，我问你：猎虎是什么？猎虎也是游戏！一切游戏都只看你在那个情形中，是不是用全生命去处置。忠于你的生命：注意一下这一去不来的日子，春天时对花赞美，到了秋天再去对月光惆怅吧。一切皆不能永远固定，证明你是个活人，就是你能在这些不固定的一小点上，留下你自己的可追忆的一点生活，别的完全无用！"

两人虽那么热烈地讨论到这件事情，但两人仍然是当作一种笑话，并不希望这事将成为一种认真事件的。但在另一时，却因此有些小问题，使城里这一个费了些思索。笑话不会有多少偏见，却并不缺少某种真理。当寨主的笑话，到城里那一个独自反复想到时，这些笑话在年青人感情上发了酵，起了小小中毒的现象。一面听到××人的歌声，一面就常在自己的灵魂上，听到一种呼唤，"学科学的人，你是不行的。你不能欣赏历史，就应当自己造成一点历史！"一个人为了明白自己将来还有一段长长的寂寞日子，就为了这点原因，在他年青时忽然决定了他自己，在自己生活中造作出一种惊人的历史，这样事情应当是可能的。

可是这历史如何去创造呢？谁给他那点狂热，谁能使他在一个微笑上发抖，谁够得上占领这个从城市里来的年青人的尊贵的心？

"一切草木皆在日光下才能发育，××人的爱情也常存在日光中。"城市中人怀了一种期待，上了××石堡的角楼上，眺望原野的风光。一片温柔的歌声摇撼到这个人的灵魂，这歌声不久就把他带出了城堡，到山下栗林去了。

一片温柔的歌声摇撼到这个人的灵魂，这歌声不久就把他带出了城堡，到山下栗林去了。

黄黄的日头，把光线从叶中透过去，落叶铺在地下有如一张美丽的毡毯。

栗林位置在石堡前面坡下约半里，沿了那一片栗林，向南走去，便重新上了通过边界大岭的道路。向东为去矿场的路。向西为大岭一支脉，斜斜地拖成长陇，约有二里左右。陇坂上有桐茶漆梓，有王杉，有分成小畦栽种红薯同黍米的山田。大岭那一面，遍岭皆生可以造纸的篁筱，长年作一片深绿，早晚在雾里则多变成黑色。堡前平田里，有穿了白衣背负稻草的女人，同家中的狗慢慢走着，这女人是正在预唱的。在陇坂山田上，同大岭篁筱里，皆有女人的歌声。栗林里有人吹羊角，声音低郁温柔如羊鸣。

城市中人到了栗林附近，为那个羊角声音所吸引，所感动，便向栗林走去。黄黄的日头，把光线从叶中透过去，落叶铺在地下有如一张美丽的毡毯。在栗林里，一个手臂裸出的小孩子，正倚着一株老栗树边,很快乐地吹他那个漆有朱红花纹的羊角,应和到远处的歌声,一见了生人,便用一种小兽物见生人后受惊的样子,望到这个不相识的人一笑,把角声止住了。城市中人说:

"小同年,你吹得不坏。"

小孩子如一个山精神气,对到陌生人狡猾地摇着头,并不回答。

城市中人就说:"你把那个给我看看。"小孩子仍然不说什么,只望到这生人,望了一会,明白这陌生人不可怕了,就把手上的羊角递给了他。原来这羊角的制作是同巫师用的牛角一样的,形制玲珑精巧,刮磨得十分光滑,在羊角下部,还用朱红漆绘了极美丽的曲线和鱼形花纹。角端却用芦竹做成的簧,角上较前一部分还凿了三个小孔,故吹来声音较之牛角悦耳。城市中人见到这美丽东西,放在自己口上去吹出了几个单音,小孩见到就笑了。小孩"哪,哪,哪"地喊着笑着,把羊角攫回来,很得意地在客人面前吹了起来。且为了陇上的歌声变了调子,又在那个简单乐器上,用一只手捂到小孔,一只手捂了角底,很巧妙地吹出一个新鲜调子,应和到那远处的歌声。

一会儿,一样东西从头上掉落下来,吓了城市中人一跳,小孩子见到这个却大笑了。原来头上掉下的是自己爆落的栗子。小孩子见到这个,记起对于客人的尊敬了,把羊角塞到腰间,一会儿就爬上了栗树,摘了好些较嫩的刺球从树上抛下来,旋即同一只小猴子一般溜下来,为客人用小石槌出刺球中半褐半白的栗子,捧了一手献给客人,且用口咬着栗子,且告给客人,"这样吃,这样吃,你会觉得有桂花味道哪。"

城市中人于是便同小孩坐到树下吃那有桂花风味的栗子,一面听陇坂上动人的歌声。过一会,却见到小孩忙把羊角取出,重新吹了几下,另外地方有人喊着,小孩锐声回答着:"呦……来了!"到后便向客人笑了一下,同一只逃走的小獐鹿一样,很便捷地跑去,即刻就消失了。

把一双秀美宜人的眼睛，大胆地固执地望到面前的男子，眼光中有种疑问的表情，好像在那么说着："你是谁？谁派你来到这地方……"

栗林中从小孩走后，忽然清静了。城市中人便坐下来，望到树林中那个神奇美妙的日光，微笑着，且轻轻叹息着。

忽然近处一个女子的歌声，如一只会唱的鸟，啭动了它清丽的喉咙。这歌声且似乎越唱越近，若照他的估计没有错误，则这女人应是一个从陇上回到矿场的人，这时正打量从栗林中一条捷路穿过去，不到一会儿就应当从他身边走过的。他便望到歌声泛溢的那一方，不过一刻，果然就见到一条蓝色的裙同一双裸露着长长的腿子，在栗林尽头灌木丛中出现了。再一会儿全身出现后，城市中人望到了她，她也望到了城市中人，就陡然把歌声止住，站定不动了。一个××天神的女儿，一个精怪，一个模型！那种略感惊讶的神情，仍然同一只獐鹿见了生人神情一样。但这个半人半兽的她并不打量逃跑，略迟疑了一下，就抿了嘴仍然走过来了。

城市中人立起挡着了这女人的去路，因为见到女子手腕上挂了一个竹篮，篮内有些花朵同一点紫色的芝菌，就遵守了××人语言的习惯，说：

"你月下如仙日下如神的女人，你既不是流星，一个远方来的客人，愿意知道你打哪儿来，打哪儿去，并且是不是可以稍稍停住一下？"

女孩子望到面前拦阻了她去路的男子,穿着一种不常见的装束,却用了异方人充满了谦卑的悦耳声音,向自己致辞,实在是一点意外的事,因此不免稍稍显得惊愕,退了两步,把一双秀美宜人的眼睛,大胆地固执地望到面前的男子,眼光中有种疑问的表情,好像在那么说着:"你是谁?谁派你来到这地方,用这种同你身份不大相称的言语,来同一个乡下女人说话?"可是看到面前男子的神气,到后忽然似乎又明白了,就露出一排白白的细细的牙齿笑了。

因为那种透明的聪慧,城市中人反而有些腼腆了,记起了那个一地之长所说的种种,重新用温柔的调子,说了下面几句话。

平常我只听说有毒的菌子,
今天我亲自听到有毒的歌……

他意思还要那么说下去的:

有毒的菌子使人头眩,
有毒的歌声使人发抖。

女孩子用××年青女孩特有的风度,把头摇摇做了一个否认的表示,就用言语截断了他的空话:

好菌子不过湿气蒸成,
谁知道明后日应雨应晴?
好声音也不过一阵风,
风过后这声音留不了什么脚踪。

城市中人记起了酒的比喻,就说:

> 好烧酒能够醉人三天，
> 好歌声应当醉人三年。

女孩子听到这个，把三个指头伸出，似乎从指头上看出三年的意义，望到自己指头好笑，随口接下去说：

> 不见过虎的人见猫也退，
> 不吃过酒的人见糟也醉。

说完时且大笑了。这笑声同丽态在一个男子当前，是危险的，有毒的，这一来，城市中人稍稍受了一点儿窘，仿佛明白这次事情要糟了，低下头去，重新得到一个意思，便把头抬起，对到女孩，为自己作了一句转语：

> 我愿做朝阳花永远向日头脸对脸，
> 你不拘向哪边我也向哪边转。

一线日光在女孩脸上正作了一种神奇的光辉，女孩子晃动那个美丽的头颅，听到这个话后，这边转转，那边转转，逃避到那一线日光，到后忽然就停住了，便轻轻地说：

> 风车儿成天团团转，
> 风过后它也就板着脸。

说了又自言自语地说：

> 朝阳花可不容易做，
> 风车儿未免太活泼。

她坐在陌生人面前，神气也那么见得十分自然，毫不慌张，因此使城中人在说话的音调上，便有一点儿发抖。

但一切事情却并不那么完全弄糟，女孩子的机智和天真是同样在人格上放光的东西，一面那么制止到这个客人对于她的荒唐妄想，一面却依照了陌生人的要求，在那栗树浮起的根上，很安静地坐下了。她坐在陌生人面前，神气也那么见得十分自然，毫不慌张，因此使城中人在说话的音调上，便有一点儿发抖。等到这陌生男子把话说过后，不能再说了，就把嘴角缩拢，对陌生的客人做了一个有所惑疑的记号，低低地说道：

  好看的云从不落雨，
  好看的花从不结实。

城市中人便做了一些年青男子向一个女子的陈诉；这陈诉带了××人所许可的华丽与夸张，自然是十分动人的。

女孩子低声地说了一句"呵，永远在口边，也不过是永远在口边"！

见陌生人不作声，以为不大明白那意思了，就解释着：

好听的话使人开心，
好听的话不能认真。

城市中人便做了一些年青男子向一个女子的陈诉；这陈诉带了××人所许可的华丽与夸张，自然是十分动人的。他把女人比作精致如美玉，聪明若冰雪，温和如棉絮。他又把女人歌声比作补药，眼光比作福祐。女人在微笑中听完了这远方人混和热情与聪明的陈诉，却轻轻地说：

客人口上华丽的空话，
豹子身上华丽的空花；
一面使人承认你的美，
一面使人疑心你有点儿诡。

说到末了时，便又把头点点，似乎在说："我明白，我一切明白，我不相信！"这种情形激动了城市中人的血流，想了一会，他望到天，望到地，有话说了。他为那个华丽而辩护：

若华丽是一种罪过，
天边不应挂五彩的虹；
不应有绿草，绣上黄色的花朵；
不应有苍白星子，嵌到透蓝的天空！

女孩子不间断地把头摇着，表示异议。那个美丽精致的头颅，在细细的纤秀颈项上，如同一朵百合花在它的花柄上扭动。

谁见过天边有永远的虹？
问星子星子也不会承认。
我听过多少虫声多少鸟声，
谎话够多了我全不相信。

城市中人说：

若天上无日头同雨水，
五彩虹自然不会长在眼前。
若我见到你的眼睛和手臂，
赞美的语言将永远在我的口边。

女孩子低声地说了一句"呵,永远在口边,也不过是永远在口边!"自己说完了,又望望面前陌生客人,看清楚客人并不注意到这句话,就把手指屈着数下来,一面计数一面说:

  日头是要落的,花即刻就要谢去,
  脸儿同嘴儿也容易干枯。

数完了这四项,于是把两只圆圆的天工制作的美丽臂膀摊开,用一个异常优美风度,向陌生人笑了一下,结束了她的意见,说了下面的话:

  我明白一切无常,一切不定,
  无常的谎谁愿意认真去听?

一个蜂子取了直线由西向东从他们头上飞过去,到后却又飞回来,绕了女孩子头上盘旋一会,停顿在一旁竹篮的花上了。这蜂子帮助了城市中人的想象。

  正因为一切无常,一切在成,一切要毁。
  一个女人的美丽,最好就是保存在她朋友的记忆里。
  不管黄花朱花,从不拒绝蜂子的亲近,
  不拘生人熟人,也不应当拒绝男子的尊敬。

女孩子就说:

  花朵上涂蜜想逗蜂子的欢喜,
  言语上涂蜜想逗女子的欢喜:

可惜得很——
大屋后青青竹子它没有心,
四月里黄梅天气它不会晴。

城市中人就又引了龙朱的一些金言,巫师的一些歌词,以及从那个一地之长的总爷方面听来的××人许多成语,从天上地下河中解释到他对于她所有的尊敬,这种动人的诉说,却只得到下面的反响。

菠菜茼蒿长到田坪一样青,
这时有心过一会儿也就没有心。

把话说过后,乘到陌生人低下头去思索那种回答的言语时,这女孩子站了起来,把篮子挂在手腕上,好像一支箭一样,轻便地,迅速地,向栗林射去,一会儿便消灭了。

城市中人望到那个女孩子所去的方向,完全痴了。可是他到后却笑了,他望过无数放光的星子,无数放光的宝石,今天却看到了一个放光的灵魂。他先是还坐到栗林里渗透了灿烂阳光的落叶上面,到后来却到那干燥吱吱作响的落叶上面了。

"家养的鸟飞不远。"这句话使他沉入深邃的思索里去。

九　日与夜

那个从城市中来此的人,对于王杉古堡总爷口说的神,同他自己在栗林中眼见的人,皆给他一种反省的刺激,都市的脉搏,很显然是受了极大影响的。这边境陌生的一切,正有力地摇动他的灵魂。即或这种安静与和平,因为它能给人以许多机会,同一种看来仿佛

边境的大山壮观而沉默，人类皆各按照长远以来所排定的秩序生活下去。日光温暖到一切，雨雪覆被到一切……

极多的暇裕，尽人思索自己，也可以说这要安静就是极怕人的。边境的大山壮观而沉默，人类皆各按照长远以来所排定的秩序生活下去。日光温暖到一切，雨雪覆被到一切，每个人民皆正直而安分，永远想尽力帮助到比邻熟人，永远皆只见到他们互相微笑。从这个一切皆为一种道德的良好习惯上，青年男女的心头，皆孕育到无量热情与智慧，这热情与智慧，使每一个人感情言语皆绚丽如锦，清明如水。向善为一种自然的努力,虚伪在此地没有它的位置。人民皆在朴素生活中长成,却不缺少人类各种高贵的德性,城市中人因此常常那么想着:若这里一切一切全是很好的,很对的,那么,在另外许多地方,是不是有了一点什么错误?这种思想自然是无结果的,因为一个城市中人来过分赞美原始部落民族生活的美德,也仍然不免成为一种偏见!

到了这地方后,暂时忘了都市那一面是必须的。忘掉了那种生活,那种习气,那种道德,但这个城市中人,把一切忘掉以后,还不能忘记一个住在都市的好友。那朋友是一个植物学者,又对于自然宗教历史与仪式这种问题发生了极大的兴味。这城市中人还没有到××地方以前,就听到那个知识品德皆超于一切的总爷,谈到许多有毒的草木,以及××地方信神的态度,以及神与人间居间者的巫觋种种仪式,因此在一点点空闲中,便写了一个很长的信,告给他朋友种种情形。在这个信里述说到许多琐碎事情,甚至于把前些日子在栗林中所发生的奇遇也提到了。那信上后面一点那么说:

……老友,我们应当承认我们一同在那个政府里办公厅的角上时,我们每个日子的生活,都被事务和责任所支配;我们所见的只是无数标本,无量表格,一些数目,一堆历史:在我们那一群同事方面的脸上,间或也许还可以发现一个微笑,但那算什么呢?那种微笑实在说来是悲惨的,无味的,那种微笑不过说明每一个活人在事务上过分疲倦以后,无聊和空虚的自觉罢了。在那种情形下,我们自然而然也变成一个表格,和一个很小的数目了。可是这地方到处都是活的,到处都是生命,这生命洋溢于每一个最僻静的角隅,泛滥到各个人的心上。一切永远是安静的,但只需要一个人一点点歌声,这歌声就生了无形的翅膀各处飞去,凡属歌声所及处,就有光辉与快乐。我到了这里我才明白我是一个活人，且明白许多书上永远说得糊涂的种种。

老友，我这报告自然是简单的，疏略的，就因为若果容许我说得明白一点，这样的叙述，没有三十页信纸是说不够的。王杉堡上的总爷说得不错，照他意思，文字是不能对于神所统治神所手创的一切，加以谀词而得其当的。我现在所住地方，每一块石头，每一茎草，每一种声音，就不许可我在文字中找寻同它们德性相称的文字。让我慢慢地来看吧，让我们候着，等一会儿再说。我住到这里，请你不必为我担心，因为照到我未来此以前，我们原是为了这里的一切习俗传说而不安的，但这不安可以说完全是一件无益的事。还请你替我告给几个最好的同事，不妨说我正生活在一个想象的桃源里。

那个矿洞我同那个总爷已看过了，这是一个旧矿，开采的年代，恐怕应当在耶稣降生前后。照地层大势看来，地下的埋藏量还十分可观。不过他们用的全是一种土法开采，迟缓而十分耗费，这种方法初初见到使我发笑，这方法，当汉朝帝王相信方士需用朱砂水银时，一定就应当已经知道运用了。他们那种耗费说来实在使我吃惊。可是，在这里我却应当告给我的老友，这地方耗费矿砂，可从不耗费生命。他们比我们明白生命价值，生活得比我们得法。他们的身体十分健康，他们的灵魂也莫不十分健康。在智慧一方面，譬如说，他们对于生命的解释，生活的意义，比起我们的哲学家来，似乎也更明慧一点。

…………

这完完全全是一个投降的自白！使这城市中来人那么倾心，一部分原因由于自己的眼见目及，一部分原因却是那个地位高于一切代表了××地方智慧与德性发展完全的总爷。数日来××地方环境征服了这个城市中人，另外那一个人，却因为他的言语，把城市中

"他们比我们明白生命价值,生活得比我们得法。他们的身体十分健康,他们的灵魂也莫不十分健康。"

人观念也改造了。

他们那次第一回看过了矿坑以后,又到过了许多矿工家中去参观了一会的。末了且在那荒石堆上谈了许久,才骑了牲口,从大岭脚下,绕了一点山路,走过王杉古堡的后面树林中去。在大岭下他们看了本地制纸工厂,在树林中欣赏了那有历史记号的各种古树。两人休息到一株极大的杉树下面大青石板上时,王杉古堡的总爷,就为他的朋友,说到这树林同城堡的历史,且同时极详尽地指点了一下各处的道路。这城市中人,因此一到不久,堡上附近地方就都完全熟习了。

可是在矿地他遇见了一件新鲜事情。

矿地附近的市集是极可观的，每逢一六两日，这地方聚集了边境二十五里以内各个小村落的人民，到这里来做一切有无交易。一到了那个日子，很早很早就有人赶来了，从这里就可以见到各色各样的货物，且可以认识各色各样的人物。来到集上的，有以打猎为生的猎户，有双手粗大异常的伐树人，有肩膊上挂了扣花搭裢从城中赶来的谷米商人，有穿小牛皮衣裤的牛羊商人，有大胆宽脸的屠户，有玩狗熊耍刀的江湖卖艺人——还有用草绳缚了小猪颈项，自己颈项手腕却戴了白银项圈同钏镯，那种长眉秀目的苗族女子；有骑了小小烟色母马，马项下挂了白铜铃铛，骑在马上进街的小地主。总之

> 一到了那个日子，很早很早就有人赶来了，从这里就可以见到各色各样的货物，且可以认识各色各样的人物。

各样有所买卖的人,到了时候莫不来此,混在一个大坪里,各做自己所当做的事情。到了时候,这里就成为一个畜生与人拥挤嚷嚷混杂不分的地方,一切是那么纷乱,却有一种鲜明的个性,留在一个异乡人印象上。

场坪内做生意的,皆互相大声吵闹着,争论着,急剧地交换到一种以神为凭的咒语。卖小猪的商人,从大竹笼里,拉了小猪耳朵,或提起小猪两只后脚,向他的主顾用边境口音大声讨论到价钱,小猪便锐声叫着,似乎有意混淆到这种不利于己的讨论。卖米的田主太太,包了白色首帕,站到篓前看经纪过斗。卖鸡的妇人,多蹲到地上,用草绳兜了母鸡公鸡,如卖儿卖女一样,在一个极小的价钱上常常有所争持,做出十分生意的神气。卖牛的卖去以后皆把头上缠一红布。牲畜场上经纪人,皆在肚前挂上极大的麂羊皮抱兜,成束的票据,成封的银元,皆尽自向抱兜里塞去,忙到各处走动,忙到用口说话,忙到用手作势,在一种不可形容的忙碌里处置一切。在成交以后,大家就喘着,嚷着,大笑着,向卖烧酒的棚子里走去,一面在那地方交钱,一面就在那里喝酒。

场坪中任何一处,还可以见到出色的农庄年青姑娘们,生长得苗条洁白,秀目小口,两乳高肿,穿了新浆洗过的浅色土布衣裳,背了黔中峝人用极细篾丝织成的竹笼,从这里小商人摊上,购买水粉同头绳,又从那里另一个小摊上,购取小剪刀同别的东西。

一切一切皆如同一幅新感觉派的动人的彩色图画,由无数小点儿,无数长片儿,聚集综合而成,是那么复杂,那么眩目,同时却又仍然那么和谐一致,不可思议。

还有一个古怪处所,为了那些猎户,那些矿工,那些戴耳环的苗子,以及一些特殊人们而预备的,就是为了决斗留下的一个空坪。

××地方照边境一地之长的堡上总爷说来,似乎是从无流血事情的。但这个总爷,当时却忘记告给他朋友这一件事了。堡内外

> 凭了一点点酒兴，一点点由于赌博而来的愤怒，使每一个人皆在心上有一个小小火把，无论触着什么皆可燃烧。

农民，有家眷的矿工，以及伐竹制纸工人，多数是和平无争的。但矿地从各处飘流而来的独身工人，大岭上的猎户，各苗乡的强悍苗人，却因了他们的勇敢、真实以及男性的刚强，常常容易发生争斗。横亘边境一带大岭上的猎户，性格尤其不同平常，一个男子生下来就似乎只有两件事情可做，一是去深山中打猎，二是来场集上打架：当打猎时节，这些人带了火枪、地网、长矛子、解首刀、绳索、竹弩以及分量适当的药物同饮食，离了家中向更深的山里走去，一去就十天八天，若打得了虎豹，同时也死去同伴时，就把死去的同伴掘坑埋好，却扛了死虎死豹还家。另一时，这些人又下了大岭来到这五日一集的场上，把所得到的兽皮同大蛇皮卖给那些由城里赶来收买山货的商人。仍然也是叫嚷同无数的发誓，才可以把交易说好。交易做成以后，得到了钱，于是这些人，一同跑到可以喝一杯的地方去，各据了桌子的一角，尽量把酒喝够了，再到一个在场头和驻军保护下设立的赌博摊上去，很迈豪也极公正地同人来开始赌博。再后一时，这些豪杰的钱，照例就从自己的荷包里，转移到那些穿了风浆硬朗衣服，把钱紧紧地捏着，行为十分谨慎的乡下人手上去了。等到把钱输光以后，一切都似乎业已做过，凭了一点点酒兴，一点点由于赌博而来的愤怒，使每一个人皆在心上有一个小小火把，无论触着什么皆可燃烧。猎户既多数是那么情形，单身工人中不乏身强力大嗜酒心躁的分子，苗人中则多有部落的世仇，因此在矿山场坪外，牛场与杂牲畜交易场后面，便不得不转为这些人预备下一片空地，这空地上，每一场也照例要发生一两次流血战争了。

这战争在此是极合理的，同时又实在极公正的。猎户的刀无时不随身带上，工人多有锤子同铁凿，苗人每一只裹腿上常常就插有一把小匕首。有时这流血的事为两种生活不同的人，为了求得其平，各人放下自己的东西，还可以借用酒馆中特为备妥分量相等的武器，或是两把刀，或是两条扁担。这些事情发生时，凡属对于这件事情关心注意，希望看出结果的，都可以跑到那一边去看看。人尽管站到一个较高较远地方去，泰然坦然，看那些放光的铦利的刀，那么乱砍乱劈，长长的扁担，那么横来斜去，为了策略一类原因，两人有时还跑着追着，在沉默里来解决一切，他们都有他们的规矩，决不会对于旁边人有所损害。这些人在这时血莫不是极热的，但头脑还是极清楚的。在场的照例还有保正甲长之类，他们承认这种办法，容许这种风气，就为得是地方上人都认为在法律以外的争持，只有在刀光下能得其平，这种解决既然是公正的，也就应当得到神的同意。

照通常情形，这战争等到一个人倒下以后，便应当告了结束。那时节，甲长或近于这一类有点儿身份的人物，见到了一个人已倒下，失去了自主防御能力时，就大声地喊着，制止了这件事情，于是一切人皆用声音援助到受伤者："虎豹不吃打下的人，英雄也不打受伤的虎豹！"照××风气，向一个受伤的东西攻击，应是自己一种耻辱，所以一切当然了事了。大家一面喊着一面即刻包围拢去，救护那个受伤的人，得胜的那一个，这时一句话不说，却慢慢地从容地把刀上的血在草鞋底上擦拭，或者丢下了刀，走到田里去浣洗手上血污。酒馆中主人，平常时节卖给这些人最醇冽的烧酒，

酒馆主人无事了，把刀提回来挂好，就一面为主顾向大坛中舀取烧酒，一面同主顾谈到使用他那刀时的得失……

这时便施舍给他们最好的药。他有一切合用的药和药酒，还大多数在端午时按了古方制好的，平时放到小口磁瓶中，挂到那酒馆墙壁上，预备随时可以应用。一个受刀伤的人，伤口上得用药粉，而另外一点，还得稍稍喝一杯压惊！在这件事情上，那酒馆主人显得十分关心又十分慷慨，从不向谁需索一个小钱。到后来受伤者走了，酒馆主人无事了，把刀提回来挂好，就一面为主顾向大坛中舀取烧酒，一面同主顾谈到使用他那刀时的得失，做一种纯然客观无私的批评。从他那种安适态度上看来，他是不忘记每一次使用过他那两把刀的战争，却不甚高兴去注意到那些人所受的痛苦的。

这种稀奇的习俗，为这个城市中人见到以后，他从那小酒馆问明白了一切。回到堡上吃晚饭时，见到了××堡上总爷，就说给那个总爷知道，在那城市中人意见上看来，过分的流血，是一件危险事情，应当有一种办法，加以裁判。

"老师，我疏忽得很，忘了把这件事先告给你，倒为你自己先发现了。"总爷为他朋友说明那个习俗保存的理由。"第一件事，你应当觉得那热心的老板是一个完美无疵的好人，因为他不借此取利；其次你应当承认那种搏击极合乎规矩，因为其中无取巧处。……是

那城市中人说:"初初见到这件事情时,我不能隐藏我的惊讶。"

的,是的,你将说:既然××地方神是公平的,为什么不让神来处置呢?我可以告你他们不能因为有即无流血的理由。××的神是能主持一切的,但若有所争持,法律不能得其平,把这个裁判委托于神,在神前发誓,需要一只公鸡,测验公理则少不了一锅热油:这些人有许多争持只是为了一点名誉,有些争持价值又并不比一只鸡或一锅油为多。老师,你想想,除了那么很公平来解决两方的愤怒,还有什么更好方法没有?按照一个猎户,或一个单身工人,以及一个单纯直率的苗人男性气质而言,他们行为是很对的。"

那城市中人说:"初初见到这件事情时,我不能隐藏我的惊讶。"

"那是当然的,老师。但这件事是必然的,我已经说过那必然的道理了。"

城市中人对于那两把备好的武器,稍稍显出了一点城市中人的气分,总爷望到他的朋友,有可嘲笑的弱点,所以在谈话之间,略微露了一点怜悯神气。城市中人明白这个,却毫不以为侮,因为他就并不否认这种习惯。他说:"若我们还想知道一点这个民族业已消灭的固有的高尚和勇敢精神,这种习俗原有它存在的价值。"

"老师,我同意你这句话。这是决斗!这是种与中国一切原始的文明同时也可称为极美丽的习俗,行将一律消灭的点点东西!都市用陷害和谋杀代替了这件事,所以欧洲的文明,也渐少这种正直的决斗了。"

"总爷,你的意见我不能完全相同,谋杀同陷害是新发明的吗?绝对不是。中国的谋杀和陷害,通行到有身份那个阶级中,同中国别方面文明一样极早地就发达了,所有历史,就充满了这种记载。还有,若果我们对这件事还不缺少兴味,这件事……喔,喔,我想起来了,××地方的蛊毒,一切关于边地的记载,皆不疏忽到这一点,总爷,你是不是能够允许我从你方面知道一点详细情形?"

"关于这件事,我不明白应当用什么话来答复你了,因为我活到这里五十年,就没有见到过一次这样以毒人为职业的怪物,从一些旅行者以及足迹尚不经过××地方的好事者各样记载上,我却看了许多荒唐的叙述。那些俨然目睹的记录,实在十分荒唐可笑。但我得说:毒虫毒草在这里是并不少的。那些猎户装在小小弩机竹箭上的东西,需要毒药方能将虎射倒的,那些生在路旁的草,可以死人也可以生人。但这些天生的毒物,决不是款待远客而预备的!"

"我的朋友之一,曾说过这不可信的传说,应溯之于历史'反陷害'谣言那方面去。江充用这方法使一个皇帝杀了一个太子,草蛊的谣言,则在另一时,或发生过不少民族流血的事情。"

"……那些生在路旁的草,可以死人也可以生人。但这些天生的毒物,决不是款待远客而预备的!"

"老师,贵友这点意见我以为十分正确,使我极端佩服。不过我们既不是历史专家,说这个不能得到结果吧。我相信蛊毒真实地存在,却是另外一种迷惑,那是不可当的,无救药的。因为据我所知,边界地方女孩子的手臂同声音,对于一个外乡年青人,实在成为一种致命的毒药。"

"总爷,一切的水皆得向海里流去,我们的问题又转到这个上面来了。我不欲向你多所隐瞒,我前日实在遇了一件稀奇事情。"这城市中人就为他的朋友,说到在栗林中所见所闻,那个女子在他印象上,占了一个如何位置。他以为极可怪处,并不因为那女子的美

平田远近皆正开始昆虫的合奏，各处皆有乳白色的薄雾浮动，草积上有人休憩，空气中有一种甜香气息。

丽，却为了那女子的聪明。由于女子的影响，他自己也俨然在那时节智慧了许多，这是他所不能理解的。

他说得那么坦白，说到后来，使那个堡上总爷忍不住了他的快乐的笑容。

总爷说：

那时两个人正站到院落中一株梧桐下面，还刚吃完了晚饭不久，一同昂首望到天空。白日西匿，朗月初上，天空青碧无际。稍前一时，以堡后树林作为住处的鹰类同鸦雀，为了招引晚归的同伴，凭了一种本能的集群性，在王杉古堡的高空中，各用身体作一流动小点，聚集了无数羽禽，画了一个极大圆圈，这圆圈向各方推动，到后皆消灭到树林中去了。代替了这密集的流动黑点的，便是贴在太空浅白的星宿。总爷询向他的朋友，是不是还有兴味，同到堡外去走走。

不久他们就出了这古堡，下了斜坡，到平田一角的大路上了。

平田远近皆正开始昆虫的合奏，各处皆有乳白色的薄雾浮动，草积上有人休憩，空气中有一种甜香气息。通过边地大岭的长坂上，有从矿地散场晚归乘了月色赶过大岭的商人，马项下铜铃声音十分清澈。平田尽头有火光一团，火光下尚隐约可听到人语。边界大岭如一条长蛇，背部极黑，岭脚镶了薄雾成银灰色。回过头去，看看那个城堡，月光已把这城堡变了颜色，一面桃灰，一面深紫，背后为一片黑色的森林，衬托出这城堡的庞大轮廓，增加了它的神秘意味，如在梦中或其他一世界始能遇到的境界。

一切皆证明这里黄昏也有黄昏的特色。城市中人把身体安置到这个地方，正如同另一时把灵魂安顿到一片音乐里样子，各物皆极清明而又极模糊，各事皆如存在如不存在，一面走着一面不由得从心中吐出一个轻微叹息。这不又恰恰是城市中人的弱点了吗？总爷已注意到他的朋友了。

"老师，你瞧，这种天气，给我们应是一点什么意义！"

"从一个城市中人见地说来，若我们装成聪明一点，就应当作诗，若我们当真聪明，就应当沉默。"

"是的，是的，老师。你记起我上一次所说那个话，你同意我那种解释了。在这情形下面，文字是糟粕之糟粕。在这情形里口上沉默是必需的，正因为口上沉默，心灵才能欢呼。（他望了一下月光）不过这时还稍早了一点，等一等，你会听到那些年青喉咙，对于这良夜诉出的感谢，与因此而起爱悦。若果我们可以坐到前面一点那个草积上去,我们不妨听到二更或三更。在这些歌声所止处,有得是放光的眼睛,柔软的手臂,以及那个同夜一样柔和的心。我们还应当各处走去,因为可以从各种鸟声里,停顿在最悦耳那一个鸟身边。"

"在新鲜的有香味的稻草积上,躺下来看天上四隅抛掷的流星,我梦里曾经过那么一次。"

"老师,快乐是孪生的,你不妨温习一下旧梦。"

两人于是就休息到平田中一个大草积上面,仰面躺下了。深蓝而沉静的天空,嵌了一些稀稀的苍白色星子,覆在头上美丽温柔如一床绣花的被盖,月光照及地方与黑暗相比称,如同巧匠做成的图案。身旁除草虫合奏外,只听到虫类在夜气中振翅,如有无数生了小小翅膀的精灵往来。

那城市中人说:"总爷,恢复了你××人的风格,用你那华丽的语言,为这景色下的传说,给一张美丽图画吧。"

堡上总爷便为他的朋友说了一些××人在月光下所常唱的歌,以及这歌的原来产生传说。那种叙述是值得一听的,叙述的本身同时就是一首诗歌,城市中人听来忘了时间的过去。若不为了远处那点快乐而又健康的男子歌声截断了谈话,两个人一定还不会急于把这谈话结束。

> 我不问鸟巢河有多少长,
> 我不问萤火虫能放多少光:
> 你要去你莫骑流星去,
> 你有热你永远是太阳。
> 你莫问我将向哪儿飞,
> 天上的宕鹰雅雀都各有窠归。
> 既是太阳时候也应回山后,
> 你只问月亮"明夜里你来不来?"

这歌声只是一片无量无质滑动在月光中的东西，经过了堡上总爷的解释，城市中人才明白这是黄昏中男女分手时节对唱的歌，才明白那歌词的意义。总爷等候歌声止了以后，又说："老师，你注意一下这歌尾曳长的'些'字，这是跟了神巫各处跑去那个仆人口中唱出的，三十年来歌词还鲜明如画！这是楚辞的遗音，足供那些专门研究家去讨论的。这种歌在××农庄男女看来是一点补剂，因为它可以使人忘了过分的疲倦。"

城市中人则说因了总爷的叙述，使听者实在就忘了疲倦。且说他明白了一种真理，就是从那些吃肉喝酒的都会人口里，只会说出粗俗鄙俚的言语，从成日吃糙米饭的人口中，听出缠绵典则的歌声，这种巧妙的处置，使他为神而心折。

"在新鲜的有香味的稻草积上，躺下来看天上四隅抛掷的流星，我梦里曾经过那么一次。""老师，快乐是孪生的，你不妨温习一下旧梦。"

他们离开草积后,走过了上次城市中人独自来过的栗林,上了长陇,在陇脊平路上慢慢地走着,游目四瞩,大地如在休息,一匹大而飞行迅速的萤火虫,打两人的头上掠过去,城市中人说:

　　"这个携灯夜行者,那么显得匆忙。"

　　总爷说:"这不过是一个跑差赶路的萤火虫罢了。你瞧那一边,凤尾草同山栀子那一方面,不是正有许多同我们一样从容盘桓的小火炬吗?它们似乎并不为照自己的路而放光,它们只为的是引导精灵游行。"

　　两人那么说着笑着,把长陇已走尽了,若再过去,便应向堡后森林走去了。城市中人担心到在那些大树下面遇着大蛇,故请求他的朋友向原来的路走回。他们在栗林前听到平田内有芦管奏曲的声音,两人缓缓地向那个声音所在处走去,到近身时在月光下就看到一个穿了白色衣裤的农庄汉子,翻天仰卧在一个草积上,极高兴地吹他那个由两支芦竹做成的管,两人不欲惊动这个快乐的人,不欲扫他的兴,就无声无息,站到月光下,听了许久。

　　月光中露水润湿了一切,那个芦管声音,到半夜后,在月下似乎为露水所湿,向四方飞散而去,也微微沉重一点。

十　神之再现

　　那个城里来的客人,拥着有干草香味的薄棉被,躺在细麻布帐子里,思索自己当前的地位。觉得来到这个古怪地方,真是一种奇遇。人的生活与观念,一切和大都市不同,又恰恰如此更接近自然。一切是诗,一切如画,一切鲜明凸出,然而看来又如何绝顶荒谬!是真有个神造就这一切,还是这里一群人造就了一个神?本身所在既不是天堂,也不像地狱,倒是一个类乎抽象的境界。我们和某种音

觉得来到这个古怪地方，真是一种奇遇。人的生活与观念，一切和大都市不同，又恰恰如此更接近自然。

乐对面时，常常如同从抽象感到实体的存在，综合兴奋、悦乐，和一点轻微忧郁做成张无形的摇椅，情感或灵魂，就俨然在这张无形椅子上摇荡。目前却从实现中转入迷离。一切不是梦，唯其如此，所得正是与梦无异的迷离。

感官崭新的经验，仿佛正在启发他，教育他。他漫无头绪这样那样地想：

……是谁派定的事？倘若我当真来到这个古怪地方，爱上了一个女孩子，我是留在这里享受荒唐的热情，听这个神之子支配一生，还是把她带走，带她到那个被财富、权势和都市中的礼貌、道德、成衣人、理发匠所扭曲的人间去，虐待这半原始的生物肉体与灵魂?

他不由得不笑将起来,因为这种想象散步所走的路似乎远了一点,不能不稍稍回头。一线阳光映在木条子窗格上。远处有人打水摇轴辘,声音伊伊呀呀,犹如一个歌者在那里独唱,又似乎一个妇人在那里唤人。窗前大竹子叶梢上正滴着湿露。他注意转移到这些耳目所及的事实上来了。明白时候不早,他应当起床了。

他打量再去矿山看看,单独去那里和几个厂家谈谈,询问一下事变以前矿区的情形。他想"下地"也不拒绝"上天"。因为他估计栗林中和他谈话那个女孩子应当住在矿区附近,倘若无意中再和那女孩子碰头,他愿意再多知道一点点那女人的身世。这憧憬与其说是恋爱,不如说是好奇。一个科学家的性格是在发掘和发现,从发掘到发现过程中就包含了价值的意义。他好像原谅了他自己,认为这种对于一个生物的灵魂发掘,原是一点无邪的私心。

起床后有个脸庞红红的青年小伙子给他提了一桶温水,侍候他洗脸。到后又把早饭拿来,请他用饭。不见主人。问问那小伙子,才知道天毛毛亮时已出发,过长岭办事去了,过午方能回来。城里来客见那侍候他的小伙子,为人乐观而欢喜说话,就和那小伙子谈天。问他乡下什么是顶有趣的东

左图:
小伙子只是笑。到不能不开口时,却说他会唱点歌逗引女子,也会装套捕捉山猫和放臭屁的黄鼬鼠。

右图:
从松林里过身,到处有小毛兔乱窜。长尾山雉谷谷地在林中叫着。树林同新洗过后一样清爽。

西，他会些什么玩意儿。小伙子只是笑。到不能不开口时，却说他会唱点歌逗引女子，也会装套捕捉山猫和放臭屁的黄鼬鼠。他进过两次城，还在城中看过一次戏，演的是武松打虎。又说二三月里乡下也有戏，有时从远处请人来唱，有时本地人自己扮演，矿上卖荞麦面的老板扮秦琼，寨子里一个农户扮尉迟恭，他伏在地下扮秦琼卖马时那匹黄骠马。十冬腊月还愿时也有戏，巫师起腔，大家和声，常常整晚整夜唱，到天亮前才休息。且杀猪宰羊，把羊肉放在露天大锅里白煮，末了大家就割肉蘸盐水下酒，把肉吃光，把羊头羊尾送给巫师。……

城市里的来客很满意这个新伙伴，问他可不可以陪过矿场去走走。小伙子说总爷原是要他陪客人的。

两人过矿场去时，从堡后绕了一点山路走去。从松林里过身，到处有小毛兔乱窜。长尾山雉谷谷地在林中叫着。树林同新洗过后一样清爽。

小伙子一路走一路对草木人事表示他的意见,用双关语气唱歌给城里客人听,一首歌俨然可得到两首歌的效果。

小伙子又很高兴地告给客人,今年满十五岁,过五年才能够讨媳妇。媳妇倒早已看妥了,就是寨子里那个扮尉迟恭黑脸农户的女儿。女的今年也十五岁,全寨子里五十六个女孩子,唯她辫子黑,眼睛亮,织麻最快,歌声最柔软。到成家时堡上总爷会送他一只母黄牛,四只小猪,一套做田的用具,以便独立门户。因为他无父无母,尉迟恭意思倒要他招赘,他可不干。他将来还想开油坊。开油坊在乡下是大事业,如同城里人立志要做督抚兵备道,所以说到这里时,说的笑了,听的也笑了。

城里人说:"凡事有心总会办好。"

小伙子说:"一个是木头,一个是竹子,你有心,他无心,可不容易办好。"

"别说竹子,竹子不是还可以做箫吗?"

"尉迟恭是个什么样的人你可不知道。"

山脚下一个小牧童伏在一只大而黑的水牯牛背上唱歌,声音懒懒的。小伙子打趣那牧童,接口唱道:

> 你歌没有我歌多,
> 我歌共有三只牛毛多,
> 唱了三年六个月,
> (唱多少?)
> 刚刚唱完我那白水牛一只牛耳朵!

小牧童认识那小伙子,便呼啸着,取笑小伙子说:"你是黄骠马,不是白毛牛。"

小伙子快快乐乐地回答说:"我不是白毛牛,过三年我就要请你看我那只水牯牛了。我不许你吃牛屎,不许牛吃李子。"

小牧童笑着说:"担短扁担进城,你撇你自己。"吼着牛走下水田去了。

城里客人问:"不许牛吃李子是什么意思?"

小伙子只是笑。过了一会却说:"太上老君姓李,天地间从无牛吃主人儿子的道理。"

到得矿场山脚下那条小街上时,只见许多妇女们坐在门前捶石头敲荒砂,各处是钉钉铛铛声音。且有矿工当街拉风箱,烧淬钢钻头。(这些钻头照例每天都得烧淬一次。)前几天有人在被焚烧过的空

前几天有人在被焚烧过的空地上砍木头建造新屋,几天来已完功了。一切都显得有一种生气……

地上砍木头建造新屋，几天来已完功了。一切都显得有一种生气，但同时使城里人看来也不可免发生一点感慨。因为朱砂水银已从二千年前方士手中转入现代科学家手中，延寿，辟邪，种种用途也转变作精细仪器做猛烈炸药，不料从地下石头里采取这个东西的人，使用的工具和方法，以及生活的情况，竟完全和两千年前的工人差不多。

看过矿山，天气很好。城里客人想，总爷一时不会回来，不如各处走走。就问那随身小伙子，附近还有什么地方，譬如大庙，大洞穴，可带他去看看。小伙子说这地方几个庙都玩过了，只有岭上还有几个石头砌的庙，不过距离远，来回要大半天。要去最好骑马去，山洞倒不少，大一点有意思一点的也在岭上，来回十多里路，同样得骑马去。洞穴里说不定有豹子，因为山上这些洞穴，照例不是有人住就是有野兽住，去时带一支枪方便些。

小伙子想了一阵，问城里客人愿不愿看水井。井在矿山西头，水从平地沙里涌出，长年不冻不干，很有意思。于是他们到水泉边去看水井。

两人到得井边时，才知道原来水源不小。接连三个红石砌就的方井，一个比一个大，最小的不过方桌大，最大的已大到对径两丈左右。透明的水从白沙里向上泛，流出去成一道小溪。（这溪水就是环绕总爷堡寨那个小溪！）井边放了七八个大木桶，桶上盖着草垫，一个老头子不断地浇水到桶中去，问问才知道是做豆芽菜，因为水性极好，豆芽菜生长得特别肥嫩。溪岸两旁和井栏同样是用本地产大红石条子砌就的。临水有十来株大柳树，叶子泛黄了，细狭的叶子落满溪上，在阳光下如同漂浮无数小鱼。柳树下正蹲了十多个年轻妇女，头包青绸首帕，戴着大银耳环，一面洗衣洗菜，一面谈笑。一切光景都不坏。

妇女们中有些前几天在矿区小街上见过他，知道是城里来的"委员"，就互相轻轻地谈说，且把一双一双黑光光的眼睛对来人瞅着。

他却别有用意，想在若干宝石中捡出一颗宝石。几个年纪轻的女子，好像知道他的心事，见他眼睛在众人中搜寻那面善的人，没有见到，就相互低声笑语。城里客人看看情形不大妥，心想，这不成，自己单独一人，对面倒是一大群，谈话或唱歌，都不是敌手，还是早早走开好。一离开那井泉边，几个年事极青的女子就唱起歌来了。小伙子听这歌声后，忍笑不住。

"她们唱什么？"

"她们歌唱得很好。井边杨柳多，画眉鸟也多。"

城里客人要小伙子解释一下，他推说他听不懂唱的是什么歌。

柳树下正蹲了十多个年轻妇女，头包青绸首帕，戴着大银耳环，一面洗衣洗菜一面谈笑。一切光景都不坏。

井边女子的歌原来就是堡上总爷前不久告给他那个当地传说上的情歌。那歌辞是——

> 笼中畜养的鸟它飞不远，
> 家中生长的人可不容易寻见。
> 我若是有爱情交把女子的人，
> 纵半夜三更也得敲她的门。

城里客人知道这歌有取笑他的意思，就要小伙子唱个歌回答她们。小伙子不肯开口，因为知道人多口多，双拳难敌四手，还是走路好。可是那边又唱了一个歌，有点取笑小伙子意思。小伙子喉咙痒痒的，走到一株大樟树下坐着，放喉咙唱了一个歌：

> 水源头豆芽菜又白又多，
> 全靠挤着让井水来浇灌，
> 受了热就会瘦瘪瘪，
> 看外表倒比一切菜好看。

所说的虽是豆芽菜，意思却在讽刺女人。女的回答依然是一支旧歌，箭是对小伙子而发的。

> 跟随凤凰飞的小乌鸦，
> 你上来，你上来，
> 让我问问你这件事情的黑白。
> 别人的事情你不能忘，不能忘，
> 你自己的女人究竟在什么地方？

小伙子笑着说："她笑起我来了，再来一回吧。"他于是又唱了一个，把女的比作画眉鸟，只能在柳树下唱歌，一到冬天来，就什么也不成了。女的听过后又回答了一个，依然引用传说上的旧歌。

小伙子从结尾上知道这里有"歌师傅"，不敢再接声下去，向城里客人说："好汉不吃眼前亏，我战不过她们。"

两个人于是向堡垒走去，翻过小山时，水泉边歌声还在耳边。两人坐在一株针叶松树下听歌，字句不甚清楚，腔调却异常优美。城里客人心想，"这种骂人笑人，哪能使人生气？"又问小伙子跑开不敢接口回唱的理由，才知道这地方有个习惯，每年谁最会唱歌，谁最会引用旧歌，就可得到歌师傅的称呼。他听出了先前唱歌的声音正是今年歌师傅的声音，所以甘愿投降。末了却笑着说："罩鱼得用大鸡笼，唱歌还让歌师傅，不走不成！"

回转堡中，两人又爬上那碉楼玩了一会，谈论当地唱歌的体裁，城里客人才从小伙子方面知道这里有三种常用的歌，一种是七字四句头或五句一转头的，看牛，砍柴，割猪草小孩子随意乱唱。一种骈偶体有双关意思或引古语古事的，给成年男女表示爱慕时唱。一种字少音长的，在颂神致哀情形下唱。第一种要敏捷，第二种要热情，第三种要好喉咙。

他于是又唱了一个，把女的比作画眉鸟，只能在柳树下唱歌，一到冬天来，就什么也不成了。

将近日午时,远远地听得马项下串铃响,小伙子说是总爷的马串铃声。两人到堡下溪边去看,总爷果然回来了。

总爷一见他的朋友,就跳下马表示歉意。"老师,对不起你,我有事,大清早就出了门。你到不到那边去了?"总爷说时把马鞭梢向矿山方面指指,指的恰好是矿山前水源头那个方向!

城里客人想起刚才唱歌事情,脸上不免有点发烧。向总爷说:"你们这地方会唱歌的雀鸟可真多!"

总爷明白朋友意思指的是什么,笑着说道:"蜂子有刺才会酿蜜,神把这两样东西放在一块也有它的用意。不过,老师,有刺的不一定用它螫人,吃蜜的也不会怕刺——你别心虚!"

"我倒并不存心取什么蜜。"

"那就更用不着心虚了。我们这小地方一切中毒都有解约,全于一个女孩的事情那又当别论。不过还是有办法,蛇咬人有蛇医,歌声中毒时可用歌声销解。"

总爷看看话也许说玄远了一点,与当前事实不合,又转口说:"老师,你想看热闹吗?今晚上你不怕远,我们骑了马走五里路,往黄狗冲一个庄子上去看还愿去。我刚从那边过身,那里人还邀我吃饭,我告他们有客,道谢了。你高兴,晚半天我陪你去看看。"

城里客人说:"我来到这里,除了场上那个流血决斗,什么都高兴看!"

晚饭后两人果然就骑了马过黄狗冲,到得庄子前面大松树下时,已快黄昏。只见庄前一片田坪里,打扫得干干净净,许多人正在安排敬神仪式的场面:有人用白灰画地界,出五方八格;有人缚扎竹竿,竖立拱形竹门;有人安斗,斗中装满五谷;有人劈油柴缚大火燎。另外一方面还有人露天烧了大锅沸水,刮除供祭品用的猪羊毛,把收拾好了的猪羊挂在梯子上,开膛破腹,掏取内脏。大家都为这仪式准备而忙碌着。一个中年巫师和两个助手,头上裹缠红巾,也来回忆着。庄主人是个小地主,穿上月蓝色家机布大衫,青宁绸短褂,在场指挥。许多小孩子和妇人都在近旁谈笑。附近大稻草堆积上,到处都有人。另外还有好几条狗,也光着眼睛很专心似的蹲在大路上看热闹。

预备的原来是一种谢土仪式。等待一切铺排停当时,已将近戌刻了。那时节从总爷堡寨里和矿山上邀约来的和歌帮手,也都换了新浆洗过的裤褂,来到场上了。场中火燎全点燃时,忽然显得场面庄严起来。

巫师换上了鲜红如血的缎袍,穿上青绒鞋,拿一把铜剑、一个牛角、一件用杂色缯帛做成的法物,(每一条彩帛代表一个人名,凡拜寄这个神之子作义父的孩子,都献上那么一条彩帛,可望延寿多祜。)助手擂鼓鸣金,放了三个土炮,巫师就全幅披挂地上了场。

> 城里客人说:"我来到这里,除了场上那个流血决斗,什么都高兴看!"

起始吹角，吹动那个呼风唤雨召鬼乐神的镂花牛角，声音凄厉而激扬，散播原野，上通天庭。用一种缓慢而严肃的姿式，向斗坛跪拜舞踊。且用一种低郁的歌声，应和洪壮的金鼓声，且舞且唱。

第一段表演仪式的起始，准备迎神从天下降，享受地上人旨酒美食，以及人民对神表示敬意的种种娱乐。大约经过一点钟久，方告完毕。法事中用牛角做主要乐器，因为角声不特是向神呼号，同时事实上还招邀了远近村庄男女老幼约三百人，前来参加这个盛会！

法事完毕时主人请巫师到预定座位上去休息。参加的观众越来越多，人语转嘈杂，在较黑暗地方到处是青年女子的首帕，放光的

凤子（节选） 141

眼睛和清朗的笑语声。王杉堡的主人和城里客人，其时也已经把马匹交给随从，坐在田坪一角，成为上宾，喝着主人献上的蜜糖茶了。城里客人觉得已被他朋友引导到了一个极端荒唐的梦境里，所以对当前一切都发生兴味。就一切铺排看来，准知道这仪式将越来越有意思，所以兴致很好地等待下去。

第二趟法事是迎神，由两个巫师助手表演。诸神既从各方面前来参加，所以两个助手各换上件短短绣花衣服，象征天空云彩，在场中用各种轻便优美姿式前后翻着筋斗，表示神之前进时五彩祥云的流动。一面引喉唱歌娱神，且提出种种神名。（多数是历史上的英雄贤士，每提出一个名字时，场坪四隅和声的必用欢呼表示敬意。）又唱出各种灵山胜境的名称，且颂扬它的好处，然而归结却以为一切好处都不及当地人对神的亲洽和敬爱，乘好天良夜来这里人神同悦更有意思。歌辞虽不及《楚辞》温雅，情绪却同样缠绵。乐器已换上小铜钹和小小鼗鼓，音调欢悦中微带凄凉。慢慢地，男女诸神各已就位，第二趟法

左图：
起始吹角，吹动那个呼风唤雨召鬼乐神的镂花牛角，声音凄厉而激扬，散播原野，上通天庭。

右图：
就一切铺排看来，准知道这仪式将越来越有意思，所以兴致很好地等待下去。

这种娱神戏剧第一段表演爱情喜剧,剧情是老丈人和女婿赌博,定下口头契约,来赌输赢。

事在一阕短短和声歌后就结束了。

休息一阵,坛上坪中各种蜡烛火燎全着了火,接连而来是一场庄严的法事:献牲、奠酒、上表。大巫师和两个助手着上华丽法服,手执法宝,用各种姿式舞蹈。主人如架上牺牲一样,覆在巫师身后,背负尊严的黄表。场中光明如昼。观众静默无声。到后巫师把黄表取上,唱完表中颂歌,用火把它焚化。

上表法事完毕,休息期间较长。时间已过子夜,月白风清,良夜迢迢。主人命四个壮实男子,抬来两大缸甜米酒,来到场坪中,请在场众人解渴。吃过甜米酒后,人人兴致转豪,精神奋发。因为知道上表法事过后，接着就是娱神场面，仪式由庄严转入轻快，轻快中还不缺少诙谐成分。前三趟法事都是独唱间舞蹈，这一次却应当是戏剧式的对白。由巫师两个助手和五个老少庄稼汉子组成，在神前表演。意义虽是娱神，但神在当前地位，已恰如一贵宾，一有年龄的亲长，来此与民同乐。真正的对象反而由神转到三百以上的观众方面。

这种娱神戏剧第一段表演爱情喜剧，剧情是老丈人和女婿赌博，定下口头契约，来赌输赢。若丈人输了，嫁女儿时给一公牛一母牛作妆奁；若女婿输了，招赘到丈人家，不许即刻成亲，得自己铸犁头耕完一个山，种一山油桐，四十八根树木，等到油桐结子大树成荫时，就砍下树木做成一只船，再提了油瓶去油船，船油好了，一切要用的东西都由女婿努力办完备了，老丈人才笑嘻嘻地坐了船顺流而下，预备到桃源洞去访仙人，求延年益寿之方。到得桃源洞时，见所有仙人都皱着双眉，大不快乐。询问是何因缘，才知道事情原来相同，仙人也因为想做女婿，给老丈人派了许多办不了的事，一搁下来就是大几千年！这表演扮女儿的不必出场，可是扮女婿的却照例是当真想做女婿，事被老丈人耽搁下来的青年男子。

第二段表演小歌剧，由预先约定的三对青年男女参加，男的异口同声唱情歌，对女子表示爱慕，致献殷勤，女的也同样逃避，拒绝，而又想方设法接近这男子，诱引男子，使男的不至于完全绝望。到后三个男子在各种不同机会下不幸都死掉了。（一个是水中救人死掉的，一个是仗义复仇死掉的，一个是因病死掉的。）女子就轮流各用种种比喻唱出心上的忏悔和爱情，解释自己种种可原谅处，希望死者重生，希望死者的爱在另外一方面重生。

第三段表演的是战争故事，把战士所有勇气都归之于神的赐予，但所谓神也就恰恰是自己。战争的对方是愚蠢、自私和贪得，与人情相违反的贪得。结果对方当然失败灭亡。

三个插曲完毕后，巫师重新穿上大红法服，上场献牲献酒，为

主人和观众向神祈福。用白米糍粑象征银子，小米糍粑象征金子，分给所有在场者。众人齐唱"金满仓，银满仓，尽地力，繁牛羊"，颂祝主人。送神时，巫师亢声高唱送神曲，众人齐声相和。

歌声止了，火燎半熄，月亮已沉，冷露下降。荒草中寒蛩齐鸣，正如同在努力缀系先前一时业已消失的歌声，重组一部清音复奏，准备遣送归客。蓝空中嵌上大而光芒有角的星子。美丽流星却曳着长长的悦目线路，消失在天末。场坪中人语杂乱，小孩子骤然发觉失去了保护人，锐声呼喊起来。观众四散，陆续还家，远近大路上，田塍上，到处有笑语声。堡中雄鸡已做第三次啼唤，人人都知道，过不久，就会天明了。

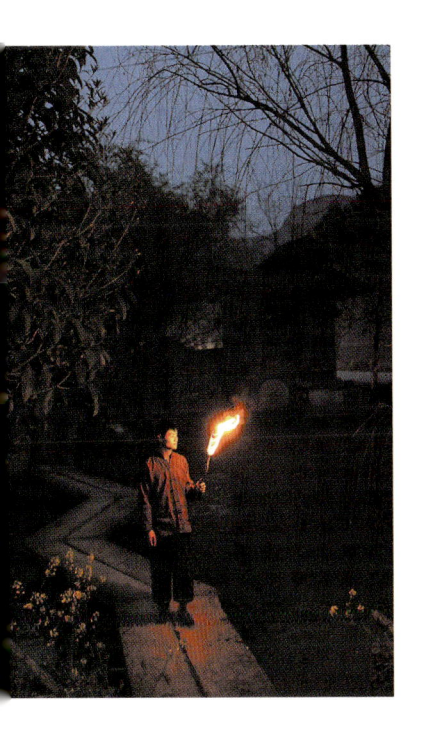

凤子（节选） 145

总爷见法事完毕，不欲聒吵主人，就拉他的朋友离开了田坪，向返回王杉堡大路走去。一面走一面问城里客人是不是累了一点。

两人走到那大松树下后，跟来的人已把两匹马牵到，请两人上马，且燃了两个长大火炬，预备还家。总爷说："骑马不用火炬，吹熄了它，别让天上星子笑人！"城里来客却提议不用骑马，还是点上火把走路有意思些。总爷自然对这件事同意。火把依旧燃着，爆炸着，在两人前后映照着。两人一面走一面谈话。

城里的客人耳朵边尚嗡嗡咿咿地响着平田中的鼓声和歌声。总爷似乎知道他的朋友情感还迷失在先前一时光景里，就向他说：

"老师，你对于这种简单朴实的仪式，有何意见？让我听听。"

城里客人说："我觉得太美丽了。"

"美丽也有许多种，即便是同样那一种，你和我看来也就大大不同。药要蜜炙，病要艾（爱）炙；这事是什么一种美？此外还有什么印象？"

城里的客人很兴奋地说：

"你前天和我说神在你们这里是不可少的，我不无惑疑，现在可明白了。

左图：
众人齐唱"金满仓，银满仓，尽地力，繁牛羊"，颂祝主人。送神时，巫师亢声高唱送神曲，众人齐声相和。

右图：
城里的客人耳朵边尚嗡嗡咿咿地响着平田中的鼓声和歌声。总爷似乎知道他的朋友情感还迷失在先前一时光景里……

我自以为是个新人，一个尊重理性反抗迷信的人，平时厌恶和尚，轻视庙宇，把这两件东西外加上一群到庙宇对偶像许愿的角色，总拢来以为简直是一出恶劣不堪的戏文。在哲学观念上，我认为'神'之一字在人生方面虽有它的意义，但它已成历史的，已给都市文明弄下流，不必需存在，不能够存在了。在都市里它竟可说是虚伪的象征，保护人类的愚昧，遮饰人类的残忍，更从而增加人类的丑恶。但看看刚才的仪式，我才明白神之存在，依然如故。不过它的庄严和美丽，是需要某种条件的，这条件就是人生情感的素朴，观念的单纯，以及环境的牧歌性。神仰赖这种条件方能产生，方能增加人生的美丽。缺少了这些条件，神就灭亡。我刚才看到的并不是什么敬神谢神，完全是一出好戏，一出不可形容不可描绘的好戏。是诗和戏剧音乐的源泉，也是它的本身。声音颜色光影的交错，织就一片云锦，神就存在于全体。在那光影中我俨然见到了你们那个神。我心想，这是一种如何奇迹！我现在才明白你口中不离神的理由。你有理由。我现在才明白为什么二千年前中国会产生一个屈原，写出那么一些美丽神奇的诗歌，原来他不过是一个来到这地方的风景纪录人罢了。屈原虽死了两千年，《九歌》的本事还依然如故。若有人好事，我相信还可从这口古井中，汲取新鲜透明的泉水！"

总爷听着城里客人的一番议论，正如同新征服一个异邦人，接受那坦白的自供，很快乐地笑着。

"你一定不再反对我们这种对于神的迷信了。因为这并不是迷信！以为神能够左右人，且接受人的贿赂和谄谀，因之向神祈请不可能的福佑，与不可免的灾患，这只是都市中人愚夫愚妇才有的事。神在我们完全是另一种观念，上次我就说过了。我们并不向神有何苛求，不过把已得到的——非人力而得到的，当它作神的赐予，对这赐予做一种感谢或崇拜表示。今夜的仪式，就是感谢或崇拜表示之一种。至于这仪式产生戏剧的效果，或竟当真如你外路人所说，完全是戏，那也极自然。不过你说的神的灭亡，我倒想重复引申一下我的意见，我以为这是过虑。神不会灭亡。我们在城市向和尚找神性，虽然失望，可是到一个科学研究室里去，面对着那由人类耐心和秩序产生的庄严工作，我以为多少总可以发生一点神的意念。只是那方面旧有的诗和戏剧的情绪，恐怕难于并存罢了。"

"总爷，你以为那是神吗？"

"我以为'神'之一字我们如果还想望把它保存下去，认为值得保存下去，当然那些地方是和神性最接近的。神的对面原是所谓人类的宗教情绪，人类若能把'科学'当成宗教情绪的尾闾，长足进步是必然的。不幸之至却是人类选上了'政治'寄托他们的宗教情绪，即在征服自然努力中，也为的是找寻原料完成政治上所信仰的胜利！因此有革命，继续战争和屠余，他的代价是人命和物力不可衡量的损失，它的所得是自私与愚昧的扩张，是复古，政体也由民主式的自由竞争而恢复专制垄断。这不幸假若还必需找个负责者，我认为目前一般人认为伟大人物都应当负一点责。因为这些人思索一切，反抗一切，却不敢思索这个问题，也不敢反抗这个现象。"

城里客人说："真是的！目前的人崇拜政治上的伟人，不过是偶像崇拜情绪之转变。"

总爷说："这种崇拜当然也有好处，因为在人方面建造神性，它可以推陈出新，修正一切制度的谬误和习惯的惰性，对一个民族而言未尝不是好事。但它最大限度也必然终止于民族主义，再向前就不可能。所以谈世界大同，一句空话。原因是征服自然的应分得到的崇敬，给世界上野心家全抢去了。挽救它唯一办法是哲学之再造，引导人类观念转移。若求永生，应了解自然和征服自然，不是征服另一种族或消灭另一种族。"

一颗流星在眼前划空而下，消失在虚无里。城里客人说："总爷你说的话我完全同意！可是还是让我们在比较近一点的天地内看看

等到回归住处，盥洗一过，重新躺进那细麻布帐子里闭上眼睛时，天已大明了。

吧。改造人类观念的事正如改造银河系统，大不容易！"

王杉堡的主人知道他朋友的意思，转移了他口气："老师，慢慢地来！你看过了我们这里的还愿，人和自然的默契。过些日子还可上山去看打大虫，到时将告给你另外一件事，就是人和兽的争斗。你在城市里看惯了河南人玩狗熊、弄猴子，不妨来看看这里人和兽在山中情景。没有诗，不是画，倒还壮丽！"

照习惯下，大围得在十月以后，因此总爷邀请他的朋友在乡下多住些日子，等待猎虎时上山去看看。且允许向猎户把那虎皮购来，赠给他朋友作为纪念。

因为露水太重，且常有长蛇横路，总爷明白这两件东西对于他的朋友都不大受用，劝他上了马。两人将入堡寨时，天忽转黑，将近天明那一阵黑。等到回归住处，盥洗一过，重新躺进那细麻布帐子里闭上眼睛时，天已大明了。

城里的客人心里迷迷糊糊，似乎先前一时歌声火燎都异样鲜明地留在印象上，弄不分明这一夜看到的究竟是敬神还是演戏。

他想，怎不见栗林中那女孩子？他有点稀奇。他又想，天上星子移动虽极快，一秒钟跑十里或五十里，但距离我们这个人住的世界实在太远，所以我们要寻找它时，倒容易发现。人和人相处太近，虽不移动也多间阻；一堵墙或一个山就隔开了，所以一切碰头都近于偶然，不可把握的偶然。……

他嘴角酿着微笑，被过度疲倦所征服，睡着了。

第一至九章原载一九三二年《文艺月刊》
第十章《神之再现》初载一九三七年《文学杂志》

这地保说话的本领，原同他吃狗肉的本领一样好，成天不会餍足。

阿金

黄牛寨十五赶场，鸦拉营的地保，在场头上一个狗肉铺子里，吃过一斤肥狗肉，喝过半斤包谷烧，格外热心好事，向一个预备和寡妇结婚的好友阿金进言。这地保说话的本领，原同他吃狗肉的本领一样好，成天不会餍足。又好像是由于胃口好，话也格外多。

"阿金管事，我直得同一根葱一样，把话说尽了，听不听全在你。我告你的事是幺是六，清清楚楚。事情摆在你面前，要是不要，你自己决定。你已经不是小孩子。你懂得别人不懂的许多事情——譬如扒算盘，九九归一，就使人佩服。你头脑明白，不是醉酒。你要讨老婆，这是你的事情，不用别人出主意做军师。不过我说，女人脾气不容易捉摸。我们看到过许多会管账的人，管不了一个老婆；家里有福不享福，脚板心痒痒的，闪不知，就跟唱花鼓戏的旦角溜了。我们又得承认，许多大人带兵管将有作为，有手段，独断独行，威风凛凛，一到女人面前就糟糕。为什么巡防军的游击大人，被官太太罚跪到榻凳上，笑话会遐迩尽知？为什么有人说我们县长怕老婆，还拿来扮戏？为什么在鸦拉营地方为人正直的阿金，也有一天吃妇人洗脚水？这事情你不怕人说，难道我还怕人说？"

地保一番好心好意告给阿金，反复引古证今，说有些人不宜讨

除了口多，爱说点闲话，这地保在鸦拉营原被所有人称为正派的。

媳妇，和个小铜锣一样，尽在耳边敲得当当响。所谓阿金者，这时节似乎有点听厌烦了，站起身来，正想拔脚走去，来个溜之大吉。

地保眼尖手快，隔桌子一手把阿金捞着，不即放手。走是不行的了。地保力气大，有武功，能敌得过两个阿金。

"兄弟你别着急！你得听完我的好话再走不迟！我不怕人说我有私心，愿意鸦拉营正派人阿金做地保的侄女婿。谣言从天上来，我也不怕。我不图财，不图名，劝你多想一天两天。你为什么这样忙？我的话你不能听完，耳边风，左边来右边出去，将来你能同那女人相处长久？"

阿金带着告饶神气，"我的哥，你放手，我听你说！"

地保笑了。他望阿金笑，自知以力服人非心服。笑阿金为女人着迷到这样子，全无考虑，就只想把女人接进门，真像吃了什么迷魂汤。又笑自己做老朋友的，也不很明白为什么今天特别有兴致，非把话说完不可。见阿金样子像求情告饶，倒觉得好笑起来了。不拘是这时，是先前，地保对阿金原本完完全全是一番好意，不存丝毫私心的。

除了口多，爱说点闲话，这地保在鸦拉营原被所有人称为正派的。就是口多，爱说说这样那样，在许多人面前，也仍然不算坏人啊！一个地保，他若不爱说话，成天到各处去吃酒坐席，仿佛一个哑子，地保的身份，还在什么地方可以找寻呢？一个知县的本分，照本地人说来，只是拿来坐轿子下乡，把个一百四十八斤重结结实实的身体，给那三个轿夫压一身臭汗。一个地保不长于语言，可真不成其为地保！

地保见阿金重复又坐定了后，他把拉阿金那一只右手，拿起桌上的刀来就割，割了就往口里送。（割的是狗肉！）他嚼着那油肥肥的狗肉，从口中发出咀嚼的声音，把眼睛略闭了一会，又复睁开，话又说到了阿金婚事的得失。

…………

总而言之，他要阿金多想一天。就只一天，老朋友的建议总不能不稍加考虑！因为不能说不赞成这件事，这地保到后来方提出那么一个办法，凡事等"明天"再说。仿佛这一天有极大关系存在，一到明天就"革命"似的，使世界一切发生了变化，天下太平。这婚事阿金原是预备今晚上就定规的。抱兜里的钱票一束，就为的是预备下定钱做聘礼用的东西。这乡下人今年三十三岁，手摸钞票、洋钱摸厌了，如今存心想换换花样。算不得是怎样不合理的欲望！但是禁不住地保用他的老友资格一再劝告，且所说的只是一天的事，只想一天，想不想还是由自己，不让步真像对不起这好人。他到后只好答应下来了。

为了使地保相信——也似乎为了使地保相信方能脱身的原因，阿金管事举起酒杯，喝了一杯白酒，当天赌了个咒做担保，说今天不上媒人家走动，绝对要回家考虑，绝对要想想利害。赌过咒，地保方面得了保障，到后更满意地微笑着，近于开释似的把阿金管事放走了。

阿金在乡场上，各处走动了一阵。今天苗族女人格外多。各处是年青的风仪，年青的声音，年青的气味，因此阿金更不能忘情粑粑寨那年青寡妇。粑粑寨这个年青女人是妖是神，比酒还使人沉醉，要不承认是不行的。这管事，打量讨进门的女人，就正是一寨中身体顶壮、肌肤顶白的一个女子！

在别的许多地方，一个人有了点积蓄时，照例可以做许多事情。或者花五百银子，买一匹名叫"拿破仑"的狼狗；或者花一千银子，买一部宋版书。这样那样，钱总有个花处，花得又开心又得体。还有做军官的杀了许多人，得了许多钱，又把钱嫖赌逍遥，哗喇哗喇花去，也像是悖入悖出都十分自然。阿金是苗人，生长在苗地，他不明白这些城里人事情。他只按照一个当地平常人的希望，要得到一种机会，将自己的精力和身边储蓄，用在一个妇人身上去。精致的

各处是年青的风仪，年青的声音，年青的气味，因此阿金更不能忘情粑粑寨那年青寡妇。

物品只合那有钱的人享用,这话凡是世界上所有用货币的地方都通行。这妇人的聘礼值五头黄牛,凡出得起这个价钱做聘礼的人,都有做她丈夫的资格。阿金管事既不缺少这份金钱,自然就想要这个结实精致、体面妇人到家做老婆。

妇人新寡不多久,婆家照规矩可以让她走路,但是得收回一笔财礼。人在本地出名的美丽。大致因为美,引起了许多人的不平。许多无从和这个妇人亲近的汉子中,就传述了一种只有男子们才会有的谣言。地保既是阿金的老友,因此一来,自然就感到一分责任了。地保奉劝阿金,不是为自己有侄女看上了阿金,也不是自己看上了那妇人,这意思是得到了阿金管事谅解的。既然谅解了老友,阿金当真觉得不大方便在今天上媒人家了。

知道了阿金不久将为那美妇人的新夫的大有其人。这些人,今天同样地来到了黄牛寨场上会集,见到阿金就问:"阿金管事,什么时候可吃喜酒?"这正直乡下人,在心上好笑,随口说是"快了吧,在一个月以内吧"。答着这样话时,阿金管事显得非常快乐。因为照本地规矩,一面说吃酒,一面就有送礼物道贺意思。如今刚好进十月,十月小阳春,山桃也开了花,正是乡下各处吹唢呐接亲送女的一个好节季。

说起这妇人,阿金管事就仿佛挨到了妇人的白肉,或亲着了妇人的脸,有说不出的兴奋快活。他的身子虽在场坪里打转,他的心还是在媒人家那一边。人家那一边也正等待阿金一言为定。

虽然赌了小咒,说决定想一天再看,然而事情终归办不到。"驿马星"已动,不由自主又向做媒那家走去了。走到了街的一端狗肉摊前时,却迎面遇见了好心地保,把手一摊,拦住了去路。

"阿金管事,这是你的事情,我本来不必管。不过你答应了我想一天!"

原来地保鬼灵精,预先等候在那里。他知道阿金会翻悔的。阿金

虽然赌了小咒,说决定想一天再看,然而事情终归办不到。"驿马星"已动,不由自主又向做媒那家走去了。

一望到那个大酒糟鼻子,连话也不多听,就回头拔脚走了。

地保一心为好,候在那去媒人家的街口,预备拦阻阿金,这关切真来得深厚。阿金明白这种关切意思,只有赶快回头走路。

他回头时就绕了这场坪,走过卖牛羊处去,看别人做牛羊买卖。认得到阿金管事的,都来问他要不要牛羊。他只要人。他预备的是用值得六只牯牛的银钱,换一个身体肥胖胖白蒙蒙的、年纪二十二岁的妇人。望到别人牛羊全成了交易,心中有点难过,不知不觉又往媒人家路上走去。老远就听得那地保和他人说话的声音,知道那好管闲事的人还守在阵地上,简直像狗守门,第二次又回了头。

第三次已悄悄走过了地保身边,却被另一人拉着讲话,所以

究竟为什么缘故?因为妇人太美,《麻衣相书》上写明"克夫"。老朋友意思,不大愿意阿金勤苦多年积下的一注财产、一份事业为一个相书上注明克夫的妇人毁去。

终于又被地保发现,赶来一手拉住。又不能进媒人家里。

第四次他还只起了心,就有另一个熟人来奉告,说是地保还端坐在那狗肉摊边不动,和人谈天,谈到阿金赌咒的事情。阿金便不好意思再过去冒险了。

地保的好心肠的的确确全为的是替阿金打算。他并不想从中叨光,也不想拆散鸳鸯。究竟为什么不让阿金抱兜中洋钱送上媒人的门,是一件很不容易明白的事。但他总有他的道理。好管闲事的脾气,这地保平素虽有一点,也不很多,恰恰今天他却多喝了半斤"闷胡子",吃了斤"汪汪叫",显得特别关心到阿金的婚事。究竟为什么缘故?因为妇人太美,《麻衣相书》上写明"克夫"。老朋友意思,不大愿意阿金勤苦多年积下的一注财产、一份事业为一个相书上注明克夫的妇人毁去。

为了避开这麻烦,决计让地保到夜炊时回家,再上媒人家去下定钱,阿金管事无意中走到场坪端赌场里面去看看热闹。一个心里有

在路上遇到那为阿金做媒的人,问起阿金管事的婚事究竟如何。媒人说阿金管事出不起钱,妇人已归一个远方绸商带走了。

事情的人，赌博自然不大留心。阿金一进了赌场，也同别的许多人一样，由小到大，很豪兴地玩了一阵。到得出来时，天当真已入夜了。这时节看来无论如何那个地保应当回家吃红炖猪脚去了。但是阿金抱兜已空，翻转来看，还是罄空尽光，所有钱财既然业已输光，好像已无须乎再上媒人家商量迎娶了。一切倒省事，什么忌讳都是多余的担心！

过了几天，鸦拉营为人正直热情的地保，在路上遇到那为阿金做媒的人，问起阿金管事的婚事究竟如何。媒人说阿金管事出不起钱，妇人已归一个远方绸商带走了。亲眼见到阿金抱兜里一大束钞票的地保，还以为必是好友阿金已相信了他的忠告，觉得美妇人不能做媳妇，因此将做亲事的念头打消了，假装没钱，不再定约。地保还自以为自己做了一件很对得起朋友的事，即刻就带了一大葫芦烧酒，走到黄牛寨去看阿金管事，为老朋友的有决断致贺。

一九二八年十二月写成
原载一九二九年《新月》
一九五七年三月校正

泊定的船太多了，沿岸泊，桅子数不清，大大小小随意矗到空中去，桅子上的绳索像纠纷到成一团，然而却并不。

柏子

把船停顿到岸边,岸是辰州的河岸。

于是客人可以上岸了,从一块跳板走过去。跳板一端固定在码头石级上,一端搭在船舷。一个人从跳板走过时,摇摇荡荡不可免。凡要上岸的全是那么摇摇荡荡上岸了。

泊定的船太多了,沿岸泊,桅子数不清,大大小小随意矗到空中去,桅子上的绳索像纠纷到成一团,然而却并不。

每一个船头船尾全站得有人,穿青布蓝布短汗裢,口里嚼了长长的旱烟杆,手脚露在外面让风吹——毛茸茸的像一种小孩子想象中的奴洞中喽罗毛脚毛手。看到这些手脚,很容易记到"飞毛腿"一类英雄名称。可不是,这些人正是……桅子上的绳索揩定活车,拖拉全无从着手时,看这些飞毛腿的本领,有得是机会显露!毛脚毛手所有的不单是毛,还有类乎钩子的东西,光溜溜的桅,只要一贴身,便飞快地上去了。为表示上下全是儿戏,这些年青水手一面整理绳索,一面还将在上面唱歌。那一边桅上,也有这样人时,这种歌便来回唱下去。

昂了头看这把戏的,是各个船上的伙计。看着还在下面喊着。左边右边,不拘要谁一个试上去,全是容易之至的事,只是不得老舵手吩咐,则不敢放肆而已。看的人全已心中发痒,又不能随便爬上桅子顶尖去唱歌,逗其他船上媳妇发笑,便开口骂人。

"我的儿,摔死你!"

"我的孙,摔死了你看你还唱!"

"……"

全是无恶意而快乐的笑骂。

仍然唱,且更起劲了一点。但可以把歌唱给下面骂人的人听,当先若唱"一枝花",这时唱的便是"众儿郎"了。"众儿郎"却依然笑嘻嘻地昂了头看这唱歌人,照例不能生气的。

可是在这情形中,有些船,却有无数黑汉子,用他的毛手毛脚,盘着大而圆的黑铁桶,从舱中滚出,也是那么摇摇荡荡跌到岸

落着雨,刮着风,各船上了篷,人在篷下听雨声风声,江波吼哮如癫子,船只纵互相牵连互相依靠,也簸动不止,这一种情景是常有的。

边泥滩上了。还有做成方形用铁皮束腰的洋布,有海带,有鱿鱼,有药材……这些东西同搭客一样,在船上舱中紧挤着卧了二十天或十二天,如今全应当登岸了。登岸的人各自还家,各自找客栈,各自吃喝。这些货物则各自为一些大脚婆子走来抱之负之,送到各个堆栈里去。

在各样匆忙情形中,便正有闲之又闲的一类人在。这些人住到另一个地方,耳朵能超然于一切嘈杂声音以上,听出桅子上人的歌声——可是心也正忙着,歌声一停止,唱歌地方代替了一盏红风灯以后,那唱歌的人便已到这听歌人的身边了。桅上用红灯,不消说是夜里了。河边夜里不是平常的世界。

落着雨，刮着风，各船上了篷，人在篷下听雨声风声，江波吼哮如癫子，船只纵互相牵连互相依靠，也簸动不止，这一种情景是常有的。坐船人对此决不奇怪，不欢喜，不厌恶。因为凡是在船上生活，这些平常人的爱憎便不及在心上滋生了。（有月亮又是一种趣味，同晚日与早露，各有不同。）然而他们全不会注意。船上人心情若必须勉强分成两种或三种，这分类方法得另做安排，吃牛肉与吃酸菜，是能左右一般水手心情的一件事。泊半途与湾口岸，这于水手们情形又稍稍不同。不必问，牛肉比酸菜合乎这类"飞毛腿"胃口，船在码头停泊他们也欢喜多了！

如今夜里既落小雨，泥滩头滑溜溜使人无从立足，还有人上岸到河街去。

这是其中之一个，名叫柏子。日里爬桅子唱歌，不知疲倦；到夜来，还依然不知道疲倦，所以如其他许多水手一样，在腰边板带中塞满了铜钱，小心小心地走过跳板到岸边了。先是在泥滩上走，没有月，没有星，细毛毛雨在头上落，两只脚在泥里慢慢翻——成泥腿，快也无从了——目的是河街小楼红红的灯光，灯光下有使柏子心开一朵花的东西存在。

灯光多无数，每一小点灯光便有一个或一群水手。灯光还不及塞满这个小房，快乐却将水手们胸中塞紧，欢喜在胸中涌着，各人眼睛皆眯了起来。沙喉咙的歌声笑声从楼中溢出，与灯光同样，溢进上岸无钱守在船中的水手耳中眼中时，便如其他世界一样，反应着欢喜的是诅咒。那些不能上岸的水手，他们诅咒着，然而一颗心也摇摇荡荡上了岸，且不必冒滑滚的危险，全各以经验为标准，把心飞到所熟习的楼上去了。

酒与烟与女人，一个浪漫派文人非此不能夸耀于世人的三样事，这些喽啰们却很平常地享受着，虽然酒是酽冽的酒，烟是平常的烟，女人更是……然而各个人的心是同样地跳，头脑是同样地发

女人则帮助这些可怜人,把一切穷苦、一切期望从这些人心上挪去,放进的是类乎烟酒的兴奋与醉麻。

迷,口——我们全明白这些平常时节只是吃酸菜、南瓜、臭牛肉以及说点下流话的口,可是到这时也粘粘糍糍,也能找出所蓄于心各样对女人的诌诼言语,献给面前的妇人,也能粗粗卤卤地把它放到妇人的脸上去,脚上去,以及别的位置上去。他们把自己沉浸在这欢乐空气中,忘了世界,也忘了自己的过去与未来。女人则帮助这些可怜人,把一切穷苦、一切期望从这些人心上挪去,放进的是类乎烟酒的兴奋与醉麻。在每一个妇人身上,一群水手同样做着那顶切实的顶勇敢的好梦,预备将这一月贮蓄的金钱与精力,全倾之于妇人身上,他们却不曾预备要人怜悯,也不知道可怜自己。

他们的生活,若说还有使他们在另一时反省的机会,仍然是快乐的吧。这些人,虽然缺少眼泪,却并不缺少欢乐的承受!

其中之一的柏子,为了上岸去找寻他的幸福,终于到一个地方了。

先打门,用一个水手通常的章法,且吹着哨子。

门开后,一只泥腿在门里,一只泥腿在门外,身子便为两条胳膊缠紧了，在那新刮过的日炙雨淋粗糙的脸上，就贴紧了一个宽宽的温暖的脸子。

这种头香油是他所熟习的。这种抱人的章法，先虽说不出，这时一上身却也熟习之至。还有脸，那么软软的，混着脂粉的香，用口可以吮吸。到后是，他把嘴一歪，便找到了一个湿的舌子了，他咬着。

女人挣扎着，口中骂着：

"悖时的！我以为你到常德府，被婊子尿冲你到洞庭湖了！"

"老子把你舌子咬断！"

"我才要咬断你……"

进到里面的柏子，在一盏"满堂红"灯下立定，妇人望他痴笑。这一对是并肩立，他比她高一个头，他蹲下去，像整理橹绳那样扳了妇人的腰身时，妇人身便朝前倾。

"老子摇橹摇厌了，要推车。"

"推你妈！"妇人说，一面搜索柏子身上的东西，搜出的东西便往床上丢去，又数着东西的名字，"一瓶雪花膏，一卷纸，一条手巾，一个罐子——这罐子装什么？"

"猜呀！"

"猜你妈，忘了为我带的粉吗？"

"你看那罐子是什么招牌！打开看！"

妇人不认识字，看了看罐上封皮，一对美人儿画相。把罐子在灯前打开，放鼻子边边闻，便打了一个嚏。柏子可乐了，不顾妇人如何，把罐子抢来放在一条白木桌上，便擒了妇人向床边倒下去。

灯光明亮，照着一堆泥脚迹在黄色楼板上。

外面雨大了。

张耳听，还是歌声与笑骂声音。房子相间多只一层薄薄白木板子，比吸烟声音还低一点的声音也可以听出，然而人全无闲心听隔壁。

柏子的纵横脚迹渐干了，在地板上也更其分明。灯光依然，对一对横搁在床上的人照得清清楚楚。

"柏子，我说你是一个牛。"

"我不这样，你就不信我在下头是怎么规矩！"

"你规矩！你赌咒你干净得可以进天王庙！"

"赌咒也只有你妈信你，我不信。"

柏子只有如妇人所说，粗卤得同一只小公牛一样。到后于是喘息了，松弛了，像一堆带泥的吊船棕绳，散漫地搁在床边上。

肥肥的奶子两手抓紧，且用口去咬。又咬她的下唇，咬她的膀子，咬她的大腿……一点不差，这柏子就是日里爬桅子唱歌的柏子。

"——这罐子装什么？""猜呀！""猜你妈，忘了为我带的粉吗？""你看那罐子是什么招牌！打开看！"

"婊子我告给你听,近来下头媳妇才标得要命!""你命怎么不要去,又跟船到这地方来?"

妇人望到他这些行为发笑,妇人是翻天躺的。

过一阵,两人用一个烟盘作长城,各据长城一边烧烟吃。

妇人一旁烧烟,一旁唱《孟姜女》给柏子听,在这样情形下的柏子,喝一口茶且吸一泡烟,像是做皇帝。

"婊子我告给你听,近来下头媳妇才标得要命!"

"你命怎么不要去,又跟船到这地方来?"

"我这命送她们,她们也不要。"

"不要的命才轮到我。"

"轮到你，你这……好久才轮到我！我问你，到底有多少日子才轮到我？"

妇人嘴一扁，举起烟枪把一个烧好的烟泡装上，就将烟枪送过去塞了柏子的嘴，省得再说混话。

柏子吸了一口烟，又说："我问你，昨天有人来？"

"来你妈！别人早就等你。我算到日子，我还算到你这尸……"

"老子若是真在青浪滩上泡坏了，你才乐！"

"是，我才乐！"妇人说着便稍稍生了气。

柏子是正要妇人生气才欢喜的。他见妇人把脸放下，便把烟盘移到床头去。长城一去情形全变了，一分钟内局面成了新样子。柏子的泥腿从床沿下垂，绕了这腿的上部的是用红绸做就套鞋的小脚。

一种丑的努力，一种神圣的愤怒，是继续，是开始。

柏子冒了大雨在河岸的泥滩上慢慢地走着，手中拿的是一段燃着火头的废缆子，光旺旺地照到周围三尺远近。光照前面的雨成无数返光的线。柏子全无所遮蔽地从这些线林穿过，一双脚浸在泥水里面——把事情做完了，他回船上去。

雨虽大，也不忙。一面怕滑倒，一面有能防雨——或者不如说忘雨的东西吧。

他想起眼前的事心是热的。想起眼前的一切，则头上的雨与脚下的泥，全成了无须置意的事了。

这时妇人是睡眠了，还是陪别一个水手又来在那大白木床上做某种事情，谁知道。柏子也不去想这个。他把妇人的身体，记得极其熟习；一些转弯抹角地方，一些幽僻地方，一些坟起与一些窟窿，恰如离开妇人身边一千里，也像可以用手摸，说得出尺寸。妇人的笑，妇人的动，也死死地像蚂蝗一样钉在心上。这就够了。他的所得抵得过一个月的一切劳苦，抵得过船只来去路上的风雨太阳，抵

得过打牌输钱的损失，抵得过……他还把以后下行日子的快乐预支了。这一去又是半月或一月，他很明白的。以后也将高高兴兴地做工，高高兴兴地吃饭睡觉，因为今夜已得了前前后后的希望，今天所"吃"的足够两个月咀嚼，不到两月他可又回来了。

他的板带钱已光了，这种花费是很好的一种花费。并且他也并不是全无计算，他已预先留下了一小部分钱，作为在船上玩牌用的。花了钱，得到些什么，他是不去追究的。钱是在什么情形下得来，又在什么情形下失去，柏子不能拿这个来比较。总之比较有时像也比较过了，但结果不消说还是"合算"。

轻轻地唱着《孟姜女》，唱着《打牙牌》，到得跳板边时，柏子小

心小心地走过去，预定的《十八摸》便不敢唱了——因为老板娘还在喂小船老板的奶，听到哄孩子声音，听到吮奶声音。

辰州河岸的商船各归各帮，泊船原有一定地方，各不相混。可是每一只船，把货一起就得到另一处去装货。因此柏子从跳板上摇摇荡荡上过两次岸，船就开了。

一九二八年五月作
原载一九二八年《小说月报》

左图：
他的所得抵得过一个月的一切劳苦，抵得过船只来去路上的风雨太阳，抵得过打牌输钱的损失，抵得过……

右图：
轻轻地唱着《孟姜女》，唱着《打牙牌》，到得跳板边时，柏子小心小心地走过去，预定的《十八摸》便不敢唱了……

迎春节,凡属于北溪村中的男子,
全是为家酿烧酒醉倒了。

七个野人与最后一个迎春节

迎春节，凡属于北溪村中的男子，全是为家酿烧酒醉倒了。据说在某城，痛饮是已成为有干禁例的事了，因为那里有官，有了官，凡是近于荒唐的事是全不许可了。有官的地方，是渐渐会兴盛起来，道义与习俗传染了汉人的一切，种族中直率慷慨全会消灭，迎春节的痛饮禁止，倒是小事中的小事，算不得怎样可惜，一切都得不同了！将来的北溪，也许有设官的一天吧？到那时，人人成天纳税，成天缴公债，成天办站，小孩子懂到见了兵就害怕，家犬懂到不敢向穿灰衣人乱吠，地方上每个人皆知道了一些禁律，为了逃避法律人人全学会了欺诈，这一天终究会要来吧。什么时候北溪将变成那类情形，是不可知的，然而老一辈都明白，这一天是年青人大约可以见到的。地方上，勇敢如狮子的人，徒手可以搏野猪，对于地方的进化，他们是无从用力制止的。年高有德的长辈，眼见到好风俗为大都会文明侵入毁灭，也是无可奈何的。凡是有一点地位的人，皆知道新的习惯行将在人心中生长，代替那旧的一切了，在这迎春节，用烧酒醉倒因此是普遍的事！他们要醉倒，对于事情不再过问，在醉中把恐吓失去，则这佳节所给他们的应有的欢喜，仍然可以在梦中得到了。

不过这时他们还能吃不上税的家酿烧酒，还能在这社节中举行那尚保留下来的风俗，聚合了所有年青男女来唱歌作乐……

仍然是耕田，仍然是砍柴栽菜，地方新的进步只是要他们纳捐，要他们在一切极琐碎极难记忆的规则下走路吃饭。有了内战时，便把他们壮年能做工的男子拉去打仗，这是有政府时对于平民的好处。什么人要这好处没有？族长，乡约或经纪人，卖肉的屠户，卖酒的老板，有了政府他就得到幸福没有？做田的，打鱼的，行巫术的，卖药卖布的，政府能使他们生活得更安稳一点没有？

他们愿意知道的是，牛羊在有了官的地方，会不会发生瘟疫？若牛羊仍然得发瘟，那就证明无须乎官了。不过这时他们还能吃不上税的家酿烧酒,还能在这社节中举行那尚保留下来的风俗,聚合了所有年青男女来唱歌作乐,聚合了所有老年人在大节中讲述各样的光荣历史与渔农知识,男子还不曾出去当兵,女子也尚无做娼妓的女子,老年人则更能尽老年人责任。未来的事谁知道呢?过去的不能挽回,未来的无从抵挡,也是自然的事!"醉了的,你们睡吧,还有那不曾醉倒的,你们把葫芦中的酒向肚中灌吧。"这个歌近来唱时是变成凄凉的丧歌,失去当年的意思了。

照这办法把自己灌醉的人实在是太多了,只有一个地方的一群男子不曾醉倒。他们面前没有酒也没有酒葫芦,只是一堆焚得通红的火。他们人一共是七个,七个之中有六个年纪轻轻的,只有一个约莫有四十五岁左右。大房子中焚了一堆柴根,七个人围着这一堆火坐下,火中时时爆着小小的声音。那年长的男子便用长铁箸拨动木焚的柴尽它跌到火中心去。

房中无一盏灯,但熊熊的火光已照出这七个朴质的脸孔,且将各个人的身躯向各方画出不规则长短不一的暗影了。

那年长的汉子拨了一阵火,忽然又把那铁箸捏紧向地面用力筑,愤愤地说道:

"一切是完了,这一个迎春节应当是最后一个了。一切是……喝呀,醉呀,多少人还是这样想!他们愿意醉死,也不问明天的事。他们都不愿意见到穿号衣的人来此!他们都明白此后族中男子将堕落,女子也将懒惰了!他们比我们是更能明白许许多多事的。新的制度来代替旧的习惯,到那时,他们地位以及财产全摇动了。……但是这些东西还是喝呀!喝呀!……"

全屋默然无声音,老人的话说完,这屋中又只有火星爆裂的微声了。

静寂中,听得出邻居划拳的嚷声,与唱歌声音。许多人是在一杯两杯情形中伏到桌上打鼾了。许多人是喝得头晕目眩伏在儿子肩上回家了。许多人是在醉中痛哭狂歌了。这些人，在平时，却完完全全是有业知分的正派人，一年之中的今日，历来为神核准的放纵，仅有的荒唐，把这些人变成另外一个种族了。

奇怪的是在任何地方情形如彼，而在此屋中的众人却如此。年长人此时不醉倒在地，年青人此时不过相好的女人家唱歌吹笛，只沉闷地在一堆火旁，真是极不合理的一件事！

迎春节到了最后的一个，即或如所说，在他人，也是更非用沉醉狂欢来与这唯一残余的好习惯致别不可的。这里则七个人七颗心只在一堆火上，且随到火星爆裂，终于消失了。

诸人的沉默，在沉默中可以把这屋子为读者一述。屋为土窑屋，高大像衙门，宏敞如公所。屋顶高耸为泄烟窗，屋中火堆的烟即向上窜去。屋之三面为大土砖封合，其一面则用生牛皮作帘，帘外是大坪。屋中除有四铺木床数件粗木家具及一大木柜外，壁上全是军器与兽皮。一新剥虎皮挂在壁当中，虎头已达屋顶，尾则拖到地上。还有野鸡与兔一大堆，悬在从屋顶垂下的大藤钩上，嶷然不动。从一切的陈设上看来，则这人家是猎户无疑了。

这土屋主人，即火堆旁年长的一位。

左图：
　　全屋默然无声音，老人的话说完，这屋中又只有火星爆裂的微声了。

右图：
　　还有野鸡与兔一大堆，悬在从屋顶垂下的大藤钩上，嶷然不动。从一切的陈设上看来，则这人家是猎户无疑了。

他以打猎为业，那壁上的虎皮就是上月他一个人用猎枪打毙的。其余六人则全是这人的徒弟。徒弟从各族有身份的家庭中走来，学习设阱以及一切拳棍医药。这有学问的人，则略无厌倦地在做师傅时光中消磨了自己壮年。他每天引这些年青人上山，在家中时则把年青人聚在一处来说一切有益的知识。他凡事以身作则，忍耐劳苦，使年青人也各能将性情训练得极其有用。他不禁止年青人喝酒唱歌，但他在责任上教给了年青人一切向上的努力，酒与妇人是在节制中始能接近的。至于徒弟六人呢？勇敢诚实，原有的天赋，经过师傅德行的琢磨，智慧的陶冶，一个完人应具的一切，在任何一个徒弟中全不缺少。他们把这年长人当作父亲，把同伴当作兄弟，遵守一切的约束，和睦无所猜忌，在欢喜中过着日子。他们上山打猎，下山与人做公平的交易。他们把山上的鸟兽打来换一切所需要的东西；枪弹、火药、箭头、弦、酒，无一不是用所获得的鸟兽换来。他们运气好时，还可以换取从远方运来的戒指、绒帽之类。他们做工吃饭，在世界上自由地生活，全无一切苦楚。他们用枪弹把鸟兽猎来，复用歌声把女人引到山中。

这属于另一世界的人，也因为听到邻近有设了官设了局的事情，想起不久这样情形将影响到北溪，所以几个年青人，本应在迎春节各穿新衣，把所有野鸡、毛兔、山菇、果狸等等礼物送到各人相熟的女人家中去的，也不去了。这师傅本应到庙坛去与年长族人喝酒到烂醉如泥，也不去了。

六个年青人服从了师傅的命令，到晚不出大门，围在火前听师傅谈天。师傅把话说到地方的变更，就所知道的其余地方因有了法律结果的情形说了不少，师傅心中的愤慨，不久即转为几个年青人的愤慨了。年青人各无所言，但各人皆在此时对法律有一种漠然反感。

到此年长的人又说话了，他说：

"我们这里要一个官同一队兵有什么用处？我们要他们保护什么？老虎来时，蝗虫来时，官是管不了的。地方起了火，或涨了水，官是也不能负责的。我们在此没有赖债的人，有官的地方却有赖债的事情发生。我们在此不知道欺骗可以生活，有官地方每一个人可全靠学会骗人方法生活了。我们在此年青男女全得做工，有官地方可完全不同了。我们在此没有乞丐盗贼，有官地方是全然相反，他们就用保护平民把捐税加在我们头上了。"

官是没有用处的一种东西，这意见是大家一致了。

他们结果是约定下来，若果是北溪也有人来设官时，一致否认这种荒唐的改革。他们愿意自己自由平等地生活下来，宁可使主宰的为无识无知的神，也不要官。因为神永远是公正的，官则总不大可靠。而且，他们意思是在地方有官以后，一切事情便麻烦起来了。他

他们愿意自己自由平等地生活下来，宁可使主宰的为无识无知的神，也不要官。因为神永远是公正的，官则总不大可靠。

们觉得人并不是为许多麻烦事而生活的，所以这也只有那欢喜麻烦的种族才应当有政府的设立必要，至于北溪的人民，却普遍皆怕麻烦，用不着这东西！

为了终须要来的恶运，大势力的侵入，几个年青人不自量力，把反抗的责任，放到肩上了。他们一同当天发誓，必将最后一滴的血流到这反抗上。他们谈论妥贴，已经半夜，各自就睡了。

若果有人能在北溪各处调查，便可以明白这一个迎春节所消耗

来人是两个，会过了地方当事人，由当事人领导往各处察看，带了小孩子在太阳下取暖的主妇皆聚在一处谈论这事。

的酒量真特别多，比过去任何一个迎春节也超过，这里的人原是这样肆无忌惮地行乐了一日。不久过年了。

不久春来了。

当春天，还只是二月，山坡全发了绿，树木茁了芽，鸟雀孵了卵，新雨一过随即是温暖的太阳。晴明了多日，山阿田中全是一边做事一边唱歌的人，这样时节从边县里派有人来调查设官的事了。来人是两个，会过了地方当事人，由当事人领导往各处察看，带了小孩子在太阳下取暖的主妇皆聚在一处谈论这事，来人问了无数情形，量丈了社坛的地，录下了井灶，看了两天就走了。

第二次来人是五个，情形稍稍不同：上一次是探视，这一次可正式来布置了。对于妇女特别注意，各家各户去调查女人，人人惊吓不知应如何应付。事情为猎人徒弟之一知道了，就告了师傅。师傅把六个年青人聚在一处，商量第一步反对方法。

年长人说："事情是在我们意料中出现了，我们全村毁灭的日子到了，这责任是我们的责任，应当怎么办，年青人可各提供一个意见来讨论，我们是决不承认要官管理的。"

第一个说："我们赶走了他完事。"

第二个说："我们把这些来的人赶跑。"

第三四五六意见全是这样。既然来了，不要，仿佛是只有赶走一法了。赶不走，倘必须要力，或者血，他们是将不吝惜这些来为此事牺牲的。单纯的意识，是不拘问什么人，都是不需要官的，既然全不要这东西，这东西还强来，这无理是应当在对方了。

在这些年青简单的头脑中，官的势力这时不过比虎豹之类稍凶一点，只要齐心仍然是可以赶跑的。别的人，则不可知，至于这七人，固无用再有怀疑，心是一致了。

然而设官的事仍然进行着。一切的调查与布置，皆不因有这七人而中止。七个人明示反抗，故意阻碍调查人进行，不许本乡人引路，不许一切人与调查人来往，又分布各处，假扮引导人将调查人诱往深山尽他们迷路。结果还是不行。

一切反抗归于无效，在三月底税局与衙门全布置妥了。这七个人一切计划无效，一同搬到山洞中去了。照例住山洞的可以作为野人论，不纳粮税，不派公款，不为地保管辖，他们这样做了。

新来的地方官忙于征税与别的吃喝事上去了，所以这几个野人的行为，也不曾引起这些国家官吏注意。虽也有人知道他们是不肯归化的，但王法是照例不及寺庙与山洞，何况就是住山洞也不故意否认王法，当然尽他们去了。

在这些年青人身上所穿的衣裤，以及麂皮抱兜，就是这些多情的女人手上针线做成。

他们几个人自从搬到山洞以后，生活仍然是打猎。猎得的一切，也不拿到市上去卖，只有那些凡是想要野味的人，就拿了油盐布匹衣服烟草来换。他们很公道地同一切人在洞前做着交易，还用自酿的烧酒款待来此的人。他们把多余的兽皮赠给全乡村顶勇敢美丽的男子，又为全乡村顶美的女子猎取白兔，剥皮给这些女子制手袖笼。

　　凡是年青的情人，都可以来此地借宿。因为另外还有几个小山洞，经过一番收拾，就是这野人等特为年青情人预备的。洞中并且不单是有干稻草同皮褥，还有新鲜凉水与玫瑰花香的煨芋。到这些洞里过夜的男女，全无人来惊吵地乐了一阵，就抱得很紧，舒舒服服睡到天明。因为有别的缘故，向主人关照不及时，就道谢也不说一声就走去，也是很平常的事。

　　他们自己呢，不消说也不是很清闲寂寞，因为住到这山洞的意思，并不是为修行而来的。他们日里或坐在洞中磨刀练习武艺，或在洞旁种菜舀水，或者又出到山坡头湾里坳里去唱歌。他们本分之一，就是用一些精彩嘹亮的歌声，把女人的心揪住，把那些只知唱歌取乐为生活的年青女人引到洞中来，兴趣好则不妨过夜，不然就在太阳下当天做一点快乐爽心的事，到后就陪到女人转去，送女人下山。他们虽然方便却知道节制，伤食害病是不会有的。

　　这些年青人身上所穿的衣裤，以及麂皮抱兜，就是这些多情的女人手上针线做成。他们送女人则不外乎山花山果，与小山狸皮。他们几个人出猎以前，还可以共同预约，得山羊便赠谁个最近相交的一个女人，得野狗又算谁的女人所有。他们的口除了亲嘴就是唱赞美情欲与自然的歌，不像其余的中国人还要拿来说谎的。他们各人尽力做所应做的工，不明白世界上另外那些人懒惰就是享福的理由。他们把每一天看成一个新生的天，所以在每一天中他们除了坐在洞中不出，其余的人是都得在身体与情绪上调节得极好，预备来接受这一天他们所不知道的幸福与灾难的。他们不迷信命运，却能够在失败事情上不固执。譬如一天中间或无法与一小山鸡相遇，他们到时也仍然回洞，不去死守的。又譬如唱歌也有失败时，他们中不拘是谁，知道了这事情无望，却从不想到用武力与财产强迫女子倾心过。

因为一切的平均，一切的公道，他们嫉妒心也很薄弱，差不多看不出了。

那师傅，则教给这几个年青人以武艺与渔猎知识外，还教给这些年青人对于征服妇人的法宝。为了要使情人倾心，且感到接近以后的满意，他告他们在什么情景下唱什么歌，以及调节嗓子的技术。他又告他们如何训练他的情人，方能使女人快乐。他又告他们如何保养自己，才能成为一个忠于爱情的男子。他像教诗的夫子指点他们唱歌，像教体操战术的教官指点他们对付女人，到后还像讲圣谕那么告诫他们不可用不正当方法骗女人的爱情与他人的信任。

师傅各事以身作则，所以每晨起身就独早。打老虎他必当先。擒蛇时他选那大的。泅水他第一个泅过河。爬树他占那极难上的。就是于女人，他也并不因年纪稍长而失去勇敢与热诚！凡是一个女子命令到几个年青人办得下的，与他好的女子要他去做，也总不故意规避的。

人类的首领，像这样真才是值得敬仰的首领！

日子是一天一天过下来了，他们并不觉得是野人就有什么不好处。至于显而易见的好处，则是他们从不要花一个钱到那些安坐享福的人身上去。他们也不撩他，不惹他，仍然尊敬这种成天坐在大瓦屋堂上审案、罚钱、打屁股的上等人。

国家的尊严他们是明白的，但他们在生活上用不着向谁骄傲，用不着审判，用不着要别人坐牢挨打，所以他们没有一个官管理，也自己能照料活下来了。

他们是快快乐乐活下来了，至于北溪其余的人呢？

北溪改了司，一切地方是皇上的土地，一切人民是皇上的子民

七个野人与最后一个迎春节　185

日子是一天一天过下来了,他们并不觉得是野人就有什么不好处。至于显而易见的好处,则是他们从不要花一个钱到那些安坐享福的人身上去。

了,的确很快地便与以前不同了。迎春节醉酒的事真为官方禁止了,别的集社也禁止了。平时信仰天的,如今却勒令一律信仰大王,因为天的报应不可靠,大王却带了无数做官当兵的人,坐在极高大极阔气的皇城里,要谁的心子下酒只轻轻哼一声,就可以把谁立刻破了肚子挖心,所以不信仰大王也不行了。

还有不同的,是这里渐渐同别地方一个样子,不久就有一种不必做工也可以吃饭的人了。又有靠说谎话骗人的大绅士了。又有靠狡诈杀人得名得利的伟人了。又有人口的卖买行市，与大规模官立鸦片烟馆了。地方的确兴隆得极快，第二年就几几乎完全不像第一年的北溪了。

　　第二年迎春节一转眼又到了。荒唐地沉湎野宴，是不许举行的，凡不服从国家法令的则有严罚，决无宽纵。到迎春节那日，凡是对那旧俗怀恋，觉得有设法荒唐一次必要的，人人皆想起了山洞中的野人。归籍了的子民有遵守法令的义务，但若果是到那山洞去，就不至于再有拘束了。于是无数的人全跑到山洞聚会去了，人数将近两百。到了那里以后，做主人的见到来了这样多人，就把所猎得的果狸、

　　手中则拿的是山羊腿骨与野鸡脚及其他，作为做官做皇帝的器具，忘形笑闹跳掷，全不知道明天将有些什么事情发生。

山猪、白绵野鸡等等，熏烧炖炒办成了六盆佳肴，要年青人到另一地窖去抬出四五缸陈烧酒，把人分成数堆，各人就用木碗同瓜瓢舀酒喝，用手抓菜吃。客气的就合当挨饿，勇敢的就成为英雄。

众人一边喝酒一边唱歌，喝醉了酒的就用木碗覆到头上，说是做皇帝的也不过是一顶帽子搁到头上，帽子是用金打就的罢了。于是赞成这醉话的其余醉人，头上全是木碗瓜瓢以至于一块猪牙帮骨了，手中则拿的是山羊腿骨与野鸡脚及其他，作为做官做皇帝的器具，忘形笑闹跳掷，全不知道明天将有些什么事情发生。

第二天无事。

第三天，北溪的人还在梦中，有七十个持枪带刀的军人，由一个统兵官用指挥刀调度，把野人洞一围。用十个军人伏侍一个野人，于是将七个尸身留在洞中，七颗头颅就被带回北溪，挂到税关门前大树上了。出告示是图谋倾覆政府，有造反心，所以杀了。凡到吃酒的，自首则酌量罚款，自首不速察出者，抄家，本人充军，儿女发官媒卖作奴隶。

这故事北溪人不久就忘了，因为地方进步了。

三月一日于上海
原载一九二九年《红黑》

"快点吧,你把包谷子洒下,推开二门,事就完了。""那你轻轻地捉,莫让它叫喊。"

往昔之梦

"小心点吧,二弟!"大哥手里,这时正捏了一握包谷子。

"不怕,"我回头去摆手,"拢来把包谷子洒下吧,妈是在——"

的确是用不着担心的,外祖母还没有起床,姊是到屋后要春秀丫头砍柴去了,帮工张嫂纵见到也不能奈何我们。

但大哥还是很小心的,赵趄不前。

"快点吧,你把包谷子洒下,推开二门,事就完了。"

"那你轻轻地捉,莫让它叫喊。"

最可恶的是我伸手到笼边时,那扁毛畜生竟极其懂事的样子,咯咯咯叫起来了。这是表示它认识人,能够同别一只雄鸡去斗的意思。但你能打架,还待叫着,我们才了解你么?讨厌呵!

"混账东西,谁要你大惊小怪!"气极了,轻轻地骂它。

但是它还是咯咯咯咯。虽然这声音并不大,异乎为人迫害求助或是战败以后宣布投降时那种可怜喊声,但这逞雄的咯打咯,就够坏事了。

……妈若听到,则今早计划是又失败了吧。

妈是否听到,那是不可知了。但外祖母此时就在床上喊春秀:还不放鸡么,春秀!

在我手上的鸡，似乎小小地受了点惊，口中咯咯不停，且时时在挣扎。"朋友，你老实一点吧。"

对到我做着恶脸又不敢高声促我动手的大哥，听到外祖母的声音，已急坏了，轻轻地顿着脚。

"快点吧，伯伯！"他喊我做伯伯了。

要它莫是那样咯咯咯咯，会永不可能吧。再过一会，妈的身会从仓后那个小衖子里出现，是我们早料到的事。再迟一时，则又只好待明天了。到明天是我们所不能待，所以只好冒险了。低了头去啄那地下残粒的目的物，为我用一种极其经济的手法抱住拖出笼外后，站立在二门边的大哥，就把门推开，像偷了物的小窃样，一溜烟跑到了大街上。

在我手上的鸡，似乎小小地受了点惊，口中咯咯不停，且时时在挣扎。

"朋友，你老实一点吧。"据说是用舌子去舐它的眼睛，就可以使它和平，于是我就仿行了。

到中营衙门去。

到中营衙门去，那是用不上迟疑的。那里就正有许多大点的小孩，把家中养的鸡抱了来，每两只相好后，成对地放在用竹篾织成的低低圈子里去打架！那里的鸡，是像我们样偷偷悄悄地从家中捉出来的，也会很多吧。聪明的大哥，早想到这事了，"看别人的总不如自己的鸡好玩"，于是我们约着，瞒了母亲，设法把家中那只大公鸡偷出来同人去打。但机会总是那样吝啬，因了母亲的起早习惯，直到此时，才能找出此不可得之机会来行事。我捉出来你就放回去吧……我们是那样定下约来才敢去笼里捉拿那鸡，算是徼幸，虽然是叫着喊着，如今是总算到了门外街上了。

使我高兴到心跳的是那挣着极不服帖的手中的鸡，到了街上，还是那么咯咯咯，不啻自己在那里为自己雄武的证明。这是一只外观极其俊伟，值得受人称赞的花公鸡。全身花得同杜鹃样，每匹毛上有黑白斑纹。大的白的脚上，生了短锐的小牛角样的悬蹄。方方的头顶上，戴了颇高的红冠。短短的颈子，配上一个长长的尾巴。大哥说这正同小说上说到的化为伟丈夫去迷妇人的妖鸡一样，大哥的话，却不为我注意。我喜欢听别人说：

"这真是一只漂亮的大鸡呢。"

"呵，好鸡公，谁能同这样鸡来斗？"

"怕是桃源种吧。做种子好极了。"

"打一两场就会封圈了，可以好好地喂养下来！"

在路上，到菜场去买早饭菜的相识的人，见到我手上的鸡，总是称赞地说着各样的话语，大哥总很谦虚地如那样回答着。

当两鸡进圈以后，相啄扑以前，全场空气是严肃到各人可以听到身旁另一人很低的鼻息的……

在路上，到菜场去买早饭菜的相识的人，见到我手上的鸡，总是称赞地说着各样的话语，大哥总很谦虚地如那样回答着。

"不，大叔，四哥，这是在家里养着，还未下过圈的一只新鸡呢。"

其实，我把鸡身放在怀里，大哥跟在后面，接受着同样的夸赞的大哥同我，是早因了鸡而生出骄傲，把脚步也变快了。

衙门外一个大坪，围了各样的人。墙脚下，摆列各种高低的竹笼，笼内的待斗的鸡，正同罗马古昔决斗场前的勇士一样，为人料理着嘴爪，鸡自己呢，也都蓄了前进的掊击别一同类的力，"倚盾待发",英雄极了。

围着圈子的人喊着各样口号,为那溜头跑去的聪明的鸡的准胜利助威。追赶的鸡,不久就停了步,反而把头颈上短毛矗起,变成雌鸡样的叫声了。于是大家就笑着嚷着,把两鸡捉出,败了的勇士成了主人晚饭桌上菜蔬的一种,胜利的则勉强昂着那破碎的头受主人的抚摩,冠上忙敷上黄土炭末,用一支长的翎毛把喉中的污血绞去后,始得休息于原来的笼中。

接着是第二批勇士入场。

第三或第四依次入场。

当两鸡进圈以后,相啄扑以前,全场空气是严肃到各人可以听到身旁另一人很低的鼻息的,但刚一接触,就全松懈下来了。于是可以听到土人对自己勇士保证起见,加以愿同谁于胜负上赌点小东西的申明。

"短尾子花鸡有三百钱,谁要!"

不理,罢了。

在认清必胜之权,属了自己勇士以后,亦有那类大胆贪货之人,用七折、五折或至三四折售出与对方相赌者。此亦不尽可恃。虽如何呐喊去增加自己勇士的气力,胜负仍然操之于鸡的本身。有眼球骤为他鸡啄瞎,转胜为败的,那是运气太糟了。但执了这样运气的人就很多。因此果价值下跌方面,对自己的鸡有了信心,亦不妨接纳。

"我认短尾巴两百!"在旁人,亦可任意申明,为主人增壮气势。

不理,罢了。

接应则口头上议定,下场给钱。各人凭了信用,初不用何种纸上契约,也从不闻失败归了自己后加以否认的。且不仅是斗鸡。在镇筸地方,有许多关于银物上的契约,便都是由口头上定妥。多数莫非同街相识,且在旁还有不少可以为证的同伙,是虽有图赖的心,或亦不能怎样开口吧。

圈子的主人属于衙门外一个守门的头儿。他从胜利方面得到二十分之一的报酬,每日的收入,供他的四两牛肉同半斤高粱酒似乎是很够了。人人都喊他为何伯,那是因了他嘴上胡须。遇到排难解纷,也有用到何伯的时候吧……这类话,每用到去攻击一个吝啬了应出圈费的人,结果总是使何伯得到更多的酒肉。何伯每早上的生活就是代人记下赌注,收放圈子,对胜利的鸡的主人加以简短的颂谀,在我看来,是有意思极了。

最先一个在场子中见到我们的勇士的是何伯。

"呵,二少爷,大少爷,把家里的鸡也……"

为维持面子起见,何伯不说我们是偷偷捉来的,大哥却很认真地说是自己新从乡下买来的。

"雄极了!"他,何伯,夸奖着从我手上把鸡接过去,鸡在他手

上,却异常的老实了。大哥同我都佩服这人有功夫。

"是打过的吧?"

"不,不,"大哥怕别人把轻蔑抛在鸡身上,间接使自己也气馁下来,于是总说不曾打过,"是新鸡呢,何伯。前几天赶场买来的。可以吧,家中鸡都败在它手上呢。"

"好好,让下一场我为二少爷来找一个对手。"他为把鸡放在一个很大的笼里去了。对于他的行为,我们不但是很可以放心,我们知道信托他总是比自己还更可靠,所以大哥同我,就不再去理会那鸡,挤进颇多的人圈子中,看觑别一对正啄着的鸡去了。

"呵呵,一百赔一百吧!"一个冒险的把三倍的钱去诱别人。

"好,好,你认青毛,我认三棱冠吧;你二百我一百!"这声音还只从人丛中接应过来的,人的面目并没有见到,但那人就昧然答应了。不久又喊出:

"还有二百谁个赔一百!"

"赌五十吧?"

"赌六十吧?"

"赌七十吧?"

"我赔一百!"依次加上去,显然是那将退下的三棱冠鸡有了转机了。

左图:
他从胜利方面得到二十分之一的报酬,每日的收入,供他的四两牛肉同半斤高粱酒似乎是很够了。

右图:
"呵呵,一百赔一百吧!"一个冒险的把三倍的钱去诱别人。"好,好,你认青毛,我认三棱冠吧;你二百我一百!"

但是，先喊那一位，却不再说。是这样，契约算并没有成立。那位冒险的，为一个很凶的颠扑，把气全馁下来了。

两只鸡，还是靠到圈子边，相互用那将竭之力纠缠着，翅子是无力下垂，头是破碎不完，颈边的毛，也拔去许多了，但是仍然还在那里喘吁吁地把那带血的嘴去钉啄。

猛然地，会有只鸡跌倒到地上，胸脯向天如死地昏去吧，（那是常有的事。）若是这样一来，则人人期待着的解决，将永不能解决了。凡是一只鸡到死还不曾做雌声逃跑，因为强项即到圈子内死去的，并不算输。没有全死，但，较强的不再上前去扑啄，因而延搁下来的，也只能算和罢了。

三棱冠鸡眼看着是要倒下去了。

众人的希望分成两系。只有我同大哥是全不关心。我们所希望的是这一圈早得到结束，则第二次就轮到我们的勇士了。至于何伯，则似乎那鸡就此倒下去，实是极其应当。因为两方面虽得不到解决，但按照习惯，两方面都得于喊下的钱数中纳出圈费，此一来，不消说是自己把便宜独占了。

……到后这只鸡是照何伯的希望，终于倒下去了，不能说不是何伯本早上一个颇好的运气。

我们的鸡呢？也如了我们的希望，第二次居然就点名入了场，同一只矮脚白鸡，在场子里同样地扑啄，把血飞溅到那竹圈上去，那白鸡颈上毛是尽脱。附于我们花鸡身上喊出的钱，由一百钱到许多吊了，两只鸡颈子还是纠缠着，互相抵抗着，全不让步。

那白鸡，虽然异常的伶精，跳来跳去，且用了无数回头嘴攻袭我们笨重的武士，但终于受不住那过重的啄，活泼不过来，骤然飞上圈子了。

"赶下去吧！赶下去吧！"

"败了！白的败了！"

"赶下去吧!赶下去吧!""败了!白的败了!""花鸡有一吊,只要赔两百!""花鸡五吊,谁个用五百来吃!"

"花鸡有一吊,只要赔两百!"

"花鸡五吊,谁个用五百来吃!"

"败了,败了快赶下去吧!"

一阵胡嚷,白鸡从圈子上赶下后又在回嘴了,于是反面气势又壮起来。

"我有五百,吃谁的五吊!"

"白鸡方面三百,谁赔两吊!"

"白鸡五百,吃哪一个的一吊!"

由一折跃到对折,白鸡的转机是它极其和平的溜头。不知大哥此时想到何种事,我是为那溜头的狡猾东西气急了。朋友,莫追赶它吧,一追下来,你就准败了……像如我意思的样子花鸡竟立在场中不再去追它的敌方,等那白鸡心急扑转身来引诱时,又才猛地一嘴钉过去。像这样延持下来，又把场中空气一变。不久，对方又降到两折的价值了。

"折吧，不论多少！"在我身旁的"同志"大声喊着。

"今天不带钱来，送礼到明天吧。"谁在那另一端应着，把大众都逗笑了。

那只白鸡，脚步忽然放快，全身毛缩得很紧，喊着可怜的声音，败下去。觑着我的大哥神气是满足又是惊惶：满足的是看到那在自己武士啄下败后的白鸡那副可怜情形，惊惶的大约是想到胜利以后退回家去的那一关了。

胜利虽归了我们，但自己的鸡头上已啄得看不完。高的大冠尖已啄去四五个了，脚为白鸡悬蹄所划伤还流着血。高高兴兴抱出来的我，因了别人的赞美，反而更其难受！

"二少爷，好好养着吧，莫让它吃水，一两天头上就结痂了，下月又抱出来打吧。"何伯一面把一支鸭翎塞进鸡口里去，一面指示我对于鸡的处置。

"到下月，这只鸡也许我所有的只是一个膊腿同一双翅膀吧，"也不好怎样地对何伯言，或者妈见到这鸡惨样子，还不必等到月底请客才杀掉也未可知，想着真要掉下眼泪了。

"大哥你抱回去吧。"

"二弟你……"

经了大哥带哄带逼的许多话，还是我在前他在后把鸡在我手上抱着转回家去。那个白鸡的主人翁，就正在我们前面一点，把那不中用的武士，握着两脚倒携着。"那位武士，一到家就会把头砍去，那是无疑的了！"大哥知道这个。我也知道。当我回头去同大哥说时，大哥就点头微笑。

我是任大哥怎样软硬地哄逼我也不愿再把鸡抱进大门放进那木笼了。大哥呢，聪明地指使我，自己却不曾想到有抱回家中去的义务。

"那怎么办?"他还问我。

"你不抱回去我们就不要它了吧。"第一个主意并不很坏。照这样做去,家中也只能疑心是鸡自己跑出门去失落了。但我却不敢。

在门外停了许久。

得到一个不是办法的办法了,大哥轻轻地把那扇极会发响的二门小心推开,放那鸡进门去,让它独自个垂头丧气一摇一摆地走向院子中去了。我们回头,又去到中营衙门去看了一回。到返家时,妈正拿了把开水壶淋着那脚盆里老老实实卧着的杀了的鸡身,心中的难受,是比为挨骂还过甚的。

"大哥你抱回去吧。""二弟你……"经了大哥带哄带逼的许多话,还是我在前他在后把鸡在我手上抱着转回家去。

"娘,它打赢了唎。"搭讪着走拢去的大哥,极不好意思地说着。大哥立时也就知道这话是多余。

妈没有作声。但妈的颜色,似乎也并不怎样发哽。于是不久我们就到盆边去把那两个灰色尖距敲下,套到小手指上向隔壁瑞龙家夸耀去了。

六月于北京白屋
原载一九二六年《现代评论》

200
神之再现

在我家附近道台衙门口那个大坪坝上，一天要变上好几个样子。

瑞龙

在我家附近道台衙门口那个大坪坝上，一天要变上好几个样子。来到这坪坝内的人，虽说是镇日连连牵牵分不出哪时是多哪时是少，然而从坪坝内摆的一切东西上看去，就很可清查出并不是一样人的情形来了。

这里早上是个菜市。有大篮大篮只见鳞甲闪动着，新从河下担来，买回家还可以放到盆内养活的鲤鱼，有大的生着长胡子的活虾子，有一担一担湿漉漉（水翻水天）红的萝卜、绿的青菜。扛着大的南瓜到肩膊上叫卖的苗代狗（代狗，苗语，指弟弟——编者注）满坪走着；而最著名的何三霉豆豉也是在辕门口那废灶上发卖。一到吃过早饭，这里便又变成一个柴草场！热闹还是同样。只见大担小担的油松金块子柴平平顺顺排对子列着。他们行列的整齐，你一看到便会想到衙门里大操场上正在太阳下烘焙着操练的兵士们。并且，它们黄的色也正同兵士的黄布军衣一样——所不同的是兵士们中间只有几个教练官来回走着，喊着；而这柴草场上，却有许多槽房老板们、学徒们，各扛了一根比我家大门闩还壮大，油得光溜溜的秤杆子，这边那边走着，把那秤杆端大铁钩钩着柴担过秤。

兵士们会向后转、向左转以及开步走，柴担子却只老老实实让太阳烘焙着一点不动。

灰色黄色的干草，也很不少。草担是这样的大，日头儿不在中天时，则草担子背日那一头，就挪出一块比方桌还大的阴影来了。虽说是如今到了白露天气，但太阳毕竟还不易招架！大家谁不怕热？因此，这阴处便自自然然成了卖柴卖草的人休息处。

天气既是这么闷闷的，假若你这担柴不很干爽，老板们不来过问，你光光子在这四围焦枯的秋阳下阴凉处坐着，瞌睡就会于这时乘虚而来，自然不是什么奇怪事！所以某一担草后，我们总可以看见一个把人张开着死鲈鱼口打着大鼾。这鼾声听来也并不十分讨人嫌，且似乎还有点催眠并排蹲着的别个老庚们力量。若是你爱去注意那些小部分事物物，还会见到那些正长鼾着的老庚们，为太阳炙得油光水滑的褐色背膊上，也总停着几个正在打瞌睡的饭蚊子——那真是有趣！

草是这么干，又一个两个接接连连那么地摆着：倘若有个把平素爱闹玩笑的人，擦的刮根火柴一点，不到五秒钟，不知坪内那些卖草卖柴的人要乱成个什么样子了！本来这样事我曾见到一次，弄这玩事的人据说是瑞龙同到几个朋友。这里坪子是这么大，房子自然是无妨，眼见着烨烨剥剥，我觉得比无论什么还有味。后来许多时候从这里过身，便希望这玩意儿适于这当儿再见到——可是不消说总令我失望！

晚上来了。萤火般的淡黄色灯光各在小摊子上微漾——这里已成了一个卖小吃食的场所了。

在晕黄漾动的灯光下，小孩们各围着他所需要的小摊面前。这些摊子都是各在上灯以前就按照各人习惯像赛会般一列一列排着，看时季变换着陈列货色。这里有包家嬢的腌萝卜，有光德的洋冬梨，有麻阳方面来的高村红肉柚子，有溆浦的金钱橘，有弄得香喷香喷了的曹金山牛肉疤子，有落花生，有甘蔗，有生红薯……

若身上不佩几个钱,哪个又敢到这足够使人肚子叽叽咕咕的地方来玩?

  大概这也是根据镇筸人好吃精细的心理吧,凡是到了道门口来的东西,总都分外漂亮、洁净,逗人心爱。至于价值呢,也不很贵。在别处买来二十文落花生,论量总比这里三十文还多,然你要我从这两者中加以选择时,我必买这贵的。这里的花生既特别酥脆,而颗颗尤落实可靠——从花生中我们便可证明此外的一切了。
  若身上不佩几个钱,哪个又敢到这足够使人肚子叽叽咕咕的地方来玩?但说固然那么说,然而单为来此玩耍(不用花一个钱),一边用眼睛向那架上衬着松毛的金橘,用小簸叠罗汉似的堆起的雪梨……任意观看;一边把口水尽咽着走来走去的穷孩子,似乎也还很多。

　　小的白色（画有四季花）的磁罐内那种朱红色辣子酱，单只望见，也就能使清口水朝喉里流了。从那五香牛肉摊子前过时，又是如何令人醉倒于那种浓酽味道中！金橘的香，梨的香，以及朝阳花的香，都会把人吸引将脚步不知不觉变成迟缓。酥饺儿才从油锅中到盘上来，像不好意思似的在盘之一角。红薯白薯相间地大片小片叠着，卖丁丁糖的小铜锣在尖起声子乱喊……嗯！这些真不消提及，说来令人胃口发痒。

　　他们的销路怎样？请你看那簸箩内那些大的小的铜钱吧。

　　矮胖胖的瑞龙，是在我隔壁住家的梅村伯唯一儿子。也许这叫作物以稀为贵吧？梅村伯两口子一天无事总赶着他瑞龙叫"乖宝贝"。其实瑞龙除了那一个圆而褐像一个大铜元的盘盘脸来得有味外，有什么值得可宝？我们见瑞龙显得那么净，也就时时同他开玩笑喊他作乖宝贝。这"乖宝贝"在自己妈喊来是好的，在别个喊来就是一种侮辱：瑞龙对这个不久就知道了。因此，这不使他高兴的名字，若从一个躺点的弟弟们口中说出，他就会很勇敢地伸出他那小肥手掌来封脸送你个耳刮子。这耳刮子的意思就是报酬你的称谓与制止你的第二次恭维。至于大点的——不是他所能降伏得住的——那他又会赶忙变计，脸笑笑地用"哥！我怕你点好吧。你又不是我爸爸，怎么开口闭口乖宝贝？"

　　因这三个字破坏了瑞龙对他同伴们的友谊，以至于约到进衙门大操场去擩腰的事，已不知有过许多次了。可是大家对于这并不算得一回什么事。"乖宝贝！""乖宝贝来了！"凡是瑞龙到处，还是随时可以听到。

　　梅村伯两口子嘴上的心上的乖宝贝，自然是来得甜蜜而又亲热的，其实论到这位乖宝贝到这街上的顽皮行为，也就很有一个样子了！

其实瑞龙除了那一个圆而褐像一个大铜元的盘盘脸来得有味外,有什么值得可宝?

他读书不很行,而顽皮的举动有时竟使老铜锤先生红漆桌子上那块木戒方也无所用其力。

但瑞龙顽皮以外究竟也还有些好处。

他家里开着一个潮丝烟铺子,年纪还只十一二岁的他,便能够帮助他妈包烟。五文一包的与四文一包的上净丝,在我们看来,分量上是很不容易分出差异的,但他的能干处竟不必用天秤(但用手拈)也能适如其量地包出两种烟来。他白天一早上就同到我们一起到老铜锤(这也是他为我们先生取的好名字)那里去念书,放夜学归来,吃了饭,又扛着簸簸到道门口去卖甘蔗。他读书不很行,而顽皮的举动有时竟使老铜锤先生红漆桌子上那块木戒方也无所用其力。但当他到摊子边站着,腰上围了一条短围裙,衣袖口卷到肘弯子以上,一手

把块布用力擦那甘蔗上泥巴,一手拿着那小镰刀使着极敏捷的手法刮削(见了一个熟人过身时),口上便做出那怪和气亲热的声气:

"吃甘蔗吧,哥!"或是"伯伯,这甘蔗又甜又脆,您哪吃得动——拿吧,拿吧!怎么要伯伯的钱呢。"你如看到,竟会以为这必又是一个瑞龙了!

我们常常说笑,以为当到这个时候,若老铜锤先生刚刚打这过身,见到瑞龙那副怪和气的样子——而瑞龙又很知趣,随手就把簸内那大节的肥甘蔗塞两节到先生怀中去,我敢同无论何人打个赌,明天进学堂时,不怕瑞龙再闹得凶一点,也不会再被先生罚跪到桌子下那么久了。我有我的理由。我深信最懂礼的先生绝不会做出"投以甘蔗报之戒方"的事!

瑞龙的甘蔗大概是比别人摊子上的货又好吃又价廉吧,每夜里他的生意似乎总比并排那几个人格外销行。据我想,这怕是因他年小,好同到他们同学窗友(这也从老铜锤处听来的)做生意。而且胆子大,敢赊账给这些小将——不然时,那他左手边那位生意比他做得并不过尽,为甚生意就远比不上瑞龙?包家孃说的也是,她说瑞龙原是得人缘呢。

一个圆圆儿篾簸簸,横上两根削得四四方方的木条子,成个十字,把簸簸划分成了四区。照通常易于认识的尊卑秩序排列,当面一格,每节十文;左边,值五个舫钱;右边,三文——前面便单放了些像笋子尖尖一般的尾巴。这尾巴嫩白得同玉一样,很是好看,若是甘蔗不拿来放口里嚼,但同佛手木瓜一样仅拿来看:那我就不愿意花去多钱买那正格内的货了。这尾巴本来不是卖钱的,遇到我们熟人,则可以随便取吃。但瑞龙做生意并不是笨狗,生码子问到前格时,他当然会说:"这你把两个钱,一总都拿去吧。"或是:"好,减价了,一个钱两节!随你选。"不过多半还是他拿来交结朋友。

咱们几个会寻找快乐的人又围着瑞龙摊子在赌劈甘蔗了。打赌

劈甘蔗的玩意儿，这正是再好不过的有趣事！谁个手法好点的谁就可不用花一个钱而得到最好的部分甘蔗吃，小孩子哪个又不愿意打这种赌？我、兆祥、云弟、乔乔（似乎陈家焕焕也在场），把甘蔗选定后，各人抽签定先后的秩序：人人心中都想到莫抽得那最短之末签——但最长的也不是哪一个人所愿意。

　　裁判人不用说自然而然就落到了瑞龙头上。

　　这是把一根甘蔗，头子那一边削尖，尾上尽剥到尽顶端极尖处，各人轮流用刀来劈，手法不高明便成了输家。为调甘蔗与本身同长，第一个总须站到那张小凳上去才好下手；最后呢，多半又把甘蔗搁到凳上去。只要一反手间，便证明了自己希望的死活。在那弯弯儿小镰刀一反一复间，各人的心都为那刀尖子钩着了。

　　"悉——"地那锋利的薄刀通过蔗身时，大家的心，立时便给这声音引得紧张到最高的地方去——终于，哈哈嘻嘻从口中发出了，他们的心，才又渐渐地渐渐地弛松下来，至于平静。

　　"哈，云弟又输了！脸儿红怎的？再来吧。"瑞龙逗着云弟，又做着狡猾快意的微笑。

　　"来又来，哪个还怕哪个吗？拣大点的劈就干……好吧，好吧，就是这样。"输得脸上发烧了的云弟，锐气未馁，还希望于最后

"乔哥，怎么！老螃蟹的脚也会被人折，真怪事！"瑞龙毫不迟疑地把揶揄又挪移到乔乔方面来。

这次恢复了他过去连败两次的耻辱。大凡傲性的人，都有这么一种脾味：明知不是别人的对手，但他把失败的成绩却总委之于命运。

"那么，这准是'事不过三'——不，不，这正是'一跌三窜'的云弟底账！……喂，我们算算吧，云弟。五十三加刚才十六，共五十九——不，不，六十九了。……这根就打二十四（他屈着一个一个指头在数这总和），一起九十三，是不是？"

"难道劈也不曾劈你就又算到我的账上吗？"

"唔，这可靠得住——你那刀法！我愿放你反反刀；不然，过五关也行。你不信邪，下次我俩来试一根躲点的。"

这次侥幸云弟抽的是第二签，本来一点没有把握的他，一刀下去竟得了尺多长一节——输家却轮到乔乔了。

大家都没有料到,是以觉得这意外事好笑。

"乔哥,怎么!老螃蟹的脚也会被人折,真怪事!"瑞龙毫不迟疑地把揶揄又挪移到乔乔方面来。

"折老螃蟹的脚,哈哈,真的!"大家和着。

"乖宝贝,为你乔大爷算一算,一共多少。"

"这有什么算呢?四十加二十四,六十四整巴巴的——刚够称一斤烂牛肉的数目。"

"好,乖宝贝,明天见吧。"

"莫太输不起吧!别个云弟一连几次杀败下来,都不像你这般邋遢——"第一声的乖宝贝瑞龙不是不听见,因自己力量不如,却从耳朵咽下了。第二声乖宝贝跑到他耳边时,毕竟也有些气愤不过,然而声音还是很轻。

"怎么!怎么输不起?你说哪个邋遢?"将要走去了的乔乔又掉转身来。

"不知是谁输不起,不知是谁邋遢,才输一根甘蔗就——"

"就怎么?我不认账吗?"

"那你怎么口是那么野,开口闭口'乖宝贝乖宝贝'叫着呢?人家不是你养的;你又不是人家老子——"据着凳歪身在整理甘蔗的瑞龙眼睛湿了。

"我喜欢叫,我高兴叫……乖宝贝,乖宝贝,乖乖宝贝唉……我愿意,谁也不能捡坨马屎把我口封住!反正你又不是乖宝贝,来认什么账?"

这话未免太利害了!但瑞龙是知彼知此的人,乔乔的力量他也领教过——自己明知不是对手,只有忍着。其实只要再忍口把气,乔乔稍走远点,天大的事也熨帖了!不幸他口里喃喃呐呐的詈语,又落到业已隔开摊子好几步远了的乔乔耳尖上。

"怎么,你骂谁?"

"哪个喊我做乖宝贝——欺到我躲点的我肏他的娘!"他不加思索地回答出来。

你们不要错急!你们会以为凡事两个到骂娘的时候,其决裂已定,行见扑拢来就扭股儿糖两个人朝泥巴渣滓窝乱滚了吧?这事今天是不会有的。乔乔虽说打架时异常勇猛,然对瑞龙是不至于就动手!

"你是乖宝贝?莫不要脸!你是谁的乖宝贝?(他又掉头过来,对着正怔怔不知所以,但也有点希望看热闹的心思的我们。)怎么,你们哪个要个乖宝贝?这有一个——我是不要,难得照扶。"乔乔还打着哈哈庆贺他俏皮话钻进瑞龙耳朵时的成功。

"好,算了。都是好朋友,何必为眼屎大点的事情也相吵——就算我是你们哪一个的乖宝贝吧……"

眼看到瑞龙把那块擦甘蔗的抹布用力擦着手,黄豆般大的圆眼泪却两颗两颗地落到簸箕边上,乔乔还在狞笑。瑞龙今天是被人欺侮了。

"只敢恶到人家躲一点——"

"那让一只手。"

"同杨家麻子打啰!"

"我怕人家——我专吃得着你!"乔乔还故意地撩逗。

"好,算了。都是好朋友,何必为眼屎大点的事情也相吵——

就算我是你们哪一个的乖宝贝吧。（大家都笑了。）各人忍一句难道就不算脚色？……去，去，我们去吧。"幸幸得知趣的兆祥出来做了和事人。

大家拖拖扯扯把乔乔推去了，又来安慰瑞龙，为他收拾摊子，劝他转去。这场事是这么了结，觉得无味的，怕要算那最爱逗小孩子相打的杨喜喜。他这时正在另一个摊子边喝包谷子酒，曾一度留意到这边甘蔗摊子上来。

不知道情形的，会以为转身时还流着泪的瑞龙，今夜同乔乔结下了这一场仇，至少总有个十天八天不见面了！其实这些闲口角，仅仅还只到口上骂两句，又算个什么呢？第二天摊子边，还不是依然是那几个现人在那里胡闹。

　　．．．．．．．．．．．

"喂，云弟输得脸红了！哈哈，你怎么啦！……再来过，再来过……"

也许是云弟为人过于老实了一点吧，大家都爱同他开玩笑；而瑞龙嘴上的挖苦话尤其单对着时常输得脸庞儿绯红的云弟。

可是，自从那次瑞龙哭脸后，云弟也就找出几句能使瑞龙红脸的话了，这话是：

"罢么！莫要同我来逗，有气概还是同乔哥哥去过劲吧！"

这时的瑞龙，必是低下头去整理那些不必整理的甘蔗。

五月四日于窄而霉小斋
原载一九二五年《晨报副刊》

爹刚放下碗,口里含着那支"京八寸"小潮绿烟管,呼得喷了一口烟气,不说什么。

夜渔

这已是谷子上仓的时候了。

年成的丰收,把茂林家中似乎弄得格外热闹了一点。在一天夜饭桌上,坐着他四叔两口子、五叔两口子、姨婆、碧霞姑妈同小娥姑妈,以及他爹爹;他在姨婆与五婶之间坐着,穿着件紫色纺绸汗衫。中年妇人的姨婆,时时停了她的筷子,为他扇背。茂儿小小的圆背膊已有了两团湿痕。

桌子上有一大钵鸡肉,一碗满是辣子拌着的牛肉,一碗南瓜,一碗酸粉辣子,一小碟酱油辣子;五叔正夹了一只鸡翅膀放到碟子里去。

"茂儿,今夜敢同我去守碾房吧?"

"去,去,我不怕!我敢!"

他不待爹的许可就忙答应了。

爹刚放下碗,口里含着那支"京八寸"小潮绿烟管,呼得喷了一口烟气,不说什么。那烟气成一个小圈,往上面消失了。

他知道碾子上的床是在碾房楼上的,在近床边还有一个小小窗口。从窗口边可以见到村子里大院坝中那株夭矫矗立的大松树尖端,又可以见到田家寨那座灰色石碉楼。看牛的小张,原是住在碾房;会

做打笼装套捕捉偷鸡的黄鼠狼,又曾用大茶树为他削成过一个两头尖的线子陀螺。他刚才又还听到五叔说溪沟里有人放堰,碾坝上夜夜有鱼上罾了……所以提到碾房时,茂儿便非常高兴。

当五叔同他说到去守碾房时,他身子似乎早已在那飞转的磨石边站着了。

"五叔,那要什么时候才去呢?……我不要这个。……吃了饭就去吧?"

他靠着桌边站着,低着头,一面把两只黑色筷子在那画有四个囍字的小红花碗里"要扬不紧"地扒饭进口里去。左手边中年妇人的姨婆,捡了一个鸡肚子朝到他碗里一掼。

"茂儿,这个好呢。"

"我不要。那是碧霞姑妈洗的……不干净,还有——糠皮儿……"他说到糠字时,看了他爹一眼。

左图：

他靠着桌边站着，低着头，一面把两只黑色筷子在那画有四个囍字的小红花碗里"耍扬不紧"地扒饭进口里去。

右图：

姨婆那副和气样子养成了他顽皮娇恣的性习；让姨婆如何说法，他总不愿离开五叔身边。

"你也是吃饱了！糠皮儿在哪里？不要，就送把我吧。"

"真的，不要就送把你姑妈。我帮你泡汤吃。"五婶说。

茂儿把鸡肚子一扔丢到碧霞碗里去。他五婶却从他手里抢过碗去倒了大半碗鸡汤。但到后依然还是他姨婆为他把剩下的半碗饭吃完。

天上的彩霞，做出各样惊人的变化。倏而满天通黄，像一块其大无比的金黄锦缎；倏而又变成淡淡的银红色，稀薄到像一层蒙新娘子粉靥的面纱；倏而又成了许多碎锦似的杂色小片，随着淡宕的微风向天尽头跑去。

他们照往日样，各据着一条矮板凳，坐在院坝中说笑。

茂儿搬过自己那张小小竹椅子，紧紧地傍着五叔身边坐下。

"茂儿，来！让我帮你摩一下肚子。不然，半夜会又嚷着肚子痛。"

"不，我不胀！姨婆。"

"你看你那样子。……不好好推一下，会伤食。"

"不得。（他又轻轻地挨五叔）五叔，我们去吧！不然夜了。"

"小孩子怎不听话？"

姨婆那副和气样子养成了他顽皮娇恣的性习；让姨婆如何说法，他总不愿离开五叔身边。到后还是五叔用"你不听婆话就不同你往碾房……"为条件，他才忙跑到姨婆身边去。

"您要快一点！"

"噢！这才是乖崽！"姨婆看着茂儿胀得圆圆的像一面小鼓的肚子，用大指蘸着唾沫，在他肚皮上一推一赶，口里轻轻哼着："推食赶食……你自己瞧看，肚子涨到什么样子了，还说不要紧！……今夜太吃多了。推食赶食……莫挣！慌什么，再推几下就好了。……推食赶食……"

在那远山脚边，黄昏的紫雾迷漫着，似乎雾的本身在流动又似乎将一切流动。

"姨婆，算了吧！你那手指甲刮得人家肚皮痒痒的，怪难受。"她又把那左手留有一寸多长的灰色指甲翘起，他可不好再说话了。

院坝中坐着的人面目渐渐模糊，天空由曙光般淡白而进于黑暗……只日影没处剩下一撮深紫了。一切皆渐次消失在夜的帷幕下。

在四围如雨的虫声中，谈话的声音已抑下了许多了。

凉气逼人，微飔拂面，这足证明残暑已退，秋已将来到人间了。茂儿同他五叔，慢慢地在一带长蛇般黄土田塍上走着。在那远山脚边，黄昏的紫雾迷漫着，似乎雾的本身在流动又似乎将一切流动。天空的月还很小，敌不过它身前后左右的大星星光明。田塍两旁已割尽了禾苗的稻田里，还留着短短的白色根株。田中打禾后剩下的稻草，堆成大垛大垛，如同一间一间小屋。身前后左右一片繁密而细碎的虫声，如一队音乐师奏着庄严凄清的秋夜之曲。金铃子的"叮……"像小铜钲般清越，尤其使人沉醉。经行处，间或还闻到路旁草间小生物的窸窣。

"五叔，路上莫有蛇吧？"

"怕什么。我可以为你捉一条来玩，它是不会咬人的。"

"那我又听说乌梢公同烙铁头（皆蛇名）一咬人便准毒死。这个小张以前曾同我说过。"

"这大路哪来乌梢公？你怕，我就背你走吧。"

他又伏在他五叔背上了。然而夜枭的喊声，时时像一个人在他背后咳嗽；依然使他不安。

"五叔，我来拿麻藁。你一只手背我，一只手又要打火把，似乎不大方便。"他想若是拿着火把，则可高高举着，照烛一切。

"你莫拿，快要到了！"

耳朵中已听到碾房附近那个小水车咿咿呀呀的喊叫了。碾房那一点小小红色灯火，已在眼前闪烁。不过，那灯光还只是天边当头一颗小星星那么大小罢了！

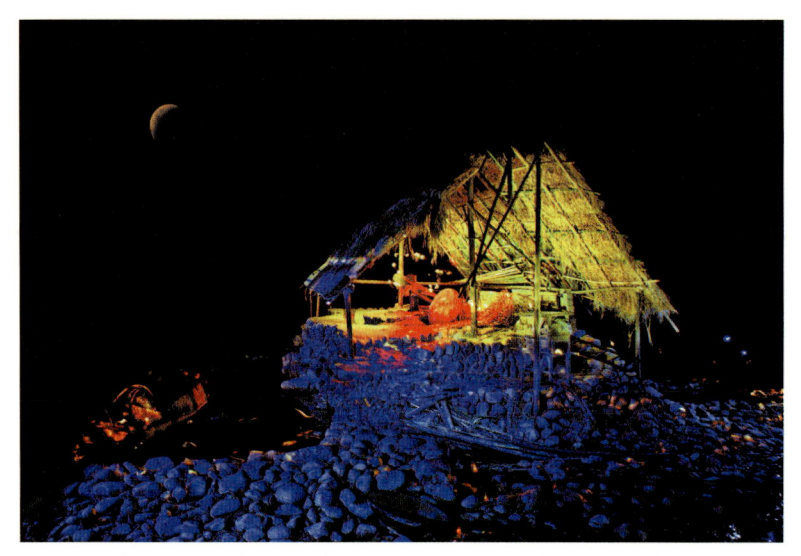

耳朵中已听到碾房附近那个小水车咿咿呀呀的喊叫了。碾房那一点小小红色灯火,已在眼前闪烁。

转过了一个山嘴,溪水上流一里多路的溪岸通通发现在眼前了。足以令他惊呼喝嚷的是沿溪有无数萤火般似的小火星在闪动。隐约中更闻有人相互呼唤的声音。

"咦!五叔,这是怎么?"

"嗨!今夜他们又放鱼!我还不知道。若早点,我们可以叫小张把网去整一下,也好去打点鱼做早饭菜。"

……假使能够同到他们一起去溪里打鱼,左手高高地举着通明的葵藁或旧缆子做的火把,右手拿一面小网,或一把镰刀,或一个大篾鸡笼,腰下悬着一个鱼篓,裤脚扎得高高到大腿上头,在浅浅齐膝令人舒适的清流中，溯着溪来回走着，溅起水点到别个人头脸上时——或是遇到一尾大鲫鱼从手下逃脱时，那种"怎么的！……你为甚那么冒失慌张呢？""老大！得了，得了！……""啊呀，我的天！这么大！""要你莫慌，你偏偏不听话，看到进了网又让它跑脱了。……"带有吃惊、高兴，怨同伴不经心的嚷声，真是多么热闹（多么有趣）的玩意事啊！……

  茂儿想到这里，心已略略有点动了。

  "那我们这时要小张转家去取网不行吗？"

  "算了！网是在楼上，很难取。……并且有好几处要补才行。"五叔说，"左右他们上头一放堰坝时，罾上也会有鱼的。我们就守着罾吧。"

  关于照鱼的事，五叔似乎并不以为有什么趣味，这很令不知事的茂儿觉得稀奇。

  …………

三月二十一日于窄而霉小斋
原载一九二五年《晨报副刊》

单看它那叹气样儿,闻闻那种香味,就够咽三口以上的唾沫了,何况是,大碗大碗地装着,大匙大匙朝口里塞灌呢!

腊八粥

初学喊爸爸的小孩子,会出门叫洋车了的大孩子,嘴巴上长了许多白胡胡的老孩子,提到腊八粥,谁不口上就立时生一种甜甜的腻腻的感觉呢。把小米、饭豆、枣、栗、白糖、花生仁儿,合并拢来糊糊涂涂煮成一锅,让它在锅中叹气似的沸腾着,单看它那叹气样儿,闻闻那种香味,就够咽三口以上的唾沫了,何况是,大碗大碗地装着,大匙大匙朝口里塞灌呢!

住方家大院的八儿,今天喜得快要发疯了。一个人出出进进于灶房,看到那一大锅正在叹气的粥,碗盏都已预备得整齐摆到灶边好久了,但他妈总说是时候还早。

他妈正拿起一把锅铲在粥里搅合。锅里的粥也像是益发浓稠了。

"妈,妈,要到什么时候才……"

"要到夜里!"其实他妈所说的夜里,并不是上灯以后。但八儿听了这种松劲的话,眼睛可急红了。锅子中,有声无力的叹气,正还是在继续。

"那我饿了!"八儿要哭的样子。

"饿了,也得到太阳落下时才准吃。"

饿了,也得到太阳落下时才准吃。你们想,妈的命令,看羊还不够资格的八儿，难道还能设什么法来反抗吗？并且八儿所说的饿，也不可靠，不过因为一进灶房，就听到那锅子中叹气又像是正在呻唤的东西，因好奇而急于想尝尝这奇怪东西罢了。

"妈，妈，等一下我要吃三碗！我们只准大哥吃一碗。大哥同爹都吃不得甜的，我们俩光吃甜的也行……妈，妈，你吃三碗我也吃三碗，大哥同爹只准各吃一碗；一共八碗，是吗？"

"是呀！孥孥说得对。"

"要不然我吃三碗半，你就吃两碗半……"

"卜……"锅内又叹了声气。八儿回过头来了。

比灶矮了许多的八儿，回过头来的结果，亦不过看到一股淡淡烟气往上一冲而已！

锅中的一切，这在八儿，只能猜想……栗子会已稀烂到认不清楚了吧，赤饭豆会煮得浑身透肿成了患水蛊胀病那样子了吧，花生仁儿吃来总已是面东东的了！枣子必大了三四倍——要是真的干红枣也有那么大，那就妙极了！糖若做多了，它会起锅巴……

"妈，妈，你抱我起来看看吧！"于是妈就如八儿所求地把他抱了起来。

"哦……"他惊异得喊起来了，锅中的一切已进了他的眼中。

这不能不说是奇怪呀，栗子跌进锅里，不久就得粉碎，那是他知道的。他曾见过跌进到黄焖鸡锅子里的一群栗子，不久就融掉了。赤饭豆害水蛊肿，那也是往常熬粥时常见的事。花生仁儿脱了他的红外套，这是不消说的事。锅巴，正是围了锅边成一圈。总之，一切固都成了如他所猜的样子了，但他却不想到今日粥的颜色是深褐。

"怎么，黑的！"八儿还同时想起染缸里的脏水。

"枣子同赤豆搁多了。"妈的解释的结果，是捡了一枚特别大得吓人的赤枣给了八儿。

虽说是枣子同饭豆搁得多了一点，但大家都承认味道是比普通的粥要好吃得多了。

夜饭桌边，靠到他妈斜立着的八儿，肚子已成了一面小鼓了。如在热天，总免不了又要为他妈的手掌麻烦一番吧。在他身边桌上那两只筷子，很浪漫地摆成一个十字。桌上那大青花碗中的半碗陈腊肉，八儿的爹同妈也都奈何它不来了。

"妈，妈，你喊哈叭出去了吧！讨厌死了，尽到别人脚下钻！"

若不是八儿脚下弃得腊肉皮骨格外多，哈叭也不会单同他来那么亲热吧。

"哈叭，我八儿要你出去，快滚吧……"接着是一块大骨头掷到地上，哈叭总算知事，衔着骨头到外面啃嚼去了。

"再不知趣，就赏它几脚！"八儿的爹，看那只哈叭摇着尾巴很规矩地出去后，对着八儿笑笑地说。

其实，"赏它几脚"的话，倘若真要八儿来执行，还不是空的？凭你八儿再用力重踢它几脚，让你八儿狠狠地用出吃奶力气，顽皮的哈叭，它不还是依然伏在桌下嚼它所愿嚼的东西吗？

因为"赏它几脚"的话，又使八儿的妈记起了许多他爹平素袒护狗的事。

"赏它几脚，你看到它欺负八儿，哪一次又舍得踢它？八宝精似的，养得它恣刺得怪不逗人欢喜，一吃饭就来桌子下头钻，赶出去还得丢一块骨头，其实都是你惯死了它！"这显然是对八儿的爹有点揶揄了。

"真的，妈，它还抢过我的鸭子脑壳呢。"其实这也只能怪八儿那一次自己手松。然而八儿偏把这话来帮助他妈说哈叭的坏话。

"那我明天就把哈叭带到场上去，不再让它同你玩。"果真八儿的爹宣言是真，那以后八儿就未免寂寞了。

然而八儿知道爹是不会把狗带到场上去的，故略不气馁。

"让他带去，我宝宝一个人不会玩，难道必定要一个狗来陪吗？"以下的话风又转到了爹的身上，"牵了去也免得天天同八儿争东西吃！"

"你只恨哈叭，哈叭哪里及得到梁家的小黄呢？"

"要是小黄在我家里，我早就喊人来打死卖到汤锅铺子去了。"八儿的妈说来脸已红红的！

小黄是怎么一个样子，乃值得八儿的爹提出来同哈叭相较呢？那是上隔壁梁家一只守门狗，有得是见人就咬的一张狠口。梁家因了这只狗，几多熟人都不敢上门了。但八儿的妈，时常过梁家时，那狗却像很客气似的，低低吠两声就走了开去。八儿的妈，以为这已是互相认识的一种表示了，所以总不大如别人样对这狗防备。上月子，为八儿做满八岁的周年，八儿的妈上梁家去借碓舂粑粑，进门后，小黄突然变了往日态度，毫不认账似的，扑拢来大腿腱子肉上咬了一口就走了。这也只能怪她自己头上顶了那个平素小黄不曾见她顶过的竹簸。落后是梁四屋里人为敷上了止血药，又为把米粉舂好了事。转身时，八儿的妈就一一为他爹说了，还说那畜生连天天见面的人也认不清，真的该拿来打死起！因此一来，八儿的爹就找出一句为自己心爱这只哈叭护短的话了。譬如是哈叭顽皮到使八儿的妈发气时，八儿的爹就把"比梁家小黄就不如了""那你喜欢小黄吧？""我这哈叭可惜不会咬人"一类足以证明这只哈叭虽顽皮实天真驯善的话来解围，自然这一类解围的话中，还挟着些须逗自己奶奶开心的意味。

本来那一次小黄给她的惊吓比痛苦还多，请想，两只手正扶着一个大簸箕，而那畜生闪不知扑拢来就在你腱子肉上啃一下，怎不使人气愤？要是八儿家哈叭竟顽皮到同小黄一样，恐怕八儿的爹，不再要奶奶提议，也早做成打狗的杨大爷一笔生意了。

八儿不着意地把头转到门帘子脚边去，两个白花耳朵同一双大眼睛又在门帘下脚宣开处出现了。哈叭像是心里怯怯的，只把一个头伸进房来看里面的风色，又像不好意思似的（尾巴也在摇摆）。

"混账⋯⋯"很懂事样子经过八儿一声吆喝，哈叭那个大头就不见了。

然而八儿知道哈叭这时还在门帘外边徘徊。

十二月二十六于北京

原载一九二六年六月《晨报·七周年增刊》

哈叭像是心里怯怯的，只把一个头伸进房来看里面的风色，又像不好意思似的。

他们那娘女家小孩呈，还不是只赶着你背后"烂脚老杨唉！送我一担水"。

更夫阿韩

到我们县城里，对一般做买卖的，帮闲的，伕子们，够得上在他姓下加上一个"伯"字的，这证明他是有了什么德行，一般人对他已起了尊敬心了。就如道门口那卖红薯的韩伯，做轿行生意的宋伯……等是。

这伯字固然与头发的颜色与胡子的长短很有关系，但若你是平素为人不端，或有点瘪，或脾气古板，像卖水的那老杨，做包工的老赵，不怕你头发已全是白色，胡子起了纽纽，他们那娘女家、小孩子，还不是只赶着你背后"烂脚老杨唉！送我一担水""赵麻子师傅，我这衣三天就要的啦"那么不客气地叫喊！你既然没有法子强人来叫一声某伯，自然也只好尽他那些人带着不尊敬的鼻音叫那不好听的绰号了。

还可见镇筸人对于"名器不可滥假于人"这句话是如何的重视。

在南门土地堂那不须出佃钱底房子住身的阿韩，打更是他的职业。五十来岁的人了，然这并不算顶老，并且头发不白，下巴也是光秃秃的。但也奇怪，凡是他梆子夜里所响到的几条街，白天他走到那些地方时，却只听见"韩伯，韩伯"那么极亲热的喊叫。他的受人尊视的德行，要说是在打更的职务方面，这话很觉靠不住。他老

然而他的好处究竟在什么地方呢?就是因他和气。他的确太和气了。

爱走到城门洞下那卖包谷子酒的小摊前去喝一杯。喝了归来,便颠三倒四地睡倒在那土地座下。哪时醒来,哪时就拿刚还做枕头的那个梆取出来,比敲木鱼念经那大和尚还不经心似的到街上去乱敲一趟。有时二更左右,他便糊里糊涂"哪,哪,哪哪"连打四下;有时刚着敲三下走到道台衙门前时,砰地听到醒炮响声,而学吹喇叭的那些号兵便已在那辕门前"哒——哒——"地鼓胀着嘴唇练音了。

这种不知早晚的人,若是别个,谁家还再要他来打更?但大家却知道韩伯的脾气,从不教训过他一次。要不有个把刻薄点的人,也不过只笑笑地说一句"老忘晕了的韩伯"罢了。

那时,他必昂起头来,看看屋檐角上的阴白色天空,"哦!亮了!不放醒炮时倒看不出……"接着只好垂头丧气地扛着他那传家宝慢慢地踱转去睡觉。走过杨喜喜摊子前,若是杨喜喜两口子已开了门,在那里揉面炸油条了,见了他,定会又要揶揄他一句:"韩伯,怎么啦?才听到你打三更就放醒炮!晚上又同谁个喝了一杯吧?"

"噢,人老了,不中用了。一睡倒就像死——"他总笑笑地用自责的语气同喜喜两口子说话。

有时候,喜喜屋里人很随意地叫一声"韩伯,喝碗热巴巴的猪血去"！他便不客气地在那脏方桌边一屁股坐了下去。"客气"，是虚伪。客气的所得是精神受苦与物质牺牲；何况喜喜屋里人又是那么大概，于他自然没有什么用处。

然而他的好处究竟在什么地方呢？就是因他和气。

他的确太和气了。

他没有像守城的单二哥那样，每月月终可到衙门去领什么饷银，二两八钱三的银子，一张三斗六升的谷票。他的吃喝的来源，就是靠到他所打更走过的各户人家——也可说听过他胡乱打更的人家去捐讨。南街这一段虽说不有很多户口，但捐讨来的却已够他每夜喝四两包谷烧的白酒而行乐了。因为求便利的缘故，是以他不和收户捐的那样每月月终去取；但他今天这家取点明天那家取点来度日，估计到月底便打了一个圈子。当他来时，你送他两个铜元，他接过手来，口上是"道谢，道谢"，一拐一瘸地走出大门。遇到我对门张公馆那末大方，一进屋就是几升白米，他口上也终于只会"道谢，道谢"。

要钱不论多少，而表示感谢则一例用两个"道谢"。单是这桩事，本来就很值得街坊上老老小小尊敬满意了。

我们这一段街上大概是过于接近了衙门的缘故吧，他既是这么不顾早晚地打更，别的地方大嚷捉贼的当儿，我们这一节却听不到谁家被过一次盗。虽说也常常有南门坨的妇人满街来骂鸡，但这明明是本街几个人吃了。有时，我们家里晚上忘了闩门，他便——哪哪——地一直敲进到我院子中来，把我们全家从梦中惊醒。

"呵呵！太太，少爷，张嫂，你们今夜又忘记闩门了！"

他这种喊声起时，把我们一家人都弄得在被单中发笑了。这时妈必喝帮我的张嫂赶紧起来掩大门，或者要我起来做这事。

"照一下吧。"

"不消照，不消照。这里有什么贼？他有这种不要命的胆子来偷公馆？"

"谢谢你！难得你屡次来照看。"

"哪里，哪里——老爷不在屋，你们少爷又躺，我不帮到照管一下，谁还来？"

"这时会有四更了——？"

"嗯，嗯，大概差不多。我耳朵不大好，已听不到观景山传下来的柝声了。"

我那么同他说着掩上了门，他的梆声便又哪哪地响到街尾去。

对于忘记关门的事，妈虽也骂过张嫂几顿，但有时还要忘记。因为从不失掉过物件，所以总只想到那梆声忽而敲进院子中来，把各人从梦中惊觉的神气好笑。直到第二天，早饭桌上，九妹同六弟他们，还记到夜来情形，用筷子敲着桌边，拟摹着韩伯那嘶哑声音："呵呵！太太，少爷，张嫂，你们今夜又忘记关门了！"

这个"又"字，可想而知我大院子不知他敲着梆进来过几多次！

"韩伯，来做什么？前几天不是才到这要钱！"顽皮的六弟，老爱同他开玩笑，见他一进门，就拦着他。

"不是，不是，不是来讨更钱，六少爷——太太，今天不知道是哪里跑来一个瘦骨伶精的躺叫化子，倒在聂同仁铺子前那屠桌下坏掉了。可怜见，肚皮凹下去好深，不知有几天不曾得饭吃了！一脑壳癞子，身上一根纱不有，翻天睡到那里——这少不然也是我们街坊上的事，不得不理……我才来化点钱，好买副匣子殓他抬上山去。可怜，这也是人家儿女！……"

韩伯的仁慈心，是街坊上无论哪个都深深相信的。他每遇到所打更的这一段街上发生了这么一类事情时，便立即把这责任放到自己背上来，认真一把鼻涕一把眼泪洒着走到几家大户人家来化棺木钱；而结实老辈，又从不想于这事上叨一点光，真亏他！但不懂事的弟妹们，见到妈拿二十多个铜子同一件旧衣衫递过去，他把擦着眼睛那只背背上已润湿了的黑瘦手伸过来接钱时，都一齐哈哈子大笑。

"韩伯,来做什么?前几天不是才到这要钱!"顽皮的六弟,老爱同他开玩笑,见他一进门,就拦着他。

"你看韩伯那副怪样子!"
"他流老猫尿,做慈悲相。"
"又不是他小韩,怎么也伤心?"
"……"

弟妹们是这么油皮怪脸地各人用那两个小眼睛搜索着他的全身。他耳朵没有听九妹们这些小孩子说笑的闲工夫,又走到我隔壁蔡邋巴家去募捐去了。

过年来了。

小孩子们谁个不愿意过年呢。有人说中国许多美丽佳节,都是为

小孩的，这话一点不错。但我想有许多佳节小孩子还不会领会，而过年则任何小孩都会承认是真有趣的事！端午可以吃雄黄酒，看龙船；中秋可以有月饼吃；清明可以到坡上去玩；接亲的可以见到许多红红绿绿的嫁妆，可以看那个吹唢呐的吹鼓手胀成一个小球的嘴巴，可以吃大四喜圆子；死人的可以包白帕子，可以在跪经当儿偷偷地去敲一下大师傅那个油光水滑的木鱼，可以做梦也梦到吃黄花耳子；请客的可以逃一天学；还愿的可以看到光兴老师傅穿起红缎子大法衣大打其斛斗，可以偷小爆仗放——但毕竟过年的趣味要来得浓一点且久一点。

眼看到大哥把那菜刀磨得亮晃晃的，二十四杀鸡敬神烧年纸时，大家争着为大哥扯鸡脚。霍地血一流到铺在地上的钱纸上面，那鸡有些用劲一抖，脚便脱了。

这时的九妹，便不怕鸡脚上的肮脏，只顾死劲捏着。不一会，刚刚还伸起颈子大喊大叫的鸡公，便老老实实地卧到地下了。它像伸懒腰似的，把那带有又长又尖同小牛角一般的悬蹄的脚，用劲地抖着，直杪杪的一直到煮熟后还不会弯曲。

这一个月一直到元宵，学校不消说是不用进了。就是大年初一，妈必会勒到要去为先生拜年，但那时的先生，已异常和气，不像是坐在方桌前面，雄赳赳气呼呼拍着戒方，要自己搬板凳挨屁股打的样子了。并且师母会又要拉到衣角，塞一串红绒绳穿就的白光制钱，只要你莫太跑快，让她赶不上，这钱是一定到手的。

…………

这时的韩伯？他不像别一个大人那么愁眉苦眼摆布不开的样子；或者为怕讨债人上门，终日躲来躲去——他的愉快程度，简直同一个享福的小孩子一样了。

走到这家去，几个粑粑；走到那家去，一尾红鱼——而钱呀，米呀，肥的腊肉呀，竟无所不有。他的所费就是进人家大门时提高嗓子喊一声"贺喜"！

一家家把门上都刮得干干净净，如今还不到二十七夜，许多铺板上方块块的红纸金字吉祥话就贴出来了。大街上跑着些卖喜钱门神的宝庆老，各家讨账的都背上挂

左图：
过年来了。小孩子们谁个不愿意过年呢。有人说中国许多美丽佳节，都是为小孩的，这话一点不错。

右图：
并且师母会又要拉到衣角，塞一串红绒绳穿就的白光制钱，只要你莫太跑快，让她赶不上，这钱是一定到手的。

着一个毛蓝布裤裤……

阿韩看着这些一年一次的新鲜东西,觉得都极有意思。又想到所住的土地堂,过几日便也要镇日镇夜灯烛辉煌起来,那庄严热闹样子,不觉又高兴起来,拿了块肥腊肉到单二哥处去打平和喝酒去了。

土地堂前照例有陈乡约掏腰来贴一副大红对联。那对联左边是:"烧酒水酒我不论",接着便对"公鸡母鸡只要肥"。这对子虽然旧,但还俏皮。加之陈乡约那一笔好颜字,纸又极大,因此过路的无有不注意一下。阿韩虽不认到什么字,但听到别人念那对子多了,也能"烧酒水酒,汾酒苏酒……"地读着。他眉花眼笑地念,总觉得这对子有一半是为他而发的,至于乡约伯伯的意思?大概敬神的虔诚外,还希望时时有从他面前过身的陌生人"哦,土地堂门前那一笔好颜字"那么话跑进他耳朵。

这几天的韩伯连他自己都不晓得是一个什么人了。每日里提着一个罐子,放些鱼肉,一拐一瘸地颠到城头上去找单二哥对喝。喝得个晕晕沉沉,又踉跄地颠簸着归来。遇到过于高兴,不忍遏止自己兴头时,也会用指头轻轻地敲着又可当枕头又是家业的竹梆,唱两句"沙陀国老英雄……"

"韩伯,过年了,好呀!"

"好,好,好,天天喝怎么不好。"

左图:
阿韩看到这些一年一次的新鲜东西,觉得都极有意思。又想到所住的土地堂,过几日便也要镇日镇夜灯烛辉煌起来……

右图:
"韩伯,过年了,好呀!""好,好,好,天天喝怎么不好。"

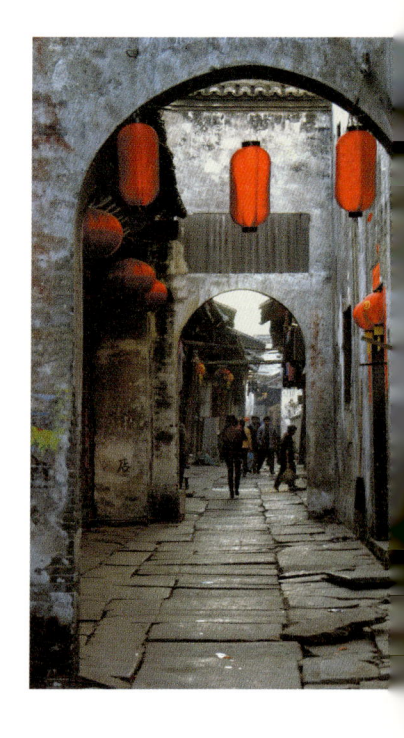

"你酒也喝不完吧？也应得请我们喝一杯！"

"好吧。……咦！你们这几天难道不是喝吗？老板家里，大块大块的肉，大缸大缸的酒，正好不顾命地朝嘴里送。……"

每早上，一些住在附近的铺子上遣学徒们来敬神时，这些小家伙总是一面插香燃烛，把篮子里热气腾腾的三牲取出来；一面同韩伯闹着玩笑。学徒们日里是没事不惯休息的，为练习做买卖的缘故，似乎当这非铺柜上的应酬也不妨多学一点。

其实他们这几日不正像韩伯所说的为酒肉已胀晕了！

这半月来韩伯也不要什么人准可，便正式停了十多天工。

五月四日于窄而霉小斋

原载一九二五年《晨报副刊》

可惜地方上徐黑生已死,不然又说镇上八景应改成九景,因为"沱江春涨"当年志书不曾有,或者有意遗落了。

草绳

今年镇上雨水特别好。如今雨又落了整三天。

河里水，由豆绿色变到泥黄后，地位也由滩上移到堤坝上来了。天放了晴水才不再涨。沿河两岸多添了一些扳罾人，可惜地方上徐黑生已死，不然又说镇上八景应改成九景，因为"沱江春涨"当年志书不曾有，或者有意遗落了。

至于沙湾人，对于志书上的缺点，倒不甚注意。"沱江春涨"不上志书也不要紧的，大家只愿水再涨一点。河里水再涨，到把临河那块沙坝全体淹没时，河里水能够流到大杨柳桥下，则沙湾人如像周大哥他们，会高兴得饭也忘记吃，是一定的吧。

水再大一点，进了溪里桥洞时，只要是会水，就可以得到些例外的利益。到桥洞里去捉那些为水所冲想在泂水处休息的大鱼，是一种。胆大一类的人呢，扳罾捉鱼以外还有来得更动人的欲望在。水来得越凶，他们越欢喜，乘到这种波浪滔滔的当儿，顾自奋勇把身体掷到河心去，就是从那横跨大河的石桥栏上掷到河心去。他们各人身上很聪明地系了一根绳，绳的另一端在大杨树上系定，待到捞住一匹从上游冲来的猪或小牛之后，才设法慢慢游拢岸。若是俘虏是一根长大的木柱，或者空渔船，就把绳系住，顾自却脱身泅到下游岸边

若是俘虏是一根长大的木柱，或者空渔船，就把绳系住，顾自却脱身泅到下游岸边再登岸。

再登岸。

然而水却并不能如大家的意思，涨到河码头木桩标示处，便打趣众人似的就止了。人人都失望。

桥头的老兵做了梦，梦到是水还要涨。别的也许还有人做这样的梦，但不说。老兵却用他的年龄与地位的尊贵为资格，在一个早上，走到各处熟人家中把那再要涨水的梦当成一件预言地说了。当然人人都愿意这梦灵验。

照习惯，涨水本来无须乎定要本地落雨才成。本地天大晴，河里涨水也是常有事。因此到晚天上还有霞，沙湾人心里可不冷。

"得贵伯,是有的。"说话的是个沙湾人,叫二力,十六岁的小个儿猴子,同到得贵打草鞋为生。这时得贵正在一个木制粗糙轮上搓一根草绳,这草绳,大得同小儿臂膊,预备用来捉鱼。搓成的草绳,还不到两丈,已经盘成一大卷。

房子中,墙上挂了一盏桐油灯,三根灯芯并排地在吸收盏中的油,发着黄色的光圈。左角墙上悬了一大堆新打的草鞋,另一处是一个酒葫芦同旧蓑衣。门背后,一些镰刀,一些木槌子,一些长个儿铁钉,一些细绳子,此时门关着,便全为灯光照着了。

二力蹲坐在房中的一角,用一个硬木长棒槌击打刚才编好的草鞋,脱脱脱地响。那木槌,上年纪了,在上面还反着光,如同得贵的秃顶那模样。

得贵是几乎像埋在一大堆整齐的草把中间的。一只强壮的手抓住那转轮木把,用力摇,另一只手则把草捏紧送过去。绳子是在这样便越来越长了。木轮的轧轧转动声,同草为轮子所挤压时吱吱声,与二力有节奏的硬木棒槌敲打草鞋声,合奏成一部低闷中又显着愉快的音乐。

"得贵伯,我猜这是一定会有的。"

二力说的是明日河中的大水。若是得贵对老兵的话生了疑惑时,这时绳子绝不搓得这么上劲的。但得贵听到二力说话可不答,只应一个唔,而且这唔字为房中其他声音埋葬了,二力就只见到得贵的口动。

"我想我们床后那面网应当早补好。"二力大声说,且停了敲打,"若是明天你老人家捕得一匹牛——就是猪也好——可以添点钱,买只船——不,我想我们最好是跳下水去得了一只牛,以外还得一只船,把牛卖去添补船上的家伙,伯伯你掌艄,我拦头,就是那么划起来——以后镇天不是有鱼吃?"

得贵把工作也稍稍慢住下来:"我跌到斤丝潭里去谁来救援?"

这是一句玩笑话。这老人,有名的水鬼,一个余子能打过河去,怕水吗？

二力知道是逗他，却说道："伯伯你装痴！你说我！我是不怕的，明天可泅给你看。"

"伯伯这几年老了，万一吃多了酒一不小心，你能救你伯伯吗？"得贵说了就哈哈大笑，如同一个总爷模样的伟大。其实得贵有些地方当真比一个衙门把总是要来得更像高贵一点的；如那在灯光下尚能反光的浅褐色秃顶，以及那个微向下溜的阔嘴唇，大的肩膀，长长的腰……然而得贵如今却是一个打草鞋度日的得贵。也许是运气吧。那老兵，在另一时曾用他的《麻衣相法》——他简直是一个"万宝全"，看相以外还会治病剃头以及种种技艺的——说是得贵晚运是在水面上；这时节，运，或者就在恭候主人的。是以得贵想起"晚运"不服老地兴奋着搓绳，高兴的神气，二力也已看出了。

"我想——"二力说，又不说。

这是二力成了癖的带头的，说话之先有"我想"二字。有时遇到不是想的事也免不了如此。这是年纪小一点的常有的事情。

"我想我们还应当有一面生丝网，不然到滩上去打夜鱼可不成。"

"我想我们还应当有一面生丝网，不然到滩上去打夜鱼可不成。""我想，"这小猴又说，"我们还应有些大六齿鱼叉才好。"

"我想,"这小猴又说,"我们还应有些大六齿鱼叉才好。"

"还有许多哩。"得贵故意提出,好计二力一件一件数。

"我们要有四匹桨,四根篙,两个长杆小捞兜,一个罩鱼笼……得贵伯,你说船头上是不是得安一个夜里打鱼烧柴火的铁兜子?"

"自然是要的。"

"我想这真不少了,不然,那怎么烧柴火?我想我们船上还要一个新的篷,万一得来的船是无篷的?我想我们船上还要——但愿得来的船是家具完全,一样不必操心,只让我们搬家去到上面住。"

"为伯伯去打点酒来吧。一斤就有了。不要钱。你去说是赊账,到明天一起清。"

二力就站起来伸了一个大懒腰,用拳自己打自己的腿。走到得贵那边去,把盘在地下的粗草绳玩笑似的盘自己的身。

"这么粗,吊一只大五舱船也够了。我想水牯也会吊得住,小的房子也会吊得住。"

"好侄子,就去吧,不然夜深别人铺子关门了。你可以到那里去自己赊点别的东西吃。就去吧。"

二力伸手去取那葫芦,又捧葫芦摇,接着递与得贵:"请喝干了吧,剩得有,回头到她那去灌酒又要少一点。那老苗婆——我想她只会要这些小便宜。"

得贵举葫芦朝天,嘴巴逗在葫芦嘴,像亲嘴一个样,咽弄咽弄两大口,才咽下,末了用舌子卷口角的残沥,葫芦便为二力攫过来,二力开门就走了。

"有星子咧,伯伯!"二力在门外留话。

以后就听到巷口的狗叫,得贵猜得出是二力故意去用葫芦撩那狗,不然狗同二力相熟,吠是不会的。

绳子更长了,盘在地下像条菜花蛇。得贵仍然不休息,喝了两口

"水老官"，力气又强了。

得贵期望若是船，要得就得一只较大一点的，这里能住三个人就更好——这正派人还想为二力找一老婆呢。

打了八年草鞋的得贵，安安分分做着人，自从由乡下搬进城整整是八年，这八年中得了沙湾人正派的尊敬，侄儿看看也大了，自己看看是老了，天若是当真能为正派人安排了幸福，直到老来才走运，这时已是应当接受这晚运的时节了。

不久又听到巷口狗乱吠，二力转家了，摇得葫芦啴啴响。未进门以前，还唱着，哼军歌。又用口学拉大胡，訇地把门揎开却不作声了，房子里黄色灯光耀得他眼睛发花。

"伯，听人说沿河水消一点了。"

得贵听到只稍稍停转手中木轮子。

"我想这不怕，这里天空有星子，西边天是黑得同块漆，总兵营一带总是在落吧。"

在得贵捧着葫芦喝酒时，二力也从身上取出油豆腐干来咀嚼。

"怎不给我一点儿下酒？"

"我想，你闭着眼吧。"

得贵把眼闭时张开口，就有一坨东西塞进嘴里去。

二力把绳子试量，到三丈长了，得贵还不即住手。

绳子至少要五丈，才够分布的。这时得贵想，渔船大，水又大，且还有船以外的母牛，非十二丈不成功（至少是十丈），此时的成绩，三分之一而已。

二力把一只草鞋槌来槌去也厌了，又来替得贵取草。仍然倦，就埋身子在另一草堆里做那驾渔船做当拦头工的梦去了。

听得碉堡上更鼓打四下，何处有鸡在叫了，得贵的手还在转轮木把子上用劲转。轮子此时声音已不如先前，像是在呻吟，在叹气，说是罢罢罢，算了吧，算了吧……

　　为了老兵的梦，沙湾的穷人全睁眼做了一个欢乐的好梦，但是天知道，这河水在一夜中消退！老兵为梦所诳——他却又诳了沙湾许多人。河里的水偏是那么退得快，致使几多人第二天在原地方扳罾也都办不到，这真只有天知道！老兵简直是同沙湾人开了一个大玩笑，得贵为这玩笑几乎累坏了。

　　从此那个正派人还是做着保留下来的打草鞋事业，待着另一回晚运来变更他的生活——二力自然没有去做拦头工，也不再想做。

　　至于关心的人想要知道那根九丈十丈长的粗草绳以后的去处，可以到河边杨柳桥去看，那挂在第四株老树上做秋千，河湾人小孩子争着爬上来荡的，可不就是那个么？

三月二十八写成
原载一九二七年《晨报副刊》

河里的水偏是那么退得快，致使几多人第二天在原地方扳罾也都办不到，这真只有天知道！

神之再现

　　一个小小乡场，位置在又高又大陡斜的山脚下，前面濒着躺躺儿的河，为着如烟如雾雨丝织成的帘幕，一起把它蒙罩着了。

市集

廉纤的毛毛细雨,在天气还没有大变以前,欲雪未能的时节,还是霏霏微微一阵阵落将下来。一个小小乡场,位置在又高又大陡斜的山脚下,前面濒着舸舸儿的河,为着如烟如雾雨丝织成的帘幕,一起把它蒙罩着了。

照例的三八市集,还是照例地有好多好多乡下人、小田主、买鸡到城里去卖的小贩子、花幞头大耳环丰姿隽爽的苗姑娘,以及一些穿灰色号裤子口上说是来察场讨人烦腻的副爷们,与穿高筒子老牛皮靴的团总,各从附近的乡村来做买卖。他们她们半路上由草鞋底带了无数黄泥浆到集上来,又从场上大坪坝内带了不少的灰色浊泥归去。去去来来,人也数不清多少,但似乎也并无一个做傻事去试数过一次。

集上的骚动,吵吵闹闹,凡是到过南方(湖湘以西)乡下的人,是都会知道的。

倘若你是由远远的另一处地方听着,那种喧嚣的起伏,你会疑心到是滩水流动的声音了!

他们形成这种洪壮的潮声,还只是一般做生意人在讨论价钱时很和平的每个论调而起。就中虽也有遇到卖牛的场上几个人像唱戏

左图：

倘若你是由远远的另一处地方听着，那种喧嚣的起伏，你会疑心到是滩水流动的声音了！

右图：

那里有大锅大锅煮得"稀糊之烂"的牛脏类下酒物，有大锅大锅香喷喷的肥狗肉……

黑花脸出台时那么大喊大嚷，找经纪人，也有因秤上不公允而起口角——你骂我一句娘，我又骂你一句娘，你又骂我一句娘……然而究竟还是因为人太多，一两桩事，实在是万万不能做到的！

卖猪的场上，他们把小猪崽的耳朵提起来给买主看时，那种尖锐的小猪崽嘶喊声，使人听来不愉快至于牙齿根也发酸。卖羊的场上，许多美丽驯服的小羊儿咩咩地喊着。一些不大守规矩的大羊，无聊似的，两个把前蹄举起来，作势用前额訇地相碰。大概相碰是可以驱逐无聊的，所以第一次訇地碰后，却又作势立起来为第二次预备。牛场却单独占据在场左边一个大坪坝，因为牛的生意在这里占了全部交易四分一以上。那里四面搭起无数小茅棚（棚内卖酒卖面），

为一些成交后的田主们喝茶喝酒的地方。那里有大锅大锅煮得"稀糊之烂"的牛脏类下酒物，有大锅大锅香喷喷的肥狗肉，有从总兵营一带担来卖的高粱烧酒，也还有城里馆子特意来卖面的。假若你是城里人来这里卖面，他们因为想吃香酱油的缘故，都会来你馆子，那么，你生意便比其他铺子要更热闹了。

到城里时，我们所见到的东西，不过小摊子上每样有一点罢了！这里可就大不相同。单单是卖鸡蛋的地方，一排一排地摆列着，满箩满筐地装着，你数过去，总是几十担。辣子呢，都是一屋一屋搁着。此外干了的黄色草烟，用为染坊染布的梧子和栎木皮，还未榨出油来的桐茶子，米场白濛白濛了的米，屠桌上大只大只失了脑袋刮

身上让卖主拉一把，又让买主拉一把；一面又要顾全到别的地方因争持时闹出岔子的调排，委实不是好玩的事啊！

得净白的肥猪，大腿大腿红腻腻还在跳动的牛肉……都多得怕人。

不大宽的河下，满泊着载人载物的灰色黄色小艇，一排排挤挤挨挨地相互靠着也难于数清。

集中是没有什么统系制度。虽然在先前开场时，总也有几个地方上的乡约伯伯、团总、守汛的把总老爷，口头中立了一个规约，卖物的照着生意大小缴纳千分之几——或至万分之几，但也有百分之几——的场捐，或经纪佣钱、棚捐，不过，假若你这生意并不大，又不须经纪人，则不须受场上的拘束，可以自由贸易了。

到这天，做经纪的真不容易！脚底下笼着他那双厚底高筒的老牛皮靴子（米场的），为这个爬斗，为那个倒箩筐（牛羊场的）。一面为这个那个拉拢生意，身上让卖主拉一把，又让买主拉一把；一面又要顾全到别的地方因争持时闹出岔子的调排，委实不是好玩的事啊！大概他们声音都略略嚷得有点嘶哑，虽然时时为别人扯到馆子里去润喉。不过，他今天的收入，也就很可以酬他的劳苦了。

…………

因为阴雨，又因为做生意的人各都是在别一个村子里坐家，有些还得于散场后走到二三十里路的别个乡村去；有些专靠漂场生意讨吃的还待赶到明天那个场上的生意，所以散场是很早。

不到晚炊起时，场上大坪坝似乎又觉得宽大空阔起来了！……再过了些时候，除了屠桌下几只大狗在啃嚼残余因分配不平均的缘故在那里不顾命地奋斗外，便只有由河下送来的几声清脆篙声了。

归去的人们，也间或有骑着家中打筛的雌马，马项颈下挂着一串小铜铃叮叮当当跑着的，但这是少数；大多数还是赖着两只脚在泥浆里翻来翻去。他们总笑嘻嘻地担着箩筐或背一个大竹背笼，满装上青菜、萝卜、牛肺、牛肝、牛肉、盐、豆腐、猪肠子……一类东西。手上提的小竹筒不消说是酒与油。有的拿草绳套着小猪小羊的颈项牵起忙跑；有的肩膊上挂了一个毛蓝布绣有白四季花或"福"字、"万"字的褡裢，赶着他新买的牛（褡裢内当然已空）；有的却是口袋满装着钱心中满装着欢喜——这之间各样人都有。

我们还有机会可以见到许多令人妒羡、赞美、惊奇，又美丽，又娟媚，又天真的青年老奶（苗小姐）和阿妩（苗妇人）。

三月二十日于窄而霉小斋

曾载一九二五年《燕大周刊》《民众文艺》《晨报副刊》

有个小小的城镇，有一条寂寞的长街。那里住下许多人家，却没有一个成年的男子。

街

有个小小的城镇,有一条寂寞的长街。

那里住下许多人家,却没有一个成年的男子。因为那里出了一个土匪,所有男子便都被人带到一个很远很远的地方去,永远不再回来了。他们是五个十个用绳子编成一连,背后一个人用白木梃子敲打他们的腿,赶到别处去做军队上的搬运军火的伕子的。他们为了"国家",应当忘了"妻子"。

大清早,各个人家从梦里醒转来了。各个人家开了门,各个人家的门里,皆飞出一群鸡,跑出一些小猪,随后男女小孩子出来站到门限上洒尿,或蹲到门前洒尿,随后便是一个妇人,提了小小的木桶,到街市尽头去提水。有狗的人家,狗皆跟着主人身前身后摇着尾巴,也时时刻刻照规矩在人家墙基上翘起一只腿洒尿,又赶忙追到主人前面去。这长街早上并不寂寞。

当白日照到这长街时,这一条街静静的像在作午睡,什么地方柳树桐树上有新蝉单纯而又倦人的声音,许多小小的屋子里,湿而发霉的土地上,头发干枯脸儿瘦弱的孩子们,皆蹲到土地上或伏在母亲身边睡着了。做母亲的全按照一个地方的风气,当街坐下,织男子们束腰用的板带过日子。用小小的木制手机,固定在屋角一柱上,

伸出憔悴的手来，便捷地把手中兽骨线板压着手机的一端，退着粗粗的棉线，一面用一个棕叶刷子为孩子们拂着蚊蚋。带子成了，便用剪子修理那些边沿，等候每五天来一次的行贩，照行贩所定的价钱，把已成的带子收去。

许多人家门对着门，白日里，日头的影子正正地照到街心不动时，街上半天还无一个人过身。每一个低低屋檐下人家里的妇人，各低下头来赶着自己的工作，做倦了，抬起头儿来，用疲倦的忧愁的眼睛，张望到对街一个铺子，或见到一条悬挂到屋檐下的带样，换了新的一条，便仿佛奇异的神气，轻轻地叹着气，用兽骨板击打自己的下颔，因为她一定想起一些事情，记忆到由另一个大城里来的收货人的买卖了。她一定还得想到另外一些事情。

有时这些妇人各把工作停顿下来，遥遥地谈着一切。最小的孩子

街 253

已饿哭了，就拉开前幅的衣襟，抓出枯瘪的乳头，塞到那些小小的口里去。她们谈着手边的工作，谈着带子价钱同棉纱价钱，谈到麦子和盐，谈到鸡的发瘟、猪的发瘟。

街上也常常有穿了朱红绸子大裤过身的女人，脸上抹胭脂擦粉，小小的髻子，光光的头发，都说明这是一个新娘子。到这时，小孩子便大声喊着看新娘子，大家完全把工作放下，站到门前望着，望到不见这新娘子的背影时始重重地换了一次呼吸，回到自己的工作凳子上去。

街上有时有一只狗追一只鸡，便可见到一个妇人持了长长的竹子打狗的事情，使所有小孩子们皆觉得好笑。长街在日里也仍然不寂寞。

街上有时什么人来信了，许多妇人皆争到跑出去，看看是什么人从什么地方寄来的。她们将听那认字的人，念及信内说到的一切。小孩子同狗，也常常凑热闹，追随到那个人家里去，那个人家便不同了。但信中有时却说到一个人死了的这类事，于是主人便哭了。于是一切不相干的人，围聚在门前，过一会，又即刻走散了。这妇人，伏在堂屋里哭泣，另外一些妇人便代为照料到孩子，买豆腐，买酒，买纸钱，于是不久大家都知道那家男子已死掉了。

街上到黄昏时节，常常有妇人手中拿了

左图：
做母亲的全按照一个地方的风气，当街坐下，织男子们束腰用的板带过日子。

右图：
她们谈着手边的工作，谈着带子价钱同棉纱价钱，谈到麦子和盐，谈到鸡的发瘟、猪的发瘟。

背了小孩子到门前站定的女人们,一面摇动背上的孩子,一面总轻轻地唱着忧郁凄凉的歌,娱悦到心上的寂寞。

小小簸箩,放了一些米、一个蛋,低低地喊出一个人的名字,慢慢地从街的一端走到另一端去。这为小孩子夜哭发热,使他在家中安静的一种方法。这方法,同时也就娱乐到一切坐到门边的小孩子。长街上这时节也不寂寞的。

黄昏里,街上各处飞着小小的蝙蝠。望到天上的云,同归巢还家的老鸹,背了小孩子到门前站定的女人们,一面摇动背上的孩子,一面总轻轻地唱着忧郁凄凉的歌,娱悦到心上的寂寞。

"爸爸晚上回来了,回来了,因为老鸹一到晚上也回来了!"

远处山上全紫了,土城擂鼓起更了,低低的屋里,有小小油灯的光,为画出屋中的一切轮廓,听到筷子的声音,听到碗盏相磕的声音……但忽然间小孩子又哇地哭了。

爸爸没有回来。有些爸爸早已不存在到这世界上了，但并没有信来。有些在临死时还忘不了家中的一切，便托了便人带了信回来。得到这个信息哭了一整天的妇人，到晚上，便把纸钱放在门前焚烧。红红的火光照到街上下人家的屋檐，照到各个人家的大门。见到这火光的孩子们，也照例十分欢喜。长街这时节也并不寂寞的。

阴雨天的夜里，天上漆黑，街头无一个街灯，狼在土城外山嘴上嚎着，用鼻子贴近地面，如一个人的哭泣。地面仿佛浮动在这奇怪的声音里。什么人家的孩子在梦里醒来，吓哭了，母亲便说："莫哭，狼来了，谁哭谁就尽狼吃掉。"

卧在土城上高处木棚里一个老而残废的人，打着梆子。这里的人不须明白一个夜里有多少更次，且不必明白半夜里醒来是什么时候。那梆子声音，只是告给长街上人家，狼已爬进土城到了长街，要他们小心一点门户。

一到阴雨的夜里，这长街更不寂寞，因为狼的争斗，使全街热闹了许多。冬天若半夜里落了雪，则早早地起身的人，开了门，便可看到狼的脚迹，同糍粑一样印在雪里。

五月十日
原载一九三一年《文艺月刊》

假如是在池塘坪大戏场上,同到一些太太小姐们并排坐着高棚子,谁个又知道这就是道门口卖肉的志成屋里人呢!

屠桌边

志成屋里人今天打扮得似乎更其俏皮了。身上那件刚下过头水的鱼肚白竹布衫子,罩上一条省青布围腰,圆肫肫的脸庞上稀稀地搽了一点宫粉,耳朵下垂着一对金晃晃的圈圈环了,头上那块青绉绢又低低地缠到眉毛以上五分左右的额边,衣衫既撑撑崭崭,粉又不像别的妇人打得忘了顾到脖子,成一个"加官壳",头又梳得如此索利——假如是在池塘坪大戏场上,同到一些太太小姐们并排坐着高棚子,谁个又知道这就是道门口卖肉的志成屋里人呢!

她这时正坐在屠桌边一个四四方方的大钱桶上,眼看着志成匆匆忙忙地动手动脚,几大块肥猪肉却在他的屠刀下四两半斤地变成了制钱和铜元。她笑眯眯地一五一十在那里数钱的多少。

她的职务是收钱。

在一个月以前,收钱的职务本来还是志成自己;另外请了一个帮手掌刀。如今因为南门新添了一张案桌,帮手到南门去做生意去了,所以她才自己来照料买卖。她原是一个能干而又和气的妇人。若单看样子,你也许将疑心她是一个千总的太太了。其实正街上熊盛泰家老板娘,虽说是穿金戴玉,相貌究竟还不及她咧。

她遇到相识的几个熟主顾时,也很会做出大方的样子,把钱接

不过，常同志成做生意的人，提到志成屋里人时，打好字旗的还是很多。

过手来，也不清数，连看都像懒得多看一眼，就朝到身旁边那个油光水滑值得送唐老特做古董了的老南竹筒里一丢。那竹钱筒张着口竖矗矗站在她身旁，腰肩上贴有金箔纸剪就的"黄金万两"四个连牵字。她虽说是大方，但你不要就疑心她是轻容易上别人当的！她是能知道人人都有随处找点小便宜心思底。所不过细的事情，也只在几个她认为放心可以不足怕的主顾才行。譬如是南门坨的李四嫂子，卖酸萝卜的宋小桂与跛脚麻三这几个人，不怕你就是送她的白光光的大制钱，她却也非要过细数看一下不可，因为他们都是老爱短个把数，或是于一百钱中间夹上四五沙眼——加之他们还太爱拣精选肥，挑皮剔骨，故意为难过志成，数钱也就是一种报复。

不过，常同志成做生意的人，提到志成屋里人时，打好字旗的还是很多。虽说他们称誉志成屋里人的原因是各人各样，如张公馆买菜那苗子是常同志成蹲到屠桌边喝过包谷烧（酒），面馆老板金毛满是从志成处曾得到过许多熬汤的骨头，老傩嫂子则曾于某一天早上称肉时由她手里多得一条脊髓。……

志成，是一个矮胖子。他比他屋里人还胖，虽然他屋里人在我们看来，已就是像肚板油无着落，跑到耳朵尖上样子了。我所见的屠户，好像都一个二个是矮胖子似的。屠户的胖，可说是因为案桌上有得是肉，肉吃多了，脂肪质用不胜用，不由己地就串到皮上，膘壮起来。但矮却又是为什么缘故？也许杀猪要用劲擒猪，人便横到长起来了吧？但杀牛的却又多是瘦长子，这事情很难明白。

他这时正打起赤膊，两只肥白手杆，像用来榨粉的米粉粑粑一样：虽然大，却软巴巴的。他拿着一把四方大屠刀，为这个为那个割肉。遇到打肋上或颈项有硬骨撑着时，必须换那把厚背背的大砍刀才济事，那时，他扬起刀来，喇嚓一下，屠桌上的肉与他自己肩膊上的肉却一样震动好久。

"半斤——喂，老板，少来点骨吧，你莫豹子湾的鬼，单迷熟人！……"一个学徒似的少年说，他两只手上一边套上一个蓝布短袖筒，袖筒上还粘了些蜡烛油。

"这里四两，要用来剁饼饼肉的……这又是个六两的，要炒丝子……那不要，那不要，怎么四两肉送那么多帮老官（骨）？"最爱嚼精的老卑说。

"老卑大，莫那么伶精吧，别人哪个又不搭一点呢。"志成屋里人插了一句嘴。

"志成伯伯，我半斤，要腿精。"又一个小孩子。

志成耳朵中似乎听惯了，若无其事的从容神气，实在值得夸

奖。口里总只是说"晓得，知道，好，晓……"几个字。其实称肉的十多个挤挤挨挨都想先得肉，他又哪里能听到许多话？不过知道早饭菜的分两，总不外乎是——四两，六两，半斤，一斤，几个数目罢了！

这个要好的，那个要好的——哪里来有许多好肉让他割。所以志成口上虽然是照例那么"知道，好……"答应着，仍然不会于每个四两肉上便忘了把碎骨薄皮搭进去的道理。遇到你太爱挑剔时，他也会同你开句把玩笑，说是猪若是没有骨头哪里会走路。但只要她在那头说一声"这是万林妈伍家伯娘的四两，要好的"时，他便照盼咐割一片间精搭肥的净肉。志成屋里人所以能得许多人打好字旗，这也许还是一个大原因吧。

真是亏他耐烦啊！有时加贝老太爷还跑到他案桌边来，说是喂

猫崽，要他割十个躲钱的猪肝呢。其实他明知道这是加贝老太爷一种称肉经济的算盘，故意如此。接着还要走到杨三那张案桌上用喂猫名义割十文猪肉；到宋家那案桌去用喂狗或别的什么名义割十文花油；但你是做生意的人，不能得罪你照顾买卖的先生们；何况照顾你的又是全城闻名、最不好惹的这么一条宝货？并且志成知道加贝老太爷专会拿人的例，不卖的话你不敢说；就是"喂猫要用许多肝和油？"或是"你家有几只猫崽？"一类话也不敢问。所以除要扬不紧随意为他多割一点外，没有办法拒绝。

"哪，六两的钱。"一个穿印花格子布衣衫的小女孩，身子刚与屠桌一样高，手里提了一个小竹篮子，篮子内放了些辣子，两块水豆腐，四个鸡蛋，一束大蒜，小的手拿了六个铜元送到志成屋里人手中。"要半精半肥的！"又看着志成。

"好，精的。"志成口中还是照例答着。他那个"好"字似乎是从口里说得太多了，无论你听一百句几乎也难分出哪一句稍轻稍重。

小妹妹靠桌边站着，见志成屋里人把钱掷到钱筒时，一阵唏哩哗喇的响声，知道这就是自己刚才捏得热巴巴那大当十铜

左图：
志成耳朵中似乎听惯了，若无其事的从容神气，实在值得夸奖。口里总只是说"晓得，知道，好，晓……"几个字。

右图：
真是亏他耐烦啊！有时加贝老太爷还跑到他案桌边来，说是喂猫崽，要他割十个躲钱的猪肝呢。

子的说话。她昂起头来。志成正拿刀齐到手割去，她心里暗暗佩服志成胆量大，不怕割掉手指。因为她自己不但前次弄大哥裁纸刀时划伤过一回手，流过许多血，到后得大姐为擦上牙粉才止；就是妈昨天剁酸辣子，手上也禁不得信就切去一块手指甲！

她头上那一对束有洋红头绳的蜻蜓辫，像两条小黑四脚蛇似的贴着头上动摇。她看到挂到木架子钩上猪胸腹里各样东西——肝、肺、心子、大肠、肚子、花油……另外一个钩子上还钩着一个拿来敬天王菩萨刮得白蒙蒙了的猪脑壳。那些东西上面有些还滴着一点一点紫血到地下来。猪头的净白，她以为是街上担担子，担子一头有一根竖的小旗杆，旗杆上悬有块长方形灰色油腻磨刀布，那种剃头匠刮的。因为猪毛是这样粗，这样多，除了剃头刀那种锋利外，别样刀怕未必能够剃得去吧。

从肝上她想起妈前日到三姨妈家吃会酒转身带给她的网油卷。见到肠子，又记出每早上放在饭上的熟香肠——香肠卧处那里的饭变成黄色后好吃的味道来。但这时的肠子，上面还附着了些黄色粘液，这粘液不但像脓，竟很易令人想到那些拉稀的猪屎，她于是吐了一泡口水到地上，反转脸来看钱筒上那花亮的金字。

案桌上放的那一方坐墩肉，精的地方间不好久又跳动一下。好奇使她注了意……这时必定知道痛，单不会哭喊……她待想要用两个小小指头去试触一下，看它真果会喊不时，那动的地方又另换过一处了。

"它还活呢！"

"妹你莫抓，那脏手哟！"

志成屋里人，一只手抚着她蜻蜓辫，一只手扳着篮边。

"妹，你娘娘崽崽天天都是肉！怎么今天又不同你大哥做一路来，却顾自买菜呢？"

"哥哥到省里读书去了，今早上天一亮就走的。"

"你妈怎么舍得——那二哥同你翠柳？"

"翠柳丫头不会买菜，二哥到学堂去了好久好久了——妈早上还哭呢。"

她觉得大哥出门是好的。虽然以后少一个人背她抱她，又不能再同大哥于每早上到杨喜喜摊子上买猪血油绞条吃了，但大哥走时所说的话却使她高兴。她于是便又把大哥如何答应她买一个会吐红舌的橡皮球，又带给一双黄色走路时叽咕叽咕叫的靴子……以及洋号的话——同志成屋里人说了。

用着充满了母性爱怜的眼光，一直把小孩印花布衣衫小影送到消失于一个担草担子的苗老妳身后，才掉过头来觑志成一眼。

志成屋里人见那小女孩怕磕烂豆腐的样子，一只手提着篮子，那一只手扶着篮边，慢慢底挨着墙走去，用着充满了母性爱怜的眼光，一直把小孩印花布衣衫小影送到消失于一个担草担子的苗老妳（老妳，苗语，指姑娘——编者注）身后，才掉过头来觑志成一眼。不知何故，她那肥宽脸庞上忽然浸出一块淡淡儿红晕来了。如果志成是细心的人，这可看出她是如何愿意也有这样一个小女孩在身边——他但能杀猪，却……略略对志成抱憾的神气。

　　屠桌边已清闲了。

　　志成得了休息，倚立在高钱筒与案桌头之间，一只肥大的手掌撑着下巴，另一只手在那里拈着一根眉毛怕痛似的想扯下来。悬脏类物下面有一只黑色瘦狗，尾巴挟在两胯间，在那里舐食地上腥血。

　　他们夫妇的视线都集在那一只黑瘦狗身上。

四月十六日于北京
原载一九二五年《晨报副刊》

渔

七月的夜。华山寨山半腰天王庙中已打了起更鼓,沿乌鸡河水边的捕鱼的人,携篓背刀,各人持火把,满河布了罾罶。

各处听到说话声音,大人小孩全有。中间还有妇人锐声喊叫,如夜静闻山冈母狗叫更。热闹中见着沉静,大家还听到各人手上火把的爆裂。仿佛人人皆想从热闹中把时间缩短,一切皆齐备妥帖,只等候放药了。

大家皆在心中作一种估计,对时间加以催促,盼望那子时到来。到子时,在上游五里,放药的,放了通知炮,打着锣,把小船在滩口一翻,各人泅水上岸。所有小船上石辣蓼油枯合成的毒鱼药,沉到水中,与水融化,顺流而下,所有河中鱼虾,到了劫数,不到一会,也就将头昏眼花浮于水面,顺流而下入到人们手中了。

去子时还早,负了责任,在上游沉船,是弟兄两个。这弟兄是华山寨有名族人子弟之一脉。在那里,有两族极强,属于甘家为大族,属于吴家为小族。小族因为族较小,为生存竞争,子弟皆强梁如虎如豹。大族则族中出好女人,多富翁,族中读书识字者比持刀弄棒者为多。像世界任何种族一样,两族中在极远一个时期中在极小事情上结下了冤仇,直到最近为止,机会一来即有争斗发生。

过去一时代，这仇视，传说竟到了这样子。两方约集了相等人数，在田坪中极天真地互相流血为乐，男子向前作战，女人则站到山上呐喊助威。交锋了，棍棒齐下，金鼓齐鸣，软弱者毙于重击下，胜利者用红血所染的巾缠于头上，矛尖穿着人头，唱歌回家。用人肝作下酒物，此尤属诸平常事情。最天真的还是各人把活捉俘虏拿回，如杀猪把人杀死，洗刮干净，切成方块，用香料盐酱搀入，放大锅中把文武火煨好，抬到场上，一人打小锣，大喊"吃肉吃肉，百钱一块"。凡有呆气汉子，不知事故，想一尝人肉，走来试吃一块，则得钱一百。然而更妙的，却是在场的另一端，也正在如此喊叫，或竟加钱至两百文。在吃肉者大约也还有得钱以外在火候咸淡上加以批评的人。这事情到近日说来自然是故事了。

甘姓住河左，吴姓住河右，近来如河中毒鱼一类事情，皆两族合作……

近日因为地方进步,一切野蛮习气已荡然无存,虽仍不免有一二人藉械斗为由,聚众抢掠牛羊,然虚诈有余而勇敢不足,完全与过去习俗两样了。

甘姓住河左,吴姓住河右,近来如河中毒鱼一类事情,皆两族合作。族中当事人先将欢喜寻事的分子加以约束,不许生事,所以人各身边佩刀,刀的用处却只是撩取水中大鱼,不想到作其他用途了。那弟兄姓吴,为孪生,模样如一人,身边各佩有宝刀一口,这宝刀,本来是家传神物,当父亲落气时,在给这弟兄此刀时,同时嘱咐了话一句,说:这应当流那曾经流过你祖父血的甘姓第七派属于朝字辈仇人的血。说了这话父亲即死去。然而到后这弟兄各处一访问,这朝字辈甘姓族人已无一存在,只闻有一女儿也早已在一次大水时为水冲去,这仇无从去报,刀也终于用来每年砍鱼或打猎时砍野猪这类事上去了。

时间一久,这事在这一对孪生弟兄心上自然也渐渐忘记了。

今夜间,他们把船撑到了应当沉船的地方,天还刚断黑不久。地方是荒滩,相传在这地方过去两百年以前,甘吴两姓族人曾在此河岸各聚了五百余彪壮汉子大战过一次,这一战的结果是两方同归于尽,无一男子生还。因为流血过多,所以这地两岸石块皆作褐色,仿佛为人血所渍而成。这事情也好像不尽属诸传说,因为岸上还有司官所刊石碑存在。这地方因为有这样故事,所以没有人家住,但又因为来去小船所必经,在数十年前就有了一个庙,有了庙则撑夜船过此地的人不至于心虚了。庙在岸旁山顶,住了一个老和尚,因为山也荒凉,到庙中去烧香的人似乎也很少了。

这弟兄俩把船撑到了滩脚,看看天空,时间还早,所燃的定时香也还有五盘不曾燃尽。其中之一先出娘胎一个时刻的那哥哥说:

"时间太早,天上××星还不出。"

"那我们喝酒。"

船上本来带得有一大葫芦酒，一腿野羊肉，一包干豆子。那弟弟就预备取酒。这些东西同那两个大炮仗，全放在一个箩筐里，上面盖着那面铜锣。

哥哥说：

"莫忙，时间还早得很，我们去玩吧。"

"好。我们去玩，把船绳用石头压好。"

要去玩，上滩有一里，才有人家住。下滩则也有一里，就有许多人在沿河两岸等候浮在水面中了毒的鱼的下来。向下行是无意思的事，而且才把船从那地方撑来。然而向上行呢，把荒滩走完，还得翻一小岭，或者沿河行，绕一个大湾，才能到那平时也曾有酒同点心之类可买的人家在。

哥哥赞成上岸玩，到山上去，看庙，因为他知道这时纵向上走，到了那卖东西地方处，这卖东西的人也许早到两三里的下游等候捕鱼去了。那弟弟不行，因为那上面有水碾坊，碾坊中有熟人可以谈话。他一面还恐怕熟人不知道今天下游毒鱼事，他想顺便邀熟人来，在船上谈天，沉了船，再一同把小船抬起，坐到下游去赶热闹。他的刀在前数日已拂拭得锋利无比，应当把那河中顶大的鱼砍到才是这年青人与刀的本分。不拘如何两人是已跳到河边干滩上了。

哥哥说：

"到庙中去看看那和尚，我还是三年前到过那地方。"

"我想到碾房。"弟弟说，他同时望到天上的星月，不由得不高声长啸，"好天气！"

天气的确太好，哥哥也为这风光所征服了，在石滩上如一匹小马，来去作小跑。

这时长空无云，天作深蓝，星月嵌天空如宝石，水边流萤来去如仙人引路的灯，荒滩上蟋蟀三两嘻嘻作声，清越沉郁，使人想象到这英雄独在大石块罅隙间徘徊阔步，为爱情所苦闷大声呼喊的情

"我想到碾房。"弟弟说,他同时望到天上的星月,不由得不高声长啸,"好天气!"

形,为之肃然起敬。

弟弟因为蟋蟀声音想起忘了携带笛子。

"哥哥若是有笛,我们可以唱歌。"

那哥哥不作声,仍然跑着,忽然凝神静听,听出山上木鱼声音了。

"上山去,看那和尚去,这个时候还念经!"

弟弟没有答应,他在想到月下的鬼怪。但照例,做弟弟的无事不追随阿兄,哥哥已向山上方向走去,弟弟也跟到后面来了。

人走着。月亮的光照到滩上,大石的一面为月光所不及,如躲有鬼魔。水虫在月光下各处飞动,振翅发微声,从头上飞过时,俨然如虫背上皆骑有小仙女。鼻中常常嗅着无端而来的一种香气,远处滩水声音则正像母亲闭目唱安慰儿子睡眠的歌。大地是正在睡眠,人在此时也全如梦中。

"哥哥,你小心蛇。"这弟弟说着,自己把腰间一把刀拉出鞘了。

"汉子怕蛇吗?"哥哥这样说着,仍然堂堂朝前走。

上了高岸,人已与船离远有三十丈了。望到在月光中的船,一船黑色毒鱼物料像一只水牛。船在粼粼波光中轻轻摇摆,如极懂事,若无系绳,似乎自动也会在水中游戏。又望到对河远处平冈,浴在月色中,一抹淡灰。下游远处水面则浮有一层白雾,如淡牛奶,雾中还闪着火光,一点二点。

船在粼粼波光中轻轻摇摆,如极懂事,若无系绳,似乎自动也会在水中游戏。

他们在岸上不动，哥哥想起了旧事。

"这里死了我们族中五百汉子。他们也死了五百。"

说到这话，哥哥把刀也哗地拔出鞘了，顺手砍路旁的小树，哚哚作响，树枝砍断了不少，那弟弟也照到这样做去。哥哥一面挥刀一面说道：

"爹爹过去时说的那话你记不记到？我们的刀是为仇人的血而锋利的。只要我有一天遇到这仇人，我想这把刀就会喝这人的血。不过我听人说，朝字辈烟火实在已绝了，我们的仇是报不成了。这刀真委屈了，如今是这样用处，只有砍水中的鱼、山上的猪。"

"哥哥，我们上去，就走。"

"好，就上去吧，我当先。"

这两弟兄就从一条很小很不整齐的毛路趋向山顶去。

他们慢慢地从一些石头上蹁过，又从一些毛草中走过，越走与山庙越近，与河水越离远了。两弟兄到半山腰停顿了一会，回头望山下，山下一切皆如梦中景致。向山上走去时，有时忽听到木鱼声音较近，有时反觉渐远的。到了山腰一停顿，略略把喘息一定，就清清楚楚听到木鱼声音以外还有念经声音了。稍停一会这两弟兄就又往上走去，哥哥把刀向左右劈，如在一种危险地方，一面走一面又同弟弟说话。

"……"

他们到了山庙门前了，静悄悄的庙门前，山神土地小石屋中还有一盏点光如豆的灯火。月光洒了一地，一方石板宽坪还有石桌石椅可供人坐。和尚似乎毫无知觉，木鱼声朗朗起自庙里，那弟弟不愿意拍门。

"哥，不要吵闹了别人。"

这样说着，自己就坐到那石凳上去了。而且把刀也放在石桌上了，他同时顺眼望到一些草花，似经人不久采来散乱地丢到那里。弟弟诧异了，因为他以为这绝对不是庙中和尚做的事。这年青人好事多心，把花拈起给他哥哥看。

"哥哥，这里有人来！"

"那并不奇怪，砍柴的年青人是会爬到这里来烧香求神，想从神佑得到女人的心的。"

"我可是那样想，我想这是女人遗下的东西。"

"就是这样，这花也很平常。"

"但倘若这是甘姓族中顶美貌的女人？"

"这近于笑话。"

"既然可以猜详它为女人所遗，也就可以说它为美女子所遗了，我将拿回去。"

"只有小孩才做这种事，你年青，要拿去就拿去好了，但可不要为这苦恼，一个聪明人是常常自己使自己不愉快的。"

"莫非和尚藏……"

说这样话的弟弟，自己忽然忍住了，因为木鱼声转急，像念经到末一章了。那哥哥，在坪中大月光下舞刀，作刺劈种种优美姿势，他的心，只在刀风中来去，进退矫健不凡，这汉子可说是吴姓族最纯洁的男子了。至于弟弟呢，他把那已经半憔悴了掷到石桌上的山桂野菊拾起，藏到麂皮抱肚中，这人有诗人气分，身体不及阿哥强，故于事情多遐想而少成就，他这时只全不负责地想象这是一个女子所遗的花朵。照乌鸡河华山寨风俗，则女人遗花被陌生男子拾起，这男子即可进一步与女人要好唱歌，把女人的心得到。这年青汉子，还不明白女人究竟是怎么一回事，只因为凡是女人声音颜色形体皆趋于柔软，一种好奇的欲望使他对女人有一种狂热，如今是又用这花为依据，将女人的偶像安置在心上了。

这孩子平时就爱吹笛唱歌，这时来到这山顶上，明月清风使自己情绪飘渺，先是不让哥哥拍打山门，恐惊吵了和尚的功课，到这时,却情不自已,轻轻地把山歌唱起来了。

他用华山寨语言韵脚,唱着这样意思:

> 你脸白心好的女人,
> 在梦中也莫忘记带一把花,
> 因为这世界,也有做梦的男子。
> 无端梦在一处时你可以把花给他。

唱了一段,风微微吹到脸上,脸如为小手所摩,就又唱道:

> 柔软的风摩我的脸,
> 我像是站在天堂的门边——这时,
> 我等候你来开门,
> 不拘哪一天我不嫌迟。

出于两人意料以外的,是这时山门旁的小角门,忽然訇地开了。和尚打着知会,说:"对不起,惊动了。"

那哥哥见和尚出来了,也说:

"对不起师傅,半夜三更惊吵了师傅。"

和尚连说"哪里哪里"走到那弟弟身边来。这和尚身穿一身短僧服,大头阔肩,人虽老迈,精神勃勃,还正如小说上所描画的有道高僧。见这两兄弟都有刀,就问:

"是第九族子弟么?"

那哥哥恭恭敬敬说:

"不错,属于宗字辈。"

"那是××先生的公子了。"

"很惭愧的,无用的弟兄辱没了第九族吴姓。"

神之再现

"××先生是过去很久了。"

"是的。师傅是同先父熟了。"

"是的。我们还……"

这和尚,想起了什么再不说话,他一面细细地端详月光下那弟兄的脸,一面沉默在一件记忆里。

那哥哥就说:

"四年前曾到过这庙中一次,没有同师傅谈话。"

和尚点头。和尚本来是想另一件事情,听到这汉子说,便随心地点着头,遮掩了自己的心事。他望到那刀了,就赞不绝口,说真是宝刀。那弟弟把刀给他看,他拿刀在手,略一挥动,却便飕飕风生,寒光四溢。弟弟天真地抚着掌:

"师傅大高明,大高明。"

"是第九族子弟么?"那哥哥恭恭敬敬说:"不错,属于宗字辈。""那是××先生的公子了。"

和尚听说到此,把刀仍然放到石桌上,自己也在一个石凳上坐下了。和尚笑,他说:

"两个年青人各带这样一把好刀,今天为什么事来到这里?"

哥哥说:

"因为村中毒鱼派我们坐船来倒药。"

"众生在劫,阿弥陀佛。"

"我们在滩下听到木鱼声音,才想起上山来看看。到了这里,又恐怕妨碍了师傅晚课，所以就在门前玩。"

"我听到你们唱歌，先很奇怪，因为夜间这里是不会有人来的。这歌是谁唱的，太好了，你们谁是哥哥呢？我只听人说到过××先生得过一对双生。"

"师傅看不出么？"

那哥哥说着且笑，具有风趣的长年和尚就指他：

"你是大哥，一定了。那唱歌的是这一位了。"

弟弟被指定了，就带羞地说：

"很可笑的事，是为师傅听到。"

"不要紧，师傅耳朵听过很多了，还不止听，在年青时也就做着这样事，过了一些日子。你说天堂的门，可惜这里只一个庙门，庙里除了菩萨就只老僧。但是既然来了，也就请进吧。看看这庙，喝一杯茶，天气还早得很。"

这弟兄无法推辞，就伴同和尚从小角门走进庙里，一进去是一个小小天井，有南瓜藤牵满的棚架，又有指甲草花，有鱼缸同高脚香炉，月光洒满院中，景致极美。他们就在院中略站，那弟弟是初来，且正唱完歌，情调与这地方同样有诗意，就说：

"真是好地方，想不到这样好！"

"哪里的事。地方小，不太肮脏就是了。我一个人在这里，无事栽一点花草，这南瓜，今年倒不错，你瞧，没有撑架子，恐怕全要倒了。"

和尚为指点南瓜看，到后几人就进了佛堂，师傅的住处在佛堂左边，他们便到了禅房，很洒脱地坐到工夫粗糙的大木椅上，喝着和尚特制款客的蜜茶。

谈了一会。把乌鸡河作中心，凡是两族过去许多故事皆谈到了，有些为这两个年青人不知道，有些虽知道也没有这样清楚，谈得两个年青人非常满意。并且，从和尚方面，又隐隐约约知道所谓朝字辈

月色如银，一切都显得美丽和平。风景因夜静而转凄清，这时天上正降着薄露。

甘姓族人还有存在的事情。这弟兄把这事都各默默记到心上，不多言语。他们到后又谈到乌鸡河沿岸的女人……

和尚所知道太多，正像知道太多，所以成为和尚了。

当这两个弟兄起身与和尚告辞时，还定下了后一回约。两个年青人一前一后地下了山，不到一会就到了近河的高岸了。

月色如银，一切都显得美丽和平。风景因夜静而转凄清，这时天上正降着薄露。那弟弟轻轻吹着口哨，在哥哥身后追随。他们下了高岸降到干滩上，故意从此一大石上跃过彼一大石，不久仍然就到了船边。

弟弟到船上取酒取肉，手摸着已凝着湿露的铜锣，才想到不知定时香是否还在燃。过去一看，在还余着三转的一个记号上已熄灭了，那弟弟就同岸上的哥哥说：

"香熄了，还剩三盘，不知在什么时候熄去？"

"那末看星，姊妹星从北方现出，是三更子正，你看吧，还早！"

"远天好像有风。"

"不要紧，风从南方过去，云在东，也无妨。"

"你瞧，星子全在眨眼！"

"是咧，不要紧。"

阿哥说着也走近船边了，用手扶着船头一支篙，摇荡着，且说：

"在船上喝吧，好坐。"

那弟弟不承认这事情，到底这人心上天真较多，他要把酒拿到河滩大石上去喝，因为那么较之在船中为有趣。这自然仍然是他胜利了，他们一面在石上喝酒，一面拔刀割麂肉吃，哥哥把酒葫芦倒举，嘴与葫芦嘴相接咕嘟咕嘟向肚中灌。

天气忽然变了。一葫芦酒两人还未喝完，先见东方小小的云，这时已渐扯渐阔，星子闪动的更多了。

"天气坏下来了，怎么办？"

"我们应当在此等候，我想半夜决不会落雨。"

"恐怕无星子，看不出时间。"

"那有鸡叫。听鸡叫三更，就倒药下水。"

"我怕有雨。"

"有雨也总要到天明时，这时也应当快转三更了。"

"……"

"山上那和尚倒不错,他说他知道我们的仇人,同父亲也认识。""我们为什么忘了问他俗姓。"

"怎么?"

"我想若是落了雨,不如坐船下去,告他们,省得涨了水可惜这一船药。"

"你瞧,这哪里会落雨?你瞧月亮,那么明朗。"

那哥哥,抬头对月出神,过了一会,忽然说:

"山上那和尚倒不错,他说他知道我们的仇人,同父亲也认识。"

"那他随便说说也得。"

"他还说唱歌,那和尚年青时可不知做了些什么坏事,直到了这样一把年纪,出了家,还讲究这些事情!"

…………

把和尚作中心,谈到后来,那一葫芦酒完了,那一腿野羊肉也完了。到了只剩下一堆豆子时,远处什么地方听到鸡叫了。

鸡叫只一声,则还不可信,应当来回叫,互相传递才为子时。这鸡声,先是一处,到后各处远地方都有了回唱,那哥哥向天上北方

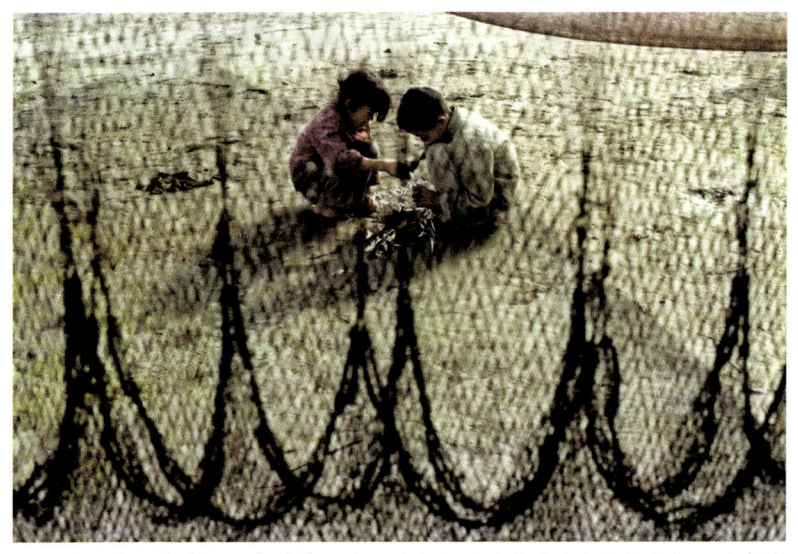

下过药的乌鸡河，直到第二天，还有小孩子在浅滩上捡拾鱼虾。这事情每年有一次，像过节划龙船。

星群中搜索那姊妹星，还不曾见到那星子。弟弟说：

"幸而好，今夜天气仍然是好的。鸡叫了，我们放炮倒药吧。"

"不行，还早得很，星子还不出来！"

"把船撑到河中去不好么？"

"星子还不出，到时星子会出的。"

那做弟弟的，虽然听到哥哥说这样话，但酒肉已经告罄，也没有必需呆坐在这石上的理由了，就跳下石头向船边奔去。他看了一会汤汤流去的水，又抬起头来看天上的星。

这时风已全息了。山上的木鱼声亦已寂然无闻。虽远处的鸡与近身荒滩上的虫，声音皆无一时停止，但因此并不显出这世界是醒着。一切光景只能说如梦如幻尚仿佛可得其一二，其他刻画皆近于词费了。

过一会，两人脱了衣，把一切东西放到滩上干处，赤身地慢慢把船摇到河中去。船应撑到滩口水急处，那弟弟就先下水，推着船尾前进，在长潭中游泳着，用脚拍水，身后的浪花照到月光下皆如银子。

不久候在下游的人就听到炮声了，本来是火把已经熄了的，于是全重新点燃了，沿河数里皆火把照耀，人人低声呐喊，有如赴敌，时间是正三更，姊妹星刚刚发现。过了一小时左右，吴家弟兄已在乌鸡河下游深可及膝的水中，挥刀斫取鱼类了。那哥哥，勇敢如昔年战士，在月光下挥刀撩砍水面为药所醉的水蛇，似乎也报了大仇。那弟弟则一心想到旁的事情，篓中无一成绩。

关于报仇，关于女人恋爱，都不是今夜的事，今夜是"渔"。当夜是真有许多幸运的人，到天明以前，就得到许多鱼回家，使家中人欢喜到吃惊的事。那吴家年青一点的汉子，他只得一束憔悴的花。

下过药的乌鸡河，直到第二天，还有小孩子在浅滩上捡拾鱼虾。这事情每年有一次，像过节划龙船。

　　　　　本篇曾以《夜渔》为名载于一九三一年《创作月刊》

还有小孩子，地方一有戏唱，学校是就不必进。这自然是更妙的事了。

屠夫

第一章　因为戏，所以说到吃，因为吃，所以……

虽然曾有人反对，说是今年这一季，戏是不能唱，反对的理由即或是同法律一样，然而这地方，法律就永远是被习惯支配，戏是仍旧由当事人把班子从浦市请来，搭了台，开了锣，按着乡绅的嗜好，唱着下来了。

唱戏是使神欢喜的事。我们虽不曾见过神打哈哈，但一些当地老大太，一些小孩子，一些靠摆赌摊为生的闲汉子，一些官，一些生意人……的确是同神分到得了不少喜悦了。他们这些人，在平时，全是很省俭的人，一些不省俭的人在平时也无可花钱地方，因这社戏一开始，于是自然而然可以把钱的用处得到了。譬如说，平常时节我们有钱也不能拿钱去请一个人来恭维，且把这挥霍的大量给同乡知道，因了唱戏，因了唱戏有着那打加官的习俗，于是这钱的用处就成了有意义的事了。其次是买座位，买茶，买点心，也可以把这省俭下来的钱痛快地挥霍。还有小孩子，地方一有戏唱，学校是就不必进。这自然是更妙的事了。至于卖东西的，可以赚钱，我想这个用不着来说明白了，我们大致总不会不明白赚钱一事是应当欢喜或忧愁。

戏是按了规矩，照着规矩上的秩序，加以地方有势力的乡绅意见，以及乡绅老太太、小军官的姨太太、省议员的小姐等人的趣味，编排《三国志》《封神榜》《施公案》，以及各样新戏唱下来的，谁也不明白这戏是唱三十天还是四十天就可以唱完！要神来说，这够了，就可以不唱，恐怕这事也办不到吧。唱戏是为神，但为神唱戏的地方当事人，若是钱不花完，若是家中人还不厌倦戏，若是做生意的同摆赌的还以为收入不够，这戏即或是神已厌倦不看，他们也不能让他就此卸台啊。

至于官家人，那才更不会扫地方人的兴把戏的日子缩短呀！他们不是蠢人（这当然你们也总有知道的），多唱一天戏，凡是衙门中人也多有一种理由找钱取乐。他们这些好副爷，正清闲得生病，既不需要成天扛枪下操场习操打靶，又不至于成天出差，地方上一有戏唱，那才真是运！有了戏，他们也就从新找到当副爷的责任了，他们于是藉口维持秩序，分班派十二个人到戏场官棚子上一坐，弹压一切，当然戏是得看了，此外茶同瓜子点心也就用不着出钱。那些轮不到当值的呢，就更好。他们可以到戏台后去抽头，把抽头得来的钱拿去赌博，又可以到酒馆子里去吃面喝酒，身上的号褂子是省略会账的免票。他们可以三五成群地到桥头去同来看戏的苗女人开玩笑，摸摸奶子，说一点粗话蠢话，到这时是不愁缺少标致的苗女人的。他们在散了戏以后，喝醉了，玩够了，就把号衣纽扣解开，兜着风，走回营去，一面口上哼着军歌或戏文中秦琼哭头一类悲壮苍凉字句。这是一些快活人，独在地方上有戏时，这气分便得了机会尽量发露了，至于平时，也不怎样无聊！

看戏的人真多。不唱戏，到这地方来，是仿佛猜不出这地方有这样多年青人、闲人、乡下人与做生意的人。若办选举的人，知道应用这样办法于选举，是必定可以得到比用其他方法召集二十倍多选民的。这样多人都愿意从远远近近的另一地方来，站一天或坐一

看戏的人真多。不唱戏,到这地方来,是仿佛猜不出这地方有这样多年青人、闲人、乡下人与做生意的人。

天,看听戏台上几个穿花衣的把脸涂得肮脏不像人的怪东西唱喊哭打,这兴味的专一,这耐心,这诚心,是比任何处的有知识的人用同一趣味与同一专诚来听一个学者讲演还值得佩服的。若果我们明白了这些人对这戏感到的兴奋是如何的深,我们也就不会再以为美国人看打拳的狂热,与英国人比球的狂热为可笑了。虽说欧美的文明人是不与这中国乡下人相同,他们有的是丝礼帽同硬性的白衬衣,还有雪白的领子,以及精致的丝手套,与象牙作把的手杖,用钱也总是讲金镑、讲钞票，但仍然有些傻地方是一样，拿来打比是不至于不相称啊！

你好读者，不怕挤，不怕头痛，不怕嚣扰，不怕气味逼人，（气味逼人是免不了的，这里有厨子，有制牛皮厂的经理，还有……）随我来到这坪里看看吧。

好热闹！不要悭吝气力——一个男子，到了这里，是知道不能悭吝气力的。请你用力，挤上前一点，我们可以到台边一点，纵听不懂台上人唱的戏文，至少也可以看清楚台前的人物。岳飞、黄忠、蒋平、窦尔墩……这些全是大人物，我们不能不承认。虽然是装的，听他们咳嗽，喊人，迈步走路，至少起码是比坐在两旁官棚的千把外额英雄得多。一个台上的员外，比这里看座上戴起茶晶眼镜喝盖碗茶的绅士，也仿佛更使人感到那相貌堂堂尊敬。一个旦角，风骚处也总超过这里小姐们的十倍，更能使男人心痒。无怪乎看戏的人有这多了，无怪乎这里这样热闹。我们人的性情，不是常常存了莫名其妙的幸望心，想在人中找英雄、首领、菩萨、大王等等来崇拜倾倒么？在管领我们的上流人中，除了少数的少数，有几个是值得我们在脸貌仪容上也生出敬畏的？具平常相貌，穿平常衣服，虽然权力使我们不得不低首，但我们想象中的主子，总不是这类平鼻扁脸举动濡缓的人。

从戏台上，这里的人，是把一切好的可以倾心的模型全找到了。

全场的人都乐着，台上的混乱与神鬼的显隐，给了这些原始民族以惊讶中的兴奋。每一个简单的心都尽这戏的情调跳跃着了，连那在平时专以打算盘过日子的米商人，到了这里也似乎只能放下心上那一具算盘，让这一颗机警的心为台上那场战争摇动了。

台上战事一毕，观众手与口的战争便开始了，他们看戏也看饿了，就吃面，吃包子，吃豆粉，吃……谁知道这样吃伤食了是不是非请医生不可的事。谁知道他们凭什么信仰敢吃了这样又那样。他们

全场的人都乐着，台上的混乱与神鬼的显隐，给了这些原始民族以惊讶中的兴奋。

的腹量，我们真可以不必去过问好了，知道了也只多给我们吃惊的机会。眼看到那大托盘凉面凉粉从这面递到那面去，眼看到整只的烧卤鸭子在一个斯斯文文的十八九岁女人手下撕得碎成小块，眼看到那大碗的生辣子酱（仿佛是单是用来看的或嗅的），眼看到小孩子哭着喊要吃东西的情形，我们对于饥饿的战争，才真可以看到不少惊心动魄的事实！

没有见惯这情形的人，也许将疑心以为这是更伟大的一幕剧——然而这样说是不行的，这样说就仿佛挖苦了这地方人了。这些人，并不是平时挨饿，当此时才能显出各人的腹量，竞争于饕餮的。能够吃是无法的事。平时不是放纵时候，这时却非放纵不可了。我们还可以放心，本地人，很少有因此得着很重胃病的，这地方，医院就没有一个，没有医院的地方，大概一切娇养的病与奇怪的病，总不至于产生！

戏子呢，也总有人想明白吧。其实因了有戏享乐是一样的。除了唱，他们也就是吃喝，在台上打觔斗耍刀，费力是比坐着的看戏人费力的，但因此也就更吃得下东西了。他们的运气，是并不比看戏人为坏的，一个唱完了一曲戏的角色还可以拿赏号去戏台后边赌骰子，输了也算得是输了这一天他的嗓子。（输嗓子的事，不是成天有不少傻东西在干吗？）一个戏子他还有另外的好运气在，譬如唱旦角同唱小生的，他能因他的装扮出色而得到一种巧遇，但这个不是这一章书上应提及的事，所以不说了。

若果是一年三百六十天这地方全是那么唱戏下去，若果是这戏唱下去是可能的事，那么，这地方不知将成为什么地方。戏唱得一久，我们可以想起一个人的可怜情形来了。

在下一章里我将提起这可怜的人，怎样便觉得可怜的缘故。

第二章　说到他，唉！

读者们，我请你每天五更时到南门坪去。南门坪是这里一个人人皆知的地方，问一问就可以知道。（我应附及说到的，是这个地方问路用不着小费，他们还不知道报路可以要小费的。）到了南门坪，站在那溪边打铁的门前，等一会，就可以看到我所说的人来了。来到这里他是要休息一会的。他将同这打铁过夜的人谈一阵天，除非是落雨，这规矩他不至于破坏。我们可以靠这打铁的炉中熊熊的火明望清楚这人的脸同身材。我们可以照这样为这人写一张单子：

一个唱完了一曲戏的角色还可以拿赏号去戏台后边赌骰子,输了也算得是输了这一天他的嗓子。

这人杀了不知有多少年的猪,俨然每一只猪的精华都有一点儿在这人的身上,所以把这人变成如此结实了。

杀猪人阿大,年纪约略四十岁。高大的个儿,身长约五尺一寸。颈项短。膀子粗。嗓子嘶哑。光头。脸有毛胡子。两腿劲健有力,壮实如牛。腰大且圆,转动显笨拙。

还有……

这人杀了不知有多少年的猪,俨然每一只猪的精华都有一点儿在这人的身上,所以把这人变成如此结实了。但若同铁匠打比,则这人的精壮又将成为另外一种意义,若说杀猪人身上有猪的精华,那铁匠是在身体各部分全安得有钢的。

这两个人一见面，必定是铁匠先说：

"早，阿大！"

"不早，哥。"阿大这样回答，在回答以先，是已经就把肩上扛的杀猪武器放下了。

简单的谈话，便告了结束。于是这杀猪人暂时休息下来，从腰边取下一只旱烟杆，抓一把烟塞到烟斗里后，便就热铁上吸烟。吸着烟，看铁匠同帮手挥动了大铁锤打砧上的热铁，红的铁花四处飞，就好笑。打铁不比杀猪，用的是死力气，所以趣味是不同。因为仿佛趣味不同，是以杀猪人到这时，就不免手痒。铁匠是对于阿大的兴趣也看成习惯了，必定就说："来，帮忙打一锤。"

不消说，这提议是即刻成为事实的。阿大手上拿了锤，举起到头上，先是很轻落到热铁上，到后不久就很沉重地随到拍子起落了，这时在他像喝酒，是在工作上找到一种甜味的，所以也像喝酒样，适量而止，打过一回铁，锤就放下了。人是仍然不走的，就同铁匠说一点闲话，或者蹲到一条粗木枋制成的凳上，一边吸烟一边看铁匠同帮手打铁。那块热铁退回到炉中以后，风箱是即刻便归那帮手拉动，炉中也即刻发生碧绿的火焰，这火焰把铁匠的朋友的脸映得分明不过。请你们看吧，乘到这光明，证明我不是说假话，这人虽是做杀猪生意的人，样子并不凶恶的。他不是像咬人吃人的人，也不像通常暴戾残忍的刽子手，若是他在笑，那他这笑还可以证明这人是比其他许多人还可爱的。都因为忠厚，所以……

但是我先说完他在铁匠处的情形，以及离开铁匠以后的情形，再说这个人其他方面吧。

把烟吸过一半，就再上一斗，这一斗他可不吸，把烟管抹抹，递给铁匠这面来。铁匠照例是不拒绝，烟归铁匠吸，话就归杀猪人说了。他总把一个笑话说着，一个老笑话，但在他说来却以为并不重复，他劝铁匠结婚。这杀猪人劝诱人的本事是不错的。他总是一成不

变地这样说：

"……这应当要了，年纪已到。一个老婆，可以陪到睡，也可以帮到打铁。也可以帮到——打铁，趁热打，可以打出一个儿子，这是要紧的事！"

铁匠总照例是摇头。铁匠是不反驳这意见，也始终不承认这意见的。我们可以笑这杀猪人说的话不确实处是照到他的话，他自己在几年中至少也应打出一个小孩子了。然而事实却是虽"打"也并不曾有太太养一个孩子。谁能对这加以问题研究呢？谁明白呢？

"一个老婆，可以陪到睡，也可以帮到打铁。也可以帮到——打铁，趁热打，可以打出一个儿子，这是要紧的事！"

不过他劝铁匠讨妻，是在"打"小孩子以外另有意义的。妻一到了家，就有磨难来到，这是他自己领教过的。妻来家后就生出许多事故，他尤其明白的。可是他还是劝他朋友讨妻，也没有说明妻的好处，这大约是他认为一个男子都应知道妻的好处，所以对铁匠就不再在妻的用处方面加以解释了。

劝者自劝，而铁匠仍然是铁匠，铁匠虽然仍旧是一个人，劝者却仍然每一天谈到这事。

把讨老婆的话谈完以后，两人是应当在某种事上打哈哈的，打着哈哈铁匠就把烟杆递回烟杆主人，于是杀猪人便应扛上傢业走路了。

"时候还早啊！"

"不早啊，回头见。"

出了门，便可以听到各处鸡叫。醒炮还不曾放，守在城门边的小贩生意人已不少了。这些人全很容易地就认识了，作为这友谊交换的便是旱烟管那类东西。每人腰边全不缺少一支马鞭子或木烟杆，他们客气地互相交换地吸烟，又互相在对手行业上加以问讯，还来同在一种简单笑话上发笑，在这里简直是"男女不分"。单是说说笑话，真用不着说谁是男的谁是女的，且在男女两样意义上谁就叨光谁就上当！

在城门边是有不少空灶的。这些灶在白天为卖狗肉牛杂碎的人所占据，在这时，可为一些灶马的天下了。虽是冬天这里灶马也仍然活泼不过。谁也不知道它们有什么就生存下来，谁也不过问。也许是这地方的灶王事情特别多，也许是这是灶王中顶有钱财的，所以用得着这许多灶马。候城的人一面还同城门里的老兵谈着话，从门罅里交换烟袋，一面就坐在这类大的空灶上听灶马唱歌。

杀猪人也来到了，认识杀猪人的顶多，他们因杀猪人一来，话的方向便转到肉价上来了。大家讨论着，争持着，瞎估着，杀猪人却照例如在屠桌前时一个样，沉默地在那里估计手法。虽然这时不是拿刀时候，但已快到了。刀子一上手，什么话也没有说的，耳边听着各样人说斤两的声音，只把刀在几方肉上随便砍割，砍割下来以后又很敏捷地拿秤杆在手，一手抹秤锤。

然而，坐到这里听小贩子谈猪价，或者是正擒着一只黑猪，或者是同铁匠打铁，杀猪人，不说话，仍然另外总有原因啊！太太使他沉默了。用太太威仪，把人压下，不敢多事，这是有许多人在事实下受着磨难，却说不出口的。有些人仿佛又不很愿意毅然承认。将军、总理，在中国就总不缺少这类人。因为丈夫蹩，太太因此更可以有权力同别一个男子做一点无害于事的故事，老爷是也装着不闻不见的。杀猪人不幸是有把这富人贵人的弱点保有了在气氛上，太太却

刀子一上手，什么话也没有说的，耳边听着各样人说斤两的声音，只把刀在几方肉上随便砍割……

是一只母大虫，一个平时以杀猪为职业的人，对于虎，当然就束手无法了。

他让她，就因为让，便有了例子，成为法律。这杀猪人在一种成规下把脾气变成更好，也就变成更可怜了。他怕她，因为怕她，就更任其她纵性行事。一个怕老婆的人，是比其他男子多得到不少义务的，于是这杀猪人也因了一种份内的所得，把自己变成责任加重一个人了。

所谓可怜者，还是这类人把权力与义务分量成为两样的轻重，虽成天有机会可以打太太一拳，不但不，反而有被打模样，被打以后还

这人还得有许多机会得到睁了眼看一些怪事,以及张了耳朵听人议论到关于自己一家的笑话,因为太太原是那么一个年青多情的太太啊。

在磨难中劝人讨妻,以为妻是应当有,而妻的行为也都应当如此。

这人每天这样老早就起来,不怕风,不怕雨,做着他造孽事业,却让太太在被中享福。这人不辞劳苦地把一只活猪处置到变成钱以后,却让太太把这钱销耗到戏场的各样事情上去。这人还得有许多机会得到睁了眼看一些怪事,以及张了耳朵听人议论到关于自己一家的笑话,因为太太原是那么一个年青多情的太太啊。

别人问他猪生意叨了多少光,意思就仿佛在说"某一个小子得了你太太赒济多少钱"。别人谈到生意好,就比如说"因为生意好忙不过来,所以得请旁人代劳照料太太"。总之,说话的人说的话是一面还是两面,这杀猪人听来却全是话外的话。虽然能这样听,在证明耳朵不聋之下他的对太太手段仍然不会另有花样,真不能说这有力气的汉子便是有志气的汉子了。

这时在众小贩中,就有那所谓帮过杀猪人忙照料过他太太的年青小子在,见了杀猪人来不但不走,且反而走拢来同他打招呼。

杀猪人坐到灶头等候开城,不说一句话。他有什么可说呢?没有的。若是这时非说不可,他就应当骂这些人一顿娘,用口来辱这些人三代,这是他可以采用的战略一种。其次他便应当把这杀猪的刀去杀面前那个年青小子。在本地,比这个被污辱以下的许多小事,也作兴用刀来流血的,但杀猪人的刀,却仿佛只能流猪的血,而且这弱点为太太与外人看得清清楚楚了。

"老板,你这样出来干吗?"话中的意思,是太早了把太太放到家中不是很给了些方便么?

杀猪人笑笑地答应不早。

"实在太早了。"

杀猪人就不再作声了,他无可奈何。他以为自己的事倒被这些旁人操心,真是无办法的受窘。

我们且让醒炮一放,看杀猪人进城到它它街,怎样地杀他的猪。

在它它街的土地庙前，守庙的伙计，是早已把一锅水烧沸，大木盆同俎座已位置妥当，无仇无怨的猪也似乎醒了，只等候杀猪人来，来以后，就问道：

"水已好了么？"

"好了。"

"一切预备了么？"

"预备了。"

帮手答着照例的话，于是把猪放出。这时杀猪人勇气出来了，露着膊，把刀衔在口上，双手不客气地拖着猪的大耳，不管猪如何挣扎如何叫喊，上了俎座，帮手帮扯脚，杀猪人用他的肥身压定了猪身，刀子从猪的脖下扎进去，把钵接着血，于是近街的人皆在睡梦中听到猪的声音渐渐嘶沉，到以后，却只有一声沉顿的肉与地面接触的声音,一切全在沉寂中了。

在帮手的帮助下,杀猪人流着大的汗,交换着刮毛、吹脚、上架、破腔等等工作,一点钟以后肉便上了市,杀猪人已站在那屠案的一端,在用刀斫剁刮得净白的一方猪肉了。

斫一天,忙一天,耳朵听着斤两的盼咐,口上答着价钱,守到屠桌边一整天,全身为猪油所沾污,直到晚。人倦了,赚来的钱全亏太太在戏场中(不在戏场时是还有牌场的)花掉,太太也倦了。回到家来等候太太,或者还到戏场中找到太太吃饭,太太却因为倦了,不做饭,不做菜,坐到房的一角吃水烟。

问到戏,太太是答应得出的。不过太太另外还有说的,便是某某面馆的肉账已取得,某某的肉钱已取得。这些人,在杀猪人屠案桌边挂账买的肉,却把肉一卤,用五倍或三倍的价钱折给这老板娘请客吃光了。

杀猪人,只有一面点首一面涂销那本账上的款项。太太还是吃烟,到后就要男人送她钱,明天上戏场。

原载《中央日报·红与黑》

左图:
于是近街的人皆在睡梦中听到猪的声音渐渐嘶沉,到以后,却只有一声沉顿的肉与地面接触的声音,一切全在沉寂中了。

右图:
问到戏,太太是答应得出的。不过太太另外还有说的,便是某某面馆的肉账已取得,某某的肉钱已取得。

锣鼓打了三天，檀香烧了四五斤，素面吃了十来顿，街头街尾竖桅子的地方散了钱，水陆施了食，一切行礼如仪……

道师与道场

鸦拉营的消灾道场是完了。锣鼓打了三天，檀香烧了四五斤，素面吃了十来顿，街头街尾竖桅子的地方散了钱，水陆施了食，一切行礼如仪，三天过了。道场做完，师傅还留在小客店里不走，是因为还有一些不打锣不吹角属于个人消灾纳福的事情还未了销的缘故。道场属于个人，两人中，年长一点的师兄，自然是无分了。

这师兄，在一面极其不高兴收拾法宝一面为连日疲倦所困打哈欠的情形中，等候了同伴一天。到了第二天清早，睡足了，一个人老早爬起，走到街头去，认识得到这位师兄，见过这人曾穿过红衣在火堆边跳舞娱神的本地人，就问干吗两位师傅还留到这里不走。这问话是没有别的用意的，不过是稍稍奇怪罢了。因为人人都知道新寨后天的道场也是这两人的。他不好怎样答应别人。其他人就想起这必定还有道场要做了。有道场则人人又可以借水陆施食时抢给鬼的粑粑，所以无人不欢喜。师兄看得出本地人意思，心上好笑。"另外还有道场"，他就那么含含糊糊地告给本地方人，但他不说这属于个人的道场是如何做法，却说"有施食"，"有热闹看"。若果听这话的人明白这师兄话中的恶意，这两人以后不会再有机会来到这里了。他们也很有理由用石头同棍子把这两个做道场的有法力的人赶走，或者用绳子把人在桅上高吊起来——就是那悬幡的高桅——把荆条竹扫帚相款待。但是，除了王贵为做道场那个人，其余却没有一个本地人能知道这第二次道场是如何起头煞尾。

那第二种道场上没分的师兄，在街上打了一个转，看到大街上数日来燃放的爆竹红纸壳铺满地上，看到每家大门上高贴的黄纸朱书符咒，又看到街头街尾那还不曾裁去的高桅，就满肚子懊恼。他心想，道场是完全白做了，一镇上人的十天吃斋与檀香、蜡烛、黄花耳子也完全白费了，就又觉得行香那几日来，小乡绅身穿崭新的青羽绫马褂，蓝宁绸袍子，跟到身后磕头为可笑的事情。

但是这个话，他能不能向谁去说明白？这罪过，或者说，这使人消灾纳福的道场，所得的在神一方面的结果，还是不可知，但在人一方面，实在的保佑的程度，他能不能向同伴去追问？凡是本地人，既然不能明白这一次道场究竟用了多少粒胡椒，自然谁也不明

左图：
在路上，他见到一些老妇人向他道谢，就生气，几几乎真要大声地向这些人说，这道场是完全糟蹋精力同金钱的事了。

右图：
忙着走，忙着离开这里到另一地方去，也不过就是"念经""上表""吃饭""睡觉"几种事消磨这日子罢了，他何尝是呆子呢？

白这时这师傅的心上涌着的东西是些什么了。

在路上，他见到一些老妇人向他道谢，就生气，几几乎真要大声地向这些人说，这道场是完全糟蹋精力同金钱的事了。他又想把每家门上那些纸符扯去，免得因这一次道场在这地方留下一点可笑的东西。他又想打碎了那些响器，仿佛锣、角、铙钹，都因为另一时那么大声地不顾忌地在人面前响过，这时却对于同伴的事沉默，也有理由被摔的样子。

使这人生气的原由也不尽是因为另外的事与自己无分，就迁怒及一切事物。多耽搁一天，他可以多吃多喝，不必走路也不必做事。这多吃多喝不走不做，于一个以做道场为生活的人，是应当说再舒服也没有的事了。忙着走，忙着离开这里到另一地方去，也不过就是"念经""上表""吃饭""睡觉"几种事消磨这日子罢了，他何尝是呆子呢？！然而见到这地方的每一个人对神的虔诚，见到这地方人

对道师的尊敬，见到符，见到……他不由不生气了。

他知道所谓报应是怎样辽远的不准数的一种空话。他又明白在什么情形下做的事比念经上表为有意义。然而不离这地方，他是不能忍受的。他不觉得同伴这时当真是在造什么孽，只是说不分明总以为走了就好。他也许作兴同到这同伴上了路以后，还会把这自己无分的道场来讨论，引为长途消遣的方法，可是他如今留到这里，决不能忍受的就正是这一件事情。事情是对谁也没有损失，于本人则不消说简直是一件功果，这个人，似乎是良心为这地方的素筵蔬席款待，比平常特别变好，如今就正是在那里执行良心分派下来的义务了。

心中有懊恼，他就满街走。

时候不早了。凡是走长路的人，赶场的人，下河挑水的人，全已上道多久了。这个有良心的人，他在街前走了一会，下了决心，向神发誓，无论如何不再在这地方吃一顿早饭了，就赶回到那小客栈去。同伴在楼上店主的房中，还同主人的女儿在一个床上，似乎还有许多还未了销的事情要做。这师兄，就在楼梯边用粗大的喉咙发喊。

上面没有声息。

他想楼上总不至于无一个，也总不至于死，就爬上楼梯。然而一到楼口又旋即倒退了下来了，不知看到了什么，只摇头。

楼上有人说话了。楼上师弟王贵的声音说道：

"师兄，天气还早唎，你为什么不多睡一会？"

"我为什么不多睡，你为什么不少睡？"

楼上王贵就笑。过一会，又说道：

"师兄，哥，昨天我答应请你吃那个酒，我并不忘记。"

"我并不要你请。"

"不要我请，可是答应了人的事我总不会忘记。"

"但是，你把我们应当在初十到新寨的事情全忘了。"

"谁说我记不到。今天才六号。让我算，有四天呀！有人过新寨

楼上有人说话了。楼上师弟王贵的声音说道:"师兄,天气还早咧,你为什么不多睡一会?""我为什么不多睡,你为什么不少睡?"

赶场,托带一个口信,说这里你我有一件功果不完了,慢点也行。哥,我说你性子是太急了。这极不合卫生。哥,你应当保养,我看你近来越加消瘦了。"

听到说是越加消瘦,仿佛显着非常关心的调子,楼下的师兄的心有点扰乱了。他右手还扶着梯子的边沿,就用这手抚到自己的瘦颊,且轻轻扯着颊上凌乱无章的长毛。颊边是太疏于整理了,同伴的话就像一面镜,照得他局促不安。

他想着,手上的感觉影响到心上,他记起街南一个小理发馆了。那里刚才过身,就还正有好些人坐在那里,披了白布,一头的白沫,待诏师傅手上的刀沙沙地在这些圆头上作响,于是疤子出现

了，发就跌到小四方盘子中：盘是描金画有寿星图的盘，又有木盘，上面是很厚的腻垢。他还记得一个头上有十多个大疤子的人，一旁被剃一旁打盹的神气。这里看得出人的呆处。

　　本来是不打量剃发的，因为肚中闷气无处可泄，就借理发，他不再与楼上的人说话，匆匆地到街南去了。到了理发馆门前时节，他是还用着因生气而转移成为热与力的莽撞声势，进到这一家铺子里面，毅然坐到那小横凳上去的。

　　不到一会，于是他也就变成那种呆子了。听到刀在头顶上各处走动。这人气已经稍平了，且很愿意躺在什么凉爽干净地方睡一觉。睡是做不到的，但也像旁人一样，有点打盹的式样了。可是事有凑巧，理发人是施食那时从大花道服前认得到这位主顾是道师的，就按照各处地方理发师的本分与本能，来同他谈话。剃头匠不管主顾这时所

想到的是些什么事,就开口问道:

"师傅,这七月是你们忙的七月呀。"

"我倒不很忙!"他意思是做师兄的不一定忙,忙是看人来的。

那剃头匠见话不起劲,就专心一致用刀刮了他一只耳朵,又把刀向系在柱头上一个油光的布条上荡了一阵,换方向说道:

"师傅,燃天蜡真是一个大举呀。"

"比这个更费事累人的也还有。"他意思是——

剃头匠先是刮左耳,这时右耳又被他捉着了,听到比燃天蜡还有更累人的法事,就不放手、不下刀,脸上做出相信不过的神气,要把这个意思弄明白,仿佛才愿意再刮那一只耳朵。

本来是要说,"你去问王贵师傅就可以明白",可是这时耳朵被拉得很痛,他就说:"朋友,你剃发和我被剃,好像都比燃天蜡做道场还费事。"说这个时耳朵还是被拉的,听到这话的剃头匠,才憬然觉悟自己谈话的趣味已超过了工作的趣味,应当思量所以"补过"的办法了,就大声地笑,把刀拈在手上,全不节制自己的气力,做着他那应做的事。

这一来,他无福分打盹了。他一面担心耳朵会被割破,一面就想到一个人在

左图:

本来是不打量剃发的,因为肚中闷气无处可泄,就借理发,他不再与楼上的人说话,匆匆地到街南去了。

右图:

一面就想到一个人在鲁荟的剃头匠处治下应有的小小灾难或者是命运中注定的事……

鲁莽的剃头匠处治下应有的小小灾难或者是命运中注定的事，因为他三个月前已经就碰到类乎今天的一个剃头匠了。

耳朵刮过了，便刮脸。人躺到剃头匠的大腿上，依稀可以嗅到一种不好闻的气味，尤其是那剃头匠把嘴接近脸边时，气味就更浓。他只把眼闭着，一切不看，正如投降了佛以后的悟空，听凭处治。他虽闭着两眼，却仿佛仍然看得出面前的人说话比做事还有兴味的神情，就只希望赶紧完事。

理发馆门前，写得有口号两句，是"清水洗头""向阳取耳"。头是先就洗了的。待把脸一刮，果然就要向阳取耳了，他告了饶。他说：

"我这耳朵不要看。"

"师傅，这是有趣味的事。"

"有趣味下次来吧。我要有事，算了。"

说是算了下次来吧，也仍然不能开释，还有捶背。一切的近于麻烦的手续，都仿佛是还特意为这有身份的道师而举行的，他要走也不行。在捶打中他就想，若是凭空把一个人也仍然这样好意地来打他一顿，可不知这好意得来的结果是些什么。他又想，剃头倒不是很寂寞的事，一面用刀那么随意地刮，或捏拳随意地打；一面还可以随意谈话学故事，在剃头匠生活中，每一个人都像是在一种很从容的情形下把日子打发走了。他又想……想到这些的他，是完全把还在客栈中的王贵忘记了的。

被打够他才回到店中。

"哥，你喝这一杯。"王贵把师兄的酒杯又筛满了，近于赎罪，只劝请。被劝请得不大好意思，喝了有好几杯了。

但酒量不高的师兄，有了三杯到肚就显露矜持了，劝也不能再喝，劝者仍然劝，还是口上敷蜜甜甜地说："哥，你喝一杯。"

被劝了，喝既不能，说话又像近于白费，师兄就摇头。这就是上半日在南街上被人用刀刮过，左边脑顶有小疤两处的那颗头。因为摇

头，见出师兄凛然不可干犯的神气了，王贵向站在身旁的女人说话。这师弟，近于打趣地说道：

"瞧，我师兄今天看了日子，把头脸修整了。"

女人轻轻地笑。望到这新用刀刮过的白色起黑芝麻点的光头，很有趣味地注意。

于是师弟王贵又说道：

"我师兄许多人都说他年纪比我还轻，完全不像是四十岁的人。"

师兄不说话，看了王贵一眼，喝了一口酒。把酒喝了，又看了女人一眼。望到女人时女人又笑。

女人把壶拿起，想加酒到师兄的杯里去。王贵抢杯子，要女人酌酒，自己献上，表示这恭敬一切事有肯求师兄包容的必需。

师兄说话了。他有气。他不忘记离开这里是必须办到的一件事。

"酒是喝了，什么时候动身呢？"

"哥，你欢喜什么时候就什么时候，我是听你调度的。"

"你听我调度，这话是从前的话。"

"如今仍然一个样子。你是师兄，我一切照你的盼咐。"

"我们晚上走，赶二十里路歇廖家桥。"

"那不如明天多走二十里。"

女人轻轻地笑。望到这新用刀刮过的白色起黑芝麻点的光头，很有趣味地注意。

"……为什么神许可苗人杀猪杀牛祀天做流血的行为,却不许可我念经读表以外使一个女人快乐?"

"……"话不说出,拍地把杯子放到桌上了。

"哥,你怎么了?不要生气,话可以说明白的。"

"我不生气。我们是做道场的人,我们有……"

"哥,留到这里也是做道场,并不是儿戏!"

女人听到这里,轻轻打了王贵一掌,就借故走出房去,房中只剩下两人了。

"好道场!他们知道了真感谢你这个人!"

"哥,并不是要他们感谢我来做这事。为什么神许可苗人杀猪杀牛祀天做流血的行为,却不许可我念经读表以外使一个女人快乐?"

"经上并不说到这些。"

"经上却说过女人是脏东西,不可接近。但是,哥,你看,她是脏是干净?"

"女人的脏是看得出吗?"

"不是看,就是吃,我也不承认。"说到吃,王贵记起了喝酒,就干了一杯。再筛酒,壶空了。喊,"来,来,翠翠,吃的!"

女人又进到房中了。抢了酒壶,将往外窜,被王贵拉着了手往怀里带。

"哥,你瞧。什么地方是不干净?我不明白经上的话的意思。我要你相信我的话,真愿意哥你也得这样一个人,在一种方便中好好地来看一看,吃一吃,把经上的谎话证明。"

师兄无话可说,就只摇头。然而他并无怒意。因为看到女人红红白白的脸,看到在女人胸前坟起的东西,似乎不相信经上的话也不相信王贵的话。

"哥,你年青得很!要翠翠为你找一个,明天再住一天,看看我说的话对不对。雷公不打吃饭人,我们做的事同吃饭一样,正正经经,神是不见责的。"

还是摇头。他本应当在心上承认这提议了。因为心忽然又转了方向,他记的经太多了。

"经上不是说……?"王贵也知道师兄是多念了廿年经的人,就引经上的话。

"经上只说佛如何被魔试炼,佛如何打了胜仗。"

"那你为什么不敢试来被炼一次?"

"话该入拔舌地狱。"

"不会有的,舌子不会在亲嘴另外一事上有被拔去危险。"

"……"这师兄,不说话,却喝酒。

酒喝急了,呛了喉,连声地咳,王贵就用眼示意,要女人为其

不过无论何时这师兄他总觉得他自己是自己,女人是女人,完全为两样东西……

捶背。

女人走到这道师身边去捏拳打,一旁嗤嗤地笑,被打的师兄还是无所动心,因为被打同时记起的是刚才到理发铺被打的情形。同是被打,同是使他一无所得,他太缺少世界上男子对女人抽象的性的发泄的智慧了。

说是目不旁视的君子吧,他也不到这样道学的。不过无论何时这师兄他总觉得他自己是自己,女人是女人,完全为两样东西,所以这时虽然女人在身边,还做着近于所谓放肆的事情,他也不怎样难过。

顽固的心是只有一件事可以战胜的,除了用事实征服无办法。王贵就采用这方法了。他把女人抱起,用口哺女人的酒。他咬女人的耳朵、鼻子、头发，复用手做成一根带子，围在女人的身上。他当到这顽固的师兄做着师兄所不熟习的事情，不像步斗踏星，不像念咒咬诀，开着怕人的玩笑，应知道的是师兄已经有了一些酒到肚中，这个人渐渐地觉得自己心是年青人的心了。

他不知不觉感到要多喝几杯了。

在另一方面的人，却不理会师兄，仿佛除在两人外没有旁人在身边的样子，他们笑着吃酒，交换着拿杯子，交换着，做着顶顽皮顶孩子气的各样行为。

他们还互相谈着有一半是很暧昧字言的话语，使他只能从这些因言语而来的笑声中领悟到一小部分所谈是什么事。然又正因所能领悟的一小部分可以把他苦恼，他就不顾一切地喝酒。一壶酒是翠翠新由外面柜上取来，这师兄，全不客气地喝，行为真到另一时自己想起也非吃惊不可的放荡行为了。他把头低下，不望别人的行为，耳朵却听到如下面的话。

听到王贵说："翠翠，你为什么不像我说那个办？……你量小，又饿。吃够了即刻又放手。……你不那样怎么行？"

听到女人笑了又笑，才在笑声中说："我以为你只会念经。"

师弟又说："师兄吗？别看他那样子。……"

女人又说："你总说你师兄是英雄。"

师弟又说："你看他那鼻子。"

女人又说："我拧你鼻子。"

师弟似乎被拧了，噫噫作声。这师兄，实在已九分醉了，抬起头来，却不曾见师弟脸边有一只手。他神色惨沮地笑着，全身不自然地动着，想站起身到客房去睡觉。

那师弟，面前无一物，却还是继续噫噫作声。"鼻子"有灾难，这师兄，忽然悟出这意义了，把头缓缓地左右摇摆，哑声地说道：

"明天也不走了。后天也不走了。我永远也不走了。"

"哥，不要这样，这是我！""是你我也要咬你的鼻子下来。我讨厌你这鼻子。"

"哥，你醉了。"

"我醉了，我才不！你们对不起我。……你们是饱了。我要问你们，什么是够！……你们吃够了……你们快活！……吃你，咬你，你这个小嘴巴的女人！"

说着，他隔桌就伸了一只手，想拉着女人的膀子。手拉了空，他站起身，扑过来了。女人还坐在师弟身上，就跳下躲到门背后去。

这师兄，跌到地板上了，卸下如一堆泥，一到地下就振作不起了。师弟蹲身下去想把他扶起，颈项就被两条粗粗的手臂箍着。

"哥，不要这样，这是我！"

"是你我也要咬你的鼻子下来。我讨厌你这鼻子。"

他把一切事已经完全忘记了。在梦里，这师兄梦到同人上山赶野猪，深黄色长獠牙的老野猪向大道上冲去，迅速像一支飞空的箭，自己却持定手板宽刃口的短矛，站立在路旁，飞矛把它掷到野猪身上去，看到带了矛的野猪向茶林里跑去。他又梦到在大滩上泅水，滩水如打雷，浪如大公牛起伏来去，自己狎浪下滩，脚下还能踹鱼类。他又梦到做水陆大道场，有一百零八和尚，有三十六道士，有一次焚五斤檀香的大香炉，有二十丈高的殿柱，有真狮真豹在坛边护法，有中国各处神仙的惠临，各处神仙皆坐白鹤同汽车等等东西代步，神仙中也有穿极时髦服装的女子，一共是四五个。

他望到女神仙之一发愣，且仿佛明白这是做梦，不妨稍稍撒野，到不得已时，就逃回真实。他于是向女神仙扯谎，请她到后坛去看一种法宝，自然女神仙是不拒绝这请求，他就引她到了后坛。谁知一到后坛，却完全是荒坟，他明白是神仙生了气，两脚一抖，他醒了。

他醒后觉得口渴，还不明白是睡到什么地方，就随意地喊茶。一个人，于是把茶壶的嘴逗到人的嘴边了，唿唿地吸了半壶苦茶，他没有疑惑自己环境的心要，不一会又入另一梦境了。

他又梦到……

比念经还须耐心，比跳舞还费气力，到后是他流了汗。

人是完完全全醒了。天还不发白，各处人家的长鸣鸡正互相传递地报晓，借了房中捻得细小的油灯，他望到床边坐得一个人，用背身对了醉人。他还不甚相信。就用手去拉，拉着了衣角，人便回头了。

"你干吗来的？"

"没有干吗！你醉了，翠翠要我来照扶，怕你半夜呕。"

"我不是已经呕过了吗？"

"说什么？！"

"刚才那种呕。"

"呕吗？赫，癫子。"

这师兄，明白先一次类乎吐呕的事不与这时女人相干了，才觉悟梦中的不规矩还不曾为女人看破，私心引为幸事。但是，稍过一会，女人又把茶壶拿来了。他坐起，用手抱壶，觉得壶很冷，一些不经意的智识却俨然有用处了，他不喝冷茶。冷的不吃，热的则纵不是茶也仿佛不能拒绝，他要女人把灯捻明，好详详细细欣赏床头人的脸。

他要她坐拢来，问她年岁、姓名，末了也不问女人愿不愿意听，就告她先一时所做的梦是些什么事。

女人说："我以为你们道师做梦也只是梦到放焰口施食！"

他就不分辩，说："是呀，一个样子，时间并不短。"

第二天早上约十点钟光景，师弟王贵在房外说话，他说：

"师兄，怎么样？"

里面没有回声。他醒了，有意不答，口无闲空。王贵又把声音放大，像昨天被师兄喊时，说：

"哥，上路！"

本来是清醒也仍半迷糊着，听到"上路"，人便返元归真了。他坐起了身，他就问：

"王贵，是你吗？"

"唉，是我。昨夜觉得怎么样？"

"你这人是该入泥犁狱的。"

"就是推磨狱也行吧。我问你，今早上不上路？"

"……"

"到底上不上路？"

里面的师兄，像是同谁在商量这事情，过了一会才说："今天七号。"

王贵笑了，笑的声音说："是七号，师兄。我们十号到新寨的法事我们应不忘记。还有天早应当多赶二十里路，那是你昨天说的。"

师兄在里面笑了。

他笑了一会。这人想走是不走了，看如何答话。

稍过，他以为王贵会转身到别处去，不再在房外了，就与身边人做着经上所谓吻与吻接的鸟兽之戏，小小的声音已为外面的人所闻。

"师兄，天气不早了，嗽口念经，青天白日不是适宜放肆的时间，我们上路吧。"

"师兄，天气不早了，嗽口念经，青天白日不是适宜放肆的时间，我们上路吧。"

那师兄又不作声了。

王贵撞进了房，师兄用被蒙了头，似乎这样一来，做师弟不必说话就应肩扛法宝先自上路了。然而王贵却问巧巧："怎么样？"巧巧不说话，含羞地装睡不醒，但即刻"咭"地笑了。

师弟走出房去，带上了门，大声地对用被蒙头的人说道：

"哥，我搭信到新寨去，告他们首事人说这里还有事情，你我都忙，所以不能分身，新寨的道场索性不做了。"

师兄哑口不答。在这个人心中，是正想引经上的话骂王贵侮慢佛祖应入火狱的，可是他这时，自己把被蒙头蒙半天，身上发烧，一个人发烧时做糊涂梦，又在他心上煽动起一种糊涂欲望了。

鸦拉营消灾道场全街竖了两支桅，若照到这师兄昨天见解，这桅杆用处还可把法师高吊起来示众，今天是两支桅也有了用处了。但这个时候桅杆下正有小乡绅，身穿蓝布长袍子站在旁边督率工人倒桅，工人则全露着有毛的手肘，一面唱着"杭育"努力扳动，没有人想到这桅若果留下来也还有别的用处。

原载一九二九年《红黑》

新与旧

（光绪……年）

日头黄浓浓晒满了教场坪，坪里有人跑马。演武厅前面还有许多身穿各色号衣的人，在练习十八般武艺。到霜降时节，道尹必循例验操，整顿部伍，执行升降赏罚，因此直属辰沅永靖兵备道各部队都加紧练习，准备过考。演武厅前马札子上坐的是千总同教官，一面喝茶，一面点名。每个兵士俱有机会选取合手行头，单个儿或配对子舞一回刀枪。驰马尽马匹入跑道后，纵辔奔驰，真个是来去如风。人在马上显本事，便用长矛杀球，或回身射箭，看本领如何，博取彩声和嘲笑。

战兵杨金标，名分直属苗防屯务处第二队。这战兵在马上杀了一阵球，又到演武厅来找对手玩"双刀破牌"。执刀的虽来势显得异常威猛，他却拿着两个牛皮盾牌，在地下滚来滚去，真像刀扎不着，水泼不进。相打到十分热闹时，忽然一个红褂子传令兵赶来，站在滴水檐前传话：

"杨金标，杨金标，衙门里有公事，午时三刻过西门外听候使唤！"

战兵听到使唤，故意卖个关子，向地下一跌，算是被对手砍倒

神之再现

过一会儿，县太爷带领差役，鸣锣开道前来进香。上完香，一个跑风的探子，忙匆匆地从外边跑来，跪下回事……

了，赶忙抛下盾牌过去回话。传令兵走后，这战兵到马门边歇憩，大家一窝蜂拥过去，皆知道今天中午有案件要办，到时就得过西门外去砍一个人的头。原来这人一面在教场坪营房里混事，一面在城里大衙门当差，不止马上平地有好本领，还是一个当地最优秀的刽子手。

吃过饭后，这战兵身穿双盘云青号褂，包一块绉丝帕头，带了他那把尺来长的鬼头刀，便过西门外等候差事。到晌午时，城中一连响了三个小猪仔炮，不多久，一队人马就拥来了一个被吓得痴痴呆呆的汉子，面西跪在大坪中央，听候发落。这战兵把鬼头刀藏在手拐子后，走过席棚公案边去向监斩官打了个千，请示旨意。得到许可，走近罪犯身后，稍稍估量，手拐子向犯人后颈窝一擦，发出个木然的钝声，那汉子头便落地了。军民人等齐声喝彩。（对于这独传拐子刀法喝彩！）这战兵还有事做，不顾一切，低下头直向城隍庙跑去。

到了城隍庙，菩萨面前磕了三个头，赶忙躲藏到神前香案下去，不作一声，等候下文。

过一会儿，县太爷带领差役鸣锣开道前来进香。上完香，一个跑风的探子，忙匆匆地从外边跑来，跪下回事："禀告太爷，城外某处有一平民被杀，尸首异处，流血一地，凶手去向不明。"

县太爷虽明明白白在稍前一时，还亲手抹朱勒了一个斩条，这时节照习惯却俨然吃了一惊，装成毫不知情的神气，把惊堂木一拍，"青天白日之下，有这等事？"

即刻差派员役，城厢各处搜索，且限令出差人员，得即刻把人犯捉来。又令人排好公案，预备人犯来时在神前审讯。那做刽子手的战兵，估计太爷已坐好堂，赶忙从神桌下爬出，跪在太爷面前请罪。禀告履历籍贯，声明西门城外那人是他杀的，有一把杀人血刀呈案作证。

县太爷把惊堂木一拍，装模作样地打起官腔来问案。刽子手一面对杀人事加以种种分辩，一面就叩头请求太爷开恩。到结果，太爷于是连拍惊堂木，喝叫差役"与我重责这无知乡愚四十红棍"！差役把刽子手揪住，按在冷冰冰四方砖地下，"一五一十""十五二十"那么打了八下，面对太爷禀告棍责已毕。一名衙役把个小包封递给县太爷，县太爷又将它向刽子手身边掼去。刽子手捞着了赏号，一面叩头谢恩，一面口上不住颂扬"青天大人禄位高升"。等到一切应有手续当着城隍爷爷面前办理清楚后，县太爷便打道回衙去了。

一场悲剧必须如此安排，正合符了"官场即是戏场"的俗话，也有理由。法律同宗教仪式联合，即产生一个戏剧场面，且可达到那种与戏剧相同的快乐目的。原因是边疆僻地的统治，本由人神合作，必在合作情形下方能统治下去。即如这样一件事情，当地市民同刽子手，就把它看得十分慎重。尤其是那四十下杀威棍，对于一个刽子手似乎更有意义。统治者必使市民得一印象，即是官家服务的刽子手，杀人时也有罪过，对死者负了点责任。然而这罪过却由神作证，用棍责可以禳除。这件事既已成为习惯，自然会好好地保存下来，直到社会一切组织崩溃改革时为止。

刽子手砍下一个人头，便可得三钱二分银子。领下赏号的战兵，回转营上时必打酒买肉，邀请队中兄弟同吃同喝，且与众人讨论刀法，讨论一个人挨那一刀前后的种种，并摹拟先前一时与县正堂在城隍庙里打官话的腔调取乐。

——战兵杨金标，你岂不闻王子犯法，应与庶民同罪？一个战兵，胆敢在青天白日之下，持刀杀人！

——青天大人容禀……

——鬼神在上，为我好好招来！

——青天大人容禀……

于是喊一声打，众人便揪成一团，用筷头乱打乱砍起来。

战兵年纪正二十四岁，尚是个光身汉子，体魄健康，生活自由自在，手面子又好，一切皆来得干得，对于未来的日子，便怀了种种光荣的幻想。"万丈高楼从地起"，同队人也觉得这家伙将来不可小觑。

（民国……年）

时代有了变化，前清时当地著名的刽子手，一口气用拐子刀团团转砍六个人头不连皮带肉，所造成的奇迹不会再有了。时代一变化，"朝廷"改称"政府"，这个小地方毙人时常是十个八个。因此一来，任你怎么英雄好汉，切胡瓜也没那么好本领干下。被排的全用枪毙代替斩首，于是杨金标变成了一个把守北门城上闩下锁的老土兵。他的光荣时代已经过去，全城人在寒暑交替中，把这个人同这个

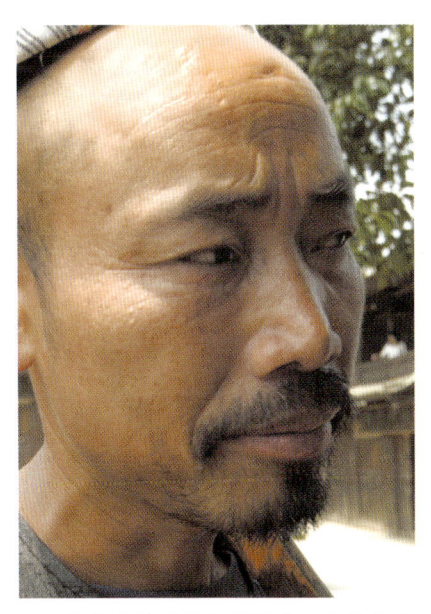

他的光荣时代已经过去，全城人在寒暑交替中，把这个人同这个人的事业早完全忘掉了。

人的事业早完全忘掉了。

他年纪已六十岁，独身住在城门边一个小屋里。墙板上还挂了两具盾牌、一副虎头双钩、一支广式土枪、一对护手刀，全套帮助他对于他那个时代那分事业倾心的宝贝。另外还有两根钓竿、一个鱼叉、一个鱼捞兜，专为钓鱼用的。一个葫芦，常常有半葫芦烧酒。至于那把杀人宝刀，却挂在枕头前壁上。（三十年前每当衙门里要杀人时，那把刀先一天就会来个预兆。一入了民国，这刀子既无用处，预兆也没有了。）这把宝刀直到如今一拉出鞘时，还寒光逼人，好像尚不甘心自弃的样子。刀口上尚留下许多半圆形血痕，刮磨不去。老战兵日里无事，就拿了它到城上去，坐在炮台头那尊废铜炮身上，一面晒太阳取暖，一面摩挲它，赏玩它。

城楼上另外还驻扎了一排正规兵士，担负守城责任。全城兵士早已改成新式编制。老战兵却仍然用那个战兵名义，每到月底就过苗防屯务处去领取一两八钱银子，同一张老式粮食券。银子作价折钱，粮食券凭券换八斗四升毛谷子。他的职务是早晚开闭城门，亲自动手上闩下锁。

他会喝一杯酒，因此常到杨屠户案桌边去谈谈，吃猪脊髓氽汤

下酒。到沙回回屠案边走一趟,带一个羊头或一副羊肚子回家。他懂得点药性,因此什么人生疱生疮,托他找药,他必很高兴出城去为人采药。他会钓鱼,也常常一个人出城到碾坝上长潭边去钓鱼,把鱼钓回来焖好,就端钵头到城楼上守城兵士伙里吃喝,大吼几声五魁八马。

大六月三伏天,一切地方热得同蒸笼一样,他却躺在城楼上透风处打鼾。兵士们打拳练"国术",弄得他心痒手痒时,便也拿了那个古董盾牌,一个人在城上演"夺槊""砍拐子马"等等老玩意儿。

城下是一条长河,每天有无数妇人从城中背了竹笼出城洗衣,各蹲在河岸边,扬起木杵捣衣。或高卷裤管,露出个白白的脚肚子,站在流水中冲洗棉纱。河上游一点有一列过河的跳石,横亘河中,同条蜈蚣一样。凡从苗乡来做买卖的,下乡催租上城算命的,割马草

左图：

城下是一条长河，每天有无数妇人从城中背了竹笼出城洗衣，各蹲在河岸边，扬起木杵捣衣。

右图：

那个女先生间或把他们带上城头来玩，见到老战兵盾牌，女的就请老战兵舞盾牌给学生看。

的，贩鱼秧的，跑差的，收粪的，连牵不断从跳石上通过，终日不息。对河一片菜园，全是苗人的产业，绿油油的菜圃，分成若干整齐的方块，非常美观。菜园尽头就是一段山冈，树木郁郁苍苍。有两条大路，一条翻山走去，一条沿河上行，皆进逼苗乡。

城脚边有片小小空地，是当地卖柴卖草交易处，因此有牛杂碎摊子，有粑粑江米酒摊子。并且还有几个打铁的架棚砌炉做生意，打造各式镰刀、砍柴刀以及黄鳝尾小刀，专和乡下来城的卖柴卖草人做生意。

老战兵若不往长潭钓鱼，不过杨屠户处喝酒，就坐在城头铜炮上看人来往。或把脸掉向城里，可望见一个小学校的操坪同课堂。那学校为一对青年夫妇主持，或上堂，或在操坪里玩，城头上全望得清清楚楚。小学生好像很欢喜他们的先生，先生也很欢喜学生。那个女先生间或把他们带上城头来玩，见到老战兵盾牌，女的就请老战兵舞盾牌给学生看。（学生对于那个用牛皮做成绘有老虎眉眼的盾牌，充满惊奇与欢喜，这些小学生知道了这个盾牌后，上学下学一个个悄悄地跑到老战兵家里来看盾牌，也是常有的事。）有时小学生在坪子里踢球，老战兵若在城上，必大声呐喊给输家"打气"。

有一天，又是一个霜降节前，老战兵大清早起来，看看天气很好，许多人家都依照当地习惯大扫除，老战兵也来一个全家大扫除。卷起两只衣袖，头上包了块花布帕子，把所有家业搬出屋外，下河去提了好些水来将家中板壁一一洗刷。工作得正好时，守城排长忽然走来，要他拿了那把短刀赶快上衙门里去，衙门里人找他有要紧事。

他到了衙署，一个挂红带子的值日副官，问了他几句话后，要他拉出刀来看了一下，就吩咐他赶快到西门外去。

一切那么匆促，那么乱，老战兵简直以为是在梦里。正觉得人在梦里，他一切也就含含糊糊，不能加以追问，便当真跑到西门外去。到了那儿一看，没有公案，没有席棚，看热闹的人一个也没有。除了几只狗在敞坪里相咬以外，只有个染坊中人，挑了一担白布，在干牛屎堆旁歇憩。一切全不像就要杀人的情形。看看天，天上白日朗朗，一只喜鹊正曳着长尾喳喳喳喳从头上飞过去。

老战兵想："这年代还杀人吗？真是做梦吗？"

敞坪过去一点有条小小溪流，几个小学生正在水中拾石头捉虾子玩，各把书包搁在干牛粪堆上。老战兵一看，全是北门里小学校的学生，走过去同他们说话：

"小先生，小先生，还不赶快走，这里要杀人了！"

几个小孩子一齐抬起头来笑着：

"什么，要杀谁？谁告诉你的？"

老战兵心想："真是做梦吗？"看看那染坊晒布的正想把白布在坪中摊开，老战兵又去同他说话：

"染匠师傅，你把布拿开，不要在这里晒布，这里就要杀人！"

染匠师傅同小学生一样，毫不在意，且同样笑笑地问道：

"杀什么人？你怎么知道？"

老战兵心想："当真是梦么？今天杀谁，我怎么知道？当真是

染匠师傅同小学生一样，毫不在意，且同样笑笑地问道："杀什么人？你怎么知道？"

梦，我见谁就杀谁。"

正预备回城里去看看，还不到城门边，只听得有喇叭吹冲锋号。当真要杀人了。队伍已出城，一转弯就快到了。老战兵迷迷糊糊赶忙向坪子中央跑去。一会子队伍到了地，匆促而沉默地散开成一大圈，各人皆举起枪来向外作预备放姿势，果然有两个年纪轻轻的人被绑着跪在坪子里。并且一个是男人，一个是女人，脸色白僵僵的。一瞥之下，这两个人脸孔都似乎很熟习，匆遽间想不起这两人如此面善的理由。一个骑马的官员，手持令箭在圈子外土阜下监斩。老战兵还以为是梦，迷迷糊糊走过去向监斩官请示。另外一个兵士，却拖他的手："老家伙，一刀一个，赶快赶快！"

他便走到人犯身边去，擦擦两下，两颗头颅都落了地。见了喷出的血，他觉得这梦快要完结了，一种习惯的力量使他记起三十年前的老规矩，头也不回，拔脚就跑。跑到城隍庙，正有一群妇女在那里敬神，庙祝哗哗地摇着签筒。老战兵不管如何，一冲进来趴在地下就只是磕头，且向神桌下钻去。庙里人见着那么一个人，手执一把血淋淋的大刀，以为不是谋杀犯也就是杀老婆的疯子，吓得要命，忙跑到大街上去喊叫街坊。

一会儿，从法场上追来的人也赶到了，同大街上的闲人七嘴八舌一说，都知道他是守北门城的老头子，皆知道他杀了人，且同时断定他已发了疯。原来城隍庙的老庙祝早已死了，本城人年长的也早已死尽了，谁也不注意到这个老规矩，谁也不知道当地有这个老规矩了。

人既然已发疯，手中又拿了那么一把凶刀，谁进庙里去说不定谁就得挨那么一刀，于是大家把庙门即刻倒扣起来，想办法准备捕捉疯子。

老战兵躲在神桌下，只听得外面人声杂乱，究竟是什么原因完全弄不明白。等了许久，不见县知事到来，心里极乱，又不知走出去好还是不走出去好。

再过一会儿，听到庙门外有人拉枪机柄，子弹上了红槽。又听到一个很熟习的妇人声音说："进去不得，进去不得，他有一把刀！"接着就是那个副官声音："不要怕，不要怕，我们有枪！一见这疯子，尽管开枪打死他！"

老战兵心中又急又乱，不知如何是好，只是迷迷糊糊地想："这真是个怕人的梦！"

接着就有人开了庙门，在门前大声喝着，却不进来。且依旧扳动枪机，俨然即刻就要开枪的神气。许多熟人的声音也听得很分明。其中还有一个皮匠说话。

又听那副官说："进去！打死这疯子！"

老战兵急了，大声嚷着："嗨嗨！城隍老爷，这是怎么的！这是

怎么的！"外边人正嚷闹着，似乎谁也不听见这些话。

门外兵士虽吵吵闹闹，谁都是性命一条，谁也不敢冒险当先闯进庙中去。

人丛中忽然不知谁个厉声喊道："疯子，把刀丢出来，不然我们就开枪了！"

老战兵想："这不成，这梦做下去实在怕人！"他不愿意在梦里被乱枪打死。他实在受不住了，接着那把刀果然唧的一声响抛到阶沿上去了。一个兵士冒着大险抢步而前，把刀捡起。其余人众见凶器已得，不足畏惧，齐向庙中一拥而进。

老战兵又惊又气，回头一看，原来捉弄他的正是本城卖臭豆豉的王跸子，倒了水还正咧着嘴得意哩。

老战兵于是被人捉住，糊糊涂涂痛打了一顿，且被五花大绑起来吊在廊柱上。他看看远近围绕在身边像有好几百人，自己还是不明白做了些什么错事，为什么人家把他当疯子，且不知等会儿有什么结果。眼前一切已证明不是梦里，那么刚才杀人的事也应当是真事了。多年以来本地就不杀人，那么自己当真疯了吗？一切疑问在脑子里转着，终究弄不出个头绪。有个人闪不知从老战兵背后倾了一桶脏水，从头到脚都被脏水淋透。大家哄然大笑起来。老战兵又惊又气，回头一看，原来捉弄他的正是本城卖臭豆豉的王跸子，倒了水还正咧着嘴得意哩。老战兵十分愤怒，破口大骂：

"王五，你个狗肏的，今天你也来欺侮老祖宗！"

大家又哄然笑将起来。副官听他的说话，以为这疯子被水浇醒，已不再痰迷心窍了，方走近他身边，问他为什么杀了人就发疯跑到城隍庙里来，究竟见了什么鬼，撞了什么邪气。

"为什么？你不明白规矩？你们叫我办案，办了案我照规矩来自首，你们一群人追来，要枪毙我，差点儿我不被乱枪打死！你们做得好，做得好，把我当疯子！你们就是一群鬼。还有什么鬼？我问你！……"

…………

军部玩新花样，处决两个共产党，不用枪决，来一个非常手段，要守城门的老刽子手把两个人斩首示众。可是老战兵却不明白衙门为什么要他去杀那两个年青人。那一对被杀头的，原来就是北门里小学校两个小学教员。

小学校接事的还不来，北门城管锁钥的职务就出了缺——老战兵死了。军部里于是流行着那个"最后一个刽子手"的笑话，无人不知。并且还依然传说那家伙是痰迷心窍白日见鬼吓死的。

原载一九三五年《独立评论》

牛

有这样一件事情发生，就是桑溪荡里住、绰号"大牛伯"的那个人，前一天居然在荞麦田里，同他相依为命的耕牛为一点小事生气，用木榔槌打了那耕牛后脚一下。这耕牛在平时仿佛他那儿子一样，纵骂骂，也如对亲生儿女，在骂中还不少爱抚的。但是偶然心火一来，不能节制自己，只随意敲了一下，不平常的事因此就发生了。当时这主人还不觉得，第二天，再想放牛去耕那块工作未完事的荞麦田，牛不能像平时很大方地那么走出栏外了。牛后脚出了毛病，就因为昨天大牛伯主人，那么不知轻重在气头下一榔槌的结果。

大牛伯见牛不济事，有点行动不灵便了，牵了牛系在大坪里木桩上，蹲到牛身下去，扳了那牛脚看。他这样很温和地检查那小牛，那牛仿佛也明白了大牛伯心中已认了错，记起过去两人的感情了，就回头望着主人，大眼中凝了一泡泪，非常可怜地似乎想同大牛伯说一句有分寸的话，这话意思是："大爹，我不怨你。平素你待我很好。你打了我，把我脚打坏，是昨天的事，如今我们讲和了。我只一点儿不方便，过两天就会好的。"

可是到这意思为大牛伯看出时，他很狡猾地用着习惯的表情，闭了一下左眼。他不再摩抚那只牛脚了。他站起来在牛的后臀上打了一拳，拍拍手说：

"坏东西，我明白你。你会撒娇，好聪明！从什么地方学来的，打一下就装走不动路？你必定是听过什么故事，以为这样当家人就可怜你了，好聪明！我看你眼睛，就知道你越长心越坏了。平时干活就不肯好好地做，吃东西也不肯随便，这大王脾气，是我都没有的脾气！"

主人说过很多聪明的话语后，就走到牛头前去，当面对牛，用手指戳着那牛额头：

"你不好好地听我管教，我还要打你这里一下，在右边。这里也得打一下，在左边。我们村子里小孩子不上学，老师有这个规矩，打了手心，还要向孔夫子圣人拜拜，向老师拜拜，不许哭。你要哭吗？坏东西呀！你不知道这几天天气正好吗？你明白五天前天上落的雨，是为天上可怜我们，知道我们应当种荞麦了，为我们润湿土地，好省你的气力吗？……"

大牛伯一面教训面前的牛，一面看天气。天气实在太好了，就仍然扛了翻犁，牵了那被教训过一顿说是"撒娇偷懒"的小牛，到田中去做事。牛虽然有意同他主人讲和，当家人也似乎看清楚了这一点，但实在是因为天气太好，不做事可不行，所以到后就仍然瘸着在平田中拖犁，翻着那为雨润湿的土地了。大牛伯虽然像管束到他那小牛，仍然在它背上加了犁轭，但是人在后面，看到牛一瘸一拐地向前奔时，心中到底不能节制自己的悲悯，觉得自己做事有点任性，不该随意那么一下了。他也像做父亲的所有心情，做错了事表面不服输，但心中究竟有点过意不去，于是比平时更多用了一些力气，与牛合作，让大的汗水从太阳角流到脸上。也比平时少骂那牛许多——在平时，这牛是常常因为觑望了别处风景或过路人，转身稍迟，大牛伯就创作出无数稀奇古怪的名词来骂它的。天下事照例是这样，要求人了解，再没有比沉默更合式了。有些人总以为天生了人的口，就是为说话用，有心事，说话给人听，人就了解了。其实如果口是为说话才用得着的一种东西，那么大牛、小鸟全有口，大的口已经有那么大，说"大话"也够了，为什么既不去做官，又不能去演讲呢？并且说"小话"，小鸟也永远赶不上人。这些事在大牛伯的见解下，是不会错的。

　　在沉默中他们彼此才能互相了解，这是一定的，如今的大牛伯和他的小牛，友谊就成立在这种无言中。这时那牛一句话不说，也不呻唤，也不嚷痛，也不说"请老爷赏一点药或补几个药钱"。（如果是

看到牛一瘸一拐地向前奔时，心中到底不能节制自己的悲悯，觉得自己做事有点任性，不该随意那么一下了。

人，他必定有这样正当的于自己有利益的要求。)这牛并且还不说"我要报仇，非报仇不可"那样恐吓主人的话语，就是态度也缺少这种仿佛切齿的不平。它只是仍然照老规矩做事，十分忠实地用力拖犁，使土块翻起。它嗅着新土的清香气息。它的努力在另一些方法上使主人感到了。它努力喘着气，因为脚跟痛苦，走时没有平时灵便，但它一个字不说，它"喘气"却不"叹气"。到后大牛伯的心完全软了。——懂得它一切，了解它，完全不必靠那只供聪明人装饰自己的言语。

不过大牛伯心一软，话也说不出了。他如说"朋友，这是我错"，也许那牛还疑心这是谎话。这谎话一则是想用言语把过错除去，二则是谎它再发狠做事。人与人是常常有这样事情的，并不止牛可以这样多疑。他若说"已经打过了，也无办法。我是主人，虽然是我的任性，也多半是你服务不十分尽力。我们如今功过两抵，以后好好生活吧"，这样说，牛若听得懂他的话，牛也不甘心的。因为它常常自信已尽过了所能尽的力，一点不敢怠惰，至于报酬，又并不争论；主人假若还有人心，自己就不至于挨一梆槌！并且用家伙殴打，用言语抚慰，这样事别的不能证明，只恰恰证明了人类做主子的不老实罢了。他们会说话，用言语装饰自己的道德仁慈，又用言语作惠，虽惠不费。如今的小牛正因为主人一句话不说，不引咎自责，不辩解，也不假托这事是吃醉了酒以后发生的不幸，明白了主人心情的。有些人还常常用"醉酒"这样字眼做过一切岂有此理的坏事，他只是一句话不说，仍然同牛在田中来回地走，仍然嘘嘘地督促到它转弯，仍然用鞭敲打牛背。但他昨天所做的事使他羞惭，特别地用力推犁，又特别表示在他那照例的鞭子上。他不说这罪过归谁，想明白这责任，他只是处处看出了它的痛苦，而同时又看到天气。"我本来愿意让你休息，全是因为下半年的生活，才不能不做事！"这种情形他不说话也被他的牛看出了的。他们真的已讲和了。

犁了一块田，他同那牛停顿在一个地方，释了牛背上的轭，他

他不说这罪过归谁,想明白这责任,他只是处处看出了它的痛苦,而同时又看到天气。

才说话。

他说:"我这人真是老糊涂了,人老了就要做蠢事。我想你玩半天,养息一会,就会好的。你说是不是?"小牛别无意见可说,望着天上,天空头上正有只喜鹊飞过去。

他就让牛在有水草的沟边去玩,吃草饮水,自己坐到犁上想心事。他的的确确是打量他的牛明天就会全好了的。他还没有把荞麦下田，就计算到新荞麦上市的价钱。他又计算到别的一些事情，说起来全都近于很平常的。他打火镰吸烟，一面吸烟一面看天。天蓝得怕人，高深无底，白云散布四方，白日炙人背上如春天。这时是九月，去真的春天还远。

那只牛，在水边站了一会。水很清冷，草是枯草。它脚有苦痛，工作疲倦了。这忠厚动物，它到后躺在斜坡下坪中睡了，被太阳晒着，非常舒服地做了梦。梦到大爹穿上新衣，它自己角上却缠了一幅红巾，两个大步地从迎春的寨里走出，预备回家。这是一只牛所能做的最光荣的好梦。因为这梦，不消说它就把一切过去的事全忘了，把脚上的痛处也忘了。

正午，山上寨子有鸡叫了，大牛伯牵他的牛回家。

回家时，它看到它主人似乎很忧愁，明白是它走路的跛足所致。它曾小心地守着老规矩好好走路，它希望它的脚快好，就是让凶恶粗暴不讲理的兽医揉搓一阵也很愿意。

他呢，的确是有点忧愁！就因为那牛休息时，侧身睡到草坪里，他看到它那一只被木榔槌所敲打过的腿时时挛缩着，似乎不是一天两日就会转好。又看到犁同那牛合作所犁过的田，新翻起的土壤如开花，于是为一种不敢十分去猜想的未来事吓呆了，"万一……？"那么，荞麦价和自己不相干了，一切都将不和自己相干了。

他在回家的路上，看到小牛的步伐，想到的事完全是麦价以外的事。究竟是些什么，他是不敢明确的。总而言之，万一就这样了，那么，他同他的事业就全完了。这就像赌输了钱一样，同天打赌，好的命运属于天，人无分，输了，一切也应当完事。假若这样说吧，就是这牛因为这脚无意中一榔槌，从此跛了，医不好了，除了做菜或做牛肉干，切成三斤五斤一块，用棕绳挂到灶头去熏，要用时再从灶头取下切细加辣子炒吃，没有别的意义，那么，大牛伯也

牛　335

得……因为牛一死，他什么都完了。

把牛系到院中木桩旁，到箩筐里去取红薯拌饭煮时的大牛伯，心上的阴影还是先前一样。

到后，抓了些米头子撒在院中喂鸡，望到那牛又睡下去把那后脚缩短，大牛伯心上阴影更厚了一层。

吃过了中饭，他就到两里外场集上去找甲长。甲长是本地方小官，也是本地方牛医。甲长如许多名医一样，显出非常忙迫而实在又无什么事情的样子。他们老早就相熟的。

把牛系到院中木桩旁，到箩筐里去取红薯拌饭煮时的大牛伯，心上的阴影还是先前一样。

他先开口说话："甲长，我牛脚出了毛病。"

甲长说："这是脚癣，拿点药去一擦就好。"

他说："不是的。"

"你怎么知道不是，近来患脚癣的极多，今天有两个桑溪人的牛都有脚癣。"

"不是癣，是搞伤了的。"

"我有伤药。"这甲长意思是，大凡是脚，不问是牛是人，只有一种伤，就是碰了石头扭了筋，他的伤药也就是为这一种伤所配合的。

大牛伯到后才说这是他用木榔槌打了一下的结果。

他这样接着说：

"……我恐怕那么一下太重了。今天早上这东西就对我哭，好像要我让它放工一天。我的哥，你说怎么办得到？天雨是为方便我们穷人落的。天上出日头，也是方便我们。田不在这几天耕完，我们还有什么时候？我仍然扯了它去。一个上半天，我用的力气还比它多。可是它实在不行了，睡到草坪内，样子很苦。它像怕我要丢了它，见我不作声，神气很忧愁。我明白这大眼睛所想说的话和所有的心事。"

甲长答应同他到村里去看看那小牛，到将要出门，别处有人送"鸡毛文书"来了，说县里有军队过境，要办招待筹款，召集甲长会议，即刻就到会。

这甲长一面用一个乡绅的派头骂娘，"办你个妈的鬼招待，总是招待！"一面换青泰西缎马褂，喊人备马，喊人为衙门人办点心，忙得不亦乐乎。大牛伯叹了一口气，一人回了家。

回到家来他望着那牛，那牛也望着他，两位真正讲了和，两位似乎都知道这脚不是一两天可好的事了。在自己认错中，大牛伯又小心地扳了一回牛脚，检查那伤处，用了一些在五月初五挖来的草药（这是平时给人揉跌打损伤的），敷在牛脚上去，小心把布片包好。小牛像很懂事，规规矩矩尽主人处理，又规规矩矩回牛栏里去睡。

晚上听到牛吃草声音，大牛伯拿了灯照过好几次，这牛明白主人是因为它的缘故晚睡的。每遇到大牛伯把一个圆大的头同一盏桐油灯从栅栏边伸进时，总睁大了眼睛望它主人。

他从不问它"好了么？"或"吃亏么？"那一类话，它也不告他"这不要紧"或"我请你放心"那类话。他们的互相了解不在言语，而他们却是真真很了解的。

这夜里牛也有很多心事，它明白他们的关系。他用它帮助，所以同它生活；但一到了他看出不能用到它的出力时候，它就将让另外一种人牵去了。它还不很清楚牵去了以后将做什么用途，不过间或听

回到家来他望着那牛,那牛也望着他,两位真正讲了和,两位似乎都知道这脚不是一两天可好的事了。

到主人在愤怒中说"发瘟的""做牺牲的""到屠户手上去吧"这一类很奇怪的话语时,总隐隐约约看得出只要一和主人离开,情形就有点不妥,所得的痛苦恐怕就不止是诅骂同鞭打了。为了这不可知的未来,它如许多人一样,对这问题也很想了一些时间,譬若逃走离开那屠户,或用角触那凶人,同他拼命,又或者……它只不会许愿,因为许愿是人才懂这个事,并且凡是许愿求天保佑,多说在灾难过去幸福临门时,杀一只牛或杀猪杀羊,至少必须一只鸡;假如人没有东西可许(如这一只牛,却什么也没有是它自己的,只除了不值价的从身上取出的精力),那么天也不会保佑这类人的。

这牛迷迷糊糊时就又做梦,梦到它能拖了三具犁铧飞跑,上山下田，犁所到处土地翻起如波浪。主人正站在耕过的田里，膝以下全被松土所掩，张口大笑。当这可怜的牛做着这样的荒唐好梦时，那大牛伯也同样正做着好梦。他正梦到用四床大晒谷簟铺在坪里，晒簟上新荞堆高如小山，抓了一把褐色荞子向太阳下照，荞子在手上闪放乌金光泽。那荞子就是今年的收成，放在坪里过斛上仓，竹筹码还是从甲长处借来的，一大捆丢到地下，哗地响了一声。而那参预这收成的功臣——那只小牛，两角间就披了红，站在身边。他于是向它说话，神气如对多年老友。他说："朋友，今年我们好了。我们可以把围墙打一新的了；我们可以换两扇腰门了；我们可以把坪坝栽一点葡萄了；我们……"他全是用"我们"的字眼，因为必须承认这一家的兴起，那牛也有分，或者是光荣，或者是实际。他于是俨然望到那牛仍然如平时样子，水汪汪的眼睛中写得有四个大字，"完全同意"。

好梦是生活的仇敌，是神给人的一种嘲弄，所以到大牛伯醒来，他比起没有做梦的平时更多不平。他第一先明白了荞麦还不上仓，其次就记起那用眼睛说"完全同意"的牛是还在栏中受苦了。天还不曾亮，就又点了灯到栏中去探望那"伙计"。他如做梦一样，喊那牛作"伙计"，问它上了药是不是好了一点。牛不作声，因为它不能说它正做了什么梦。它很悲戚地看着主人，且记起了平常日子的规矩，想站起身来，跟随主人出栏。

它站起走了两步，他看它还是那样瘸跛，噗地把灯吹熄，叹了一口气，走向房里躺在床上了。

他们都在各自流泪。他们都看出梦中的情形是无希望的神迹了，对于生存，有一种悲痛在心。

到了平时下田的早上，大牛伯却在官路上走，因为打听得十里远近的得虎营有个师傅会治牛病，特意换了一件衣，用红纸封了两

因为打听得十里远近的得虎营有个师傅会治牛病,特意换了一件衣,用红纸封了两百钱,预备到那营寨去请牛医为家中伙计看病。

百钱,预备到那营寨去请牛医为家中伙计看病。到了那里被狗吓了一阵,师傅又不凑巧出去了。问明白了不久会回家,他想这没有办法,就坐到寨子外面大青树下等待。在那大青树下就望到别人翻过的田,八十亩、一百亩,全在眼前炫耀。等了好半天,那师傅才回家,会了面,问起情形,这师傅也一口咬定是牛癀。

大牛伯说:"不是,我的哥。是我那一下分量稍重了点,或打断了筋。"

"那是伤转癀,我打包票,拿这药去就行。"

大牛伯心想:"癀药我家还少?要走十里路来讨这鬼东西!"把嘴一瘪,做了一个可笑的表情。

说也奇怪,先是说得十分认真了,决不能因为这点点小事走十里路。到后大牛伯忽然想透了,明白一定是嫌包封太轻了,答应了包好另酬制钱一串。这医生心中活动,不久就同大牛伯在官路上奔走,取道回桑溪了。

这名医与大城中名医并不两样,有名医的排场。到了家,先喝酒取暖,吃点心饭。饭用过后,剔完牙齿,又吃一会烟,才要主人把牛牵到坪中来,把衣袖卷到肘上,从个竹筒中倒出几支银针。拿了针,由帮手把牛脚扳举,才略微用手按了按伤处,看看牛的舌头同耳朵。因为要说话,他就照例对于主人的冒失,加以一种责难。说是这地方怎么能狠心乱打?东西打狠了是不行的。又对主人随便把治人伤药用到牛脚上,认为是一种将来不可大意的事情。到后才在牛脚上随意扎了那么几针,把一些药用口嚼烂,敷到针扎处,包了杉木皮,说是"过三天包好"的话,嘱帮手把那预许的一串白铜制钱扛到肩上,游方僧那么从容摇摆去了。

把师傅送走,站在门外边,一个卖片糖的本乡人从那门前大路下过身,看到了大牛伯在坎上门前站,就关照说:

"大牛伯,大牛伯,今天场上有好嫩牛肉,知道了没有?"

"呸,见你的鬼!"他吐了一口沫,这样轻轻地回答了那好意关照他的卖糖人,走进大门訇地把门关了。

他愿意信仰那师傅,所以想起师傅索取制钱时一点不勉强地就把钱给了。但望到从官路上匆匆走去的那师傅背影,尤其是那在帮手肩上的一串制钱,他有点对于这师傅本领怀疑,且像自己是又做错了件事情,不下于打那小牛一榔槌了,就不免懊悔起来。他以为就是这么随便两针,也值一串二百钱、一顿点心,这显然是一种欺骗,为天所不许的。自己性急所以又上当了。那时就正有点生气,到后又为卖糖人喊他买"牛肉",简直是有意暗示,更不高兴了。走进门见小牛睡在坪里,就大声辱骂:"明天杀了你吃,清炖红焖一大锅,看你脚会好不好!"

那牛正因为被师傅扎了几针,敷了药,那只脚疼痛不过,全身见寒见热。听到主人这样气愤愤地骂它,睁了眼看见大牛伯样子,心里很难过,又想哭哭。大牛伯一见情形,才觉得自己仍然做错了事,不该说这气话了。就坐到院坪中石碌碡上,一句话不说,背对太阳,尽太阳烤炙肩背。天气正是适宜于耕田的天气,他想同谁去借牛,把其余的几亩地土翻松一下,好趁早落种,想不出当这样时节谁家有可借的牛。

过了一会,他不能节制自己,又骂出怪话来了,他向那牛表示态度:

"你撒娇,就是三只脚,你也要做事!"

它有什么可说呢?它并不是故意。它从不知道"牛"有理由可以在当忙的日子中休息,而这休息还是"借故"。天气这样好,它何尝不欢喜到田里去玩玩;它何尝不想为主人多尽一点力,直到了那粮食满屋满仓、"完全同意"的日子。就是如今脚不行了,它何尝又说过"我不做""我要休息"一类话。不过主人的生气,它也能原谅。因为这不比其他人的无理由胡闹。可是它有什么可说呢?它能说"打包票,我明天就好"吗?它能说"不相信,我们这时就去"吗?它既没有说过"我要休息",当然也不必来说"我可以不休息"了。

它一切尽老爹,这是它始终一贯的性格。这时节主人如果把犁扛出,它仍然会跟了主人下田,开始做工,无一点不快乐神气,无一点不耐烦。

可是说过歹要工作的大牛伯,到后又来摸它的耳朵,摸它的眼,摸它的脸颊了。主人并不是成心想诅咒它入地狱、下油锅,他正因为不愿意它和他分手,把它交给一个屠户,才有这样生气发怒的时候!它所以始终不说一句话,也就是能理解大牛伯平时在它身上所做的好梦。它明白它的责任。它还料想得到,再过三天脚不能复元,主人脾气忽然转成暴躁非凡,也是自然应当的事。

当大牛伯走到屋里去找取镰刀削犁把上小木栓时,它曾悄悄地独自在院里绕了圈走动,试试可不可以如平常样子。可怜的东西,它原是同世界上有些"人"一样,不惯于在好天气下休息赋闲的。只是这一点,大牛伯却缺少理解这伙计的心。他并没有想到它还为这怠工事情难过,因为做主人的照例不能体会到做工的人畜。

大牛伯削了一些木栓,在大坪中生气似的敲打了一阵犁头,想

"老八,把你牛借我两三天,我送你两斗麦子。"主人说:"大牛伯伯,你帮我想法借借牛吧。我正要找你去,我愿意出四斗麦子。"

"老爹,你谎我。田耕完了就借我用用。你家那个小黄,用木榔槌在背脊骨上打一百下也不会害病!"

了想纵然伙计三天会好,也不能尽这三天空闲,因为好的天气是不比印子钱,可以用息金借来的,并且许愿也不容易得到好天气。所以心上活动了一阵,就走到上四堡去借牛。他估定了有三处可以说话,有一处最可靠。有了牛,他在夜间也得把那片田土马上耕好。

他就到了第一个有牛的熟人家去,向主人开口。

"老八,把你牛借我两三天,我送你两斗麦子。"

主人说:"大牛伯伯,你帮我想法借借牛吧。我正要找你去,我愿意出四斗麦子。"

"那我也出四斗。"

"怎么？你牛不是好好的么？"

"有癣呃。……"

"哪会有癣？"

"请牛医看过了，花了一串制钱。"

主人知道大牛伯的牛很健壮，平素又料理得极好，就反问他究竟为什么事缺少牛用。没有把牛借到的牛伯，自然仍得一五一十地把伙计如何被自己一榔槌的故事学学。他在叙述这故事中，不缺少自怨自艾的神气。可是用"追悔"是补不来"过失"的。没有话可说，就转到第二家去。

见到主人，主人先就开口，问他是不是把田已经耕完。他告主人牛生了病，不能做事。主人说：

"老爹，你谎我。田耕完了就借我用用。你家那个小黄，用木榔槌在背脊骨上打一百下也不会害病！"

"打一百下？是呀，若是我在它背脊骨上打一百下，它仍然会为我好好做事。"

"打一千下也不会……是呀，也挨得起。我算定你是捶不坏牛的。"

"打一千下？是呀，……"

"打两千下也不至于。"

"打两千下？是呀，……"

说到这里两人都笑了，因为他们在这闲话上随意能够提出一种蛮大数目，且在这数目上得到一点仿佛是近于"银钱""大麦的斛数"那种意味。他到后就告给了主人，还只打"一下"，牛就不能行动自然了。主人还不相信，他才再来解释打的地方不是背脊，却是后脚弯。本意是来借牛，结果还是说一阵空话了事。主人的牛虽不病，可是无空闲，也正在各处设法借牛趁天气好赶天气。

它有点讨厌他们，尤其是其中一个年青一点的人，竟说"它的病莫非是假装"那些坏话……

待到第三处熟人家，就是牛伯以为最可靠的一家去时，天色已夜了，主人不在家，下了田还没回来。问那家的女人，才明白主人花了一斛麦子，向长宁哨保总家借了一只牛，连同家中那只牛在田中翻土，到晚还不能即回。

转到家中，大牛伯把伙计的脚检查检查，又想解开药包看看。若不是因为小牛有主张，表示不要看的意思，日来的药金恐等于白费了。

各处无牛可借，自己的牛又实在不能做事，这汉子无办法，到夜里还走到附近庄子里去请帮工，用人力拖犁，说了很长的时候，才把人工约定。工人答应了明早天一亮就下田。一共雇妥了两个人，加上自己，三个人的气力虽仍然不及一只小牛，但总可以趁天气把土翻好了。牛伯高高兴兴地回了家，喝了一小葫芦水酒，规规矩矩用着一个虽吃酒却不闹事的醉人姿态，横睡到床上；根据了田已可以下种一个理由，就糊糊涂涂做了一晚好梦。半夜那伙计睡不着，以为主人必定还是会忽然把一个大头同灯盏从栅栏外伸进来，谁知天亮了后，有人喊主人名字，主人还不曾醒。

三个人，两个人在前一个人在后耕了半天田，小牛却站在田塍上吃草眺望好景致。它那情形正像小孩子因牙痛不上学的情形，望到其他学生背书，费大力气，自己才明白做学生真不容易。不过往日轮到它头上的工作，只要伤处一复元，也仍然免不了要照常接受。

在几个人合作耕田时，牛伯在后面推犁，见到伙计站在太阳下的寂寞，顺口逗牛说："朋友，你也来一角吧。"若果这不是笑话，它也绝不会推辞这个提议。但是主人因为想起昨天放在医生的手背上那一串放光的制钱，所以不能不尽小牛玩了。

不过一事不做，任意地玩、吃草、喝水、睡卧，毫无拘束在日光下享福，这小牛还是心里很难受。因为两个工人在拉犁时，就一面谈到杀牛卖肉的事情。他们竟完全不为站在面前的小牛设想。他们说跛脚牛如何只适宜于吃肉的理由，又说牛皮制靴做皮箱的话。这些坏人且口口声声说只有小牛肚可以下酒，小牛肉风干以后容易煨烂，小牛皮做的抱兜佩带舒服。这些人口中说的话，是无心还是有意，在小牛听来是分不清楚的。它有点讨厌他们，尤其是其中一个年青一点的人，竟说"它的病莫非是假装"那些坏话，有破坏主人对牛友谊的阴谋，虽然主人不会为这话动摇，可是这人心怀不良是无疑了。

到了晚上，大家回家了，当主人用灯照到它时，这小牛就依然在它那水汪汪的大眼睛上，解释了自己的意思。它像是在诉说："大爹，我明天好了，把那花钱雇来的两个工人打发去了吧。我听不惯他们的讥诮和侮辱。我愿意多花点气力把田地赶出。你放心，我一定不

小牛居然很自然地同主人在一块未完事的田中翻土了，是四天以后的事。

让好天气带来的好运气分给了一切人，你却独独无分。"

主人是懂这样意思的，因为他不久就对牛说话了，他说：

"朋友，是的，你会很快地就好了的。医生说你至多三天就好。下田还是我们两个做配手好，我们赶快把那点地皮翻好，就下种。因为你的脚不方便，我请他们来帮忙。你瞧，我花了钱还是只耕得一点点。他们哪里有你的气力？他们做工的人，近来脾气全放纵坏了，一点旧道德也不用了，他们做的事情，当不到你做的一半，却向我要钱用，要酒喝，还有理由到别处去说：'我今天为桑溪大牛伯把我当牛耕了一天田，因为吃饭的缘故，我不得不做事。可是现在腰也发疼了，只差比牛少挨一鞭子。'这话是免不了要说的，我实在没有办法，才要他们帮忙！"

它想说："我愿意明天就好，因为我不欢喜那向你要钱要酒饭的汉子。他们的心术都不很好。"主人不等它说先就很懂了。主人离开栅栏时，就肯定而又大声说道："我恨他们，一天花了我许多钱，还说小牛皮做抱兜合适，真是强盗！"

小牛居然很自然地同主人在一块未完事的田中翻土了，是四天以后的事。好天气还像是单为牛伯一个人幸福的缘故而保留到桑溪。他们大约再有两天就可以完事了。牛伯因为体恤到伙计的病脚，不敢悭吝自己气力；小牛也因为顾虑到主人的缘故，特别用力气只向前奔。他们一天耕的田比用工人两倍还多。

于是乎回到了家中，两位又有理由做那快乐幸福的梦了。牛伯为自己的梦也惊讶了，因为他梦到牛栏里有四只牛，有两只是花牛，生长得似乎比伙计更其体面。第二天一早起来，他就走到栏边去看，且大声地告给"伙计"说："朋友，你应当有个伴才是事。我们到十二月再看吧。"

伙计想十二月还有些日子，就点点头："好，十二月吧。"

到了十二月，荡里所有的牛全被衙门征发到一个不可知的地方去了，大牛伯只有成天到保长家去探讯一件事可做。顺眼无意中望到弃在自己屋角的木榔槌，就后悔为什么不重重地一下把那畜生的脚打断。

原载一九二九年《新月》
一九五七年三月校

船到了，船上人从跳板上走到岸旁小板屋中去歇憩，便中吸烟吃茶打盹，休息半天，换了回票，就又动手装石子。

石子船

在名叫康村的河岸边,停下了空篷船一只。

村中产石,把石块运到××市去,这石便成为绅士们晚饭后散步的光滑的街道了。在街上,散步的人,身穿柔软衣服,态度从容,颜色和气,各式各样全备,然而是没有一种人能从这坚硬闪光的石路上,想到这街石的来处的。产石的康村,每天总有若干较他种船只显着笨重的石子船泊岸,船到了,船上人从跳板上走到岸旁小板屋中去歇憩,便中吸烟吃茶打盹,休息半天,换了回票,就又动手装石子。康村本来是荒山,因××市发达,需石子筑路,不知被谁所发现后,成天派船来运石子,所以到近来已成为小小市镇了。

凡是来到这里的石子船,船上大致是这样人数:一个梢公,驶行时,管舵;船停了,守船,这是主人的事。一个拦头,驶行时,照料前面碰头,用篙点避开危险,下碇时,把锚推下水去,抵岸时,系缆绳,用凤致不同的式样打缆绳结。此外是散弟兄。散弟兄三个或五个,所做的事是收拾舱面一切,放篷时放篷,摇橹时摇橹,船停到康村了,从山上运石子上船,船停到××市,把石子从船上运下,放到××市的码头边。一船的行动,生财的支配,皆为船主的事。至于散伙诸人,只吃粗糙的饭,做枯燥的事,有了钱就赌博,在一点点数目上做着勇敢的牺牲。船开动了，为了抵地后可以得一顿肉吃，就格外诚心地盼望早到，间或还做着极其可笑的梦，水面上风清月白时，忘了日晒雨淋的苦，就唱着简单的歌，安慰着自己生活的凄凉而已。

这船在××河上已走过六十余次了。每次时间是七天，这七天只三天船上人无价值的精力是消磨在水面，有两天是运石子上船，有两天是把石子从船运上岸。因为契约的前订，××市建设的工程，随了时代而发展，有不能缓一日的趋势，所以这船也如其他人所有的石子船一样，船主不能尽在时间耽误上担负权利的损失，六十余次的转运，只有两次多延长时间一天。船主的认真，把散伙生活更拘束成一种机械。然而这些无用的愚蠢的东西，再机械一点有什么关系？究竟因为这样，××市柏油石子路一天比一天多了。

这船如今是六十四次到康村的岸边了。因为一种方便，这船泊碇处是去康村的市街较远离产石的山坡较近那岸边。船是空船，船抵了岸，那拦头的汉子就第一个先跳上了岸，他把船系定了，坐到树荫。其他五个散伙也陆续上岸到树荫下坐定了。船上只余下梢公一人，整理绳索，那梢公低了头做他自己的事，他一面想到××市上所听到的消息。他曾从一个在警务处的服务人方面，得到一种传闻，是康村中有××党的谣言。他平日没有看报，没有同军界中人往来，不知道康村这小地方为什么也有这些人来的缘故。至于他所知道的××党呢，他恰恰如一般人所知道的一样，是"公妻共产"。他没有妻，对于这事倒不害怕；只是产业，几年来，船上辛苦所得，他用两个坛子装好，全把它存到一个老姑母处，他因为有这点钱，所以变成"政府党"，莫名其妙对于××党觉得感到憎恨了。

那拦头水手是他的一个远亲，一个姑母的外孙，人太年青了，他上了岸，因为快乐，这时正想爬到树上去。

"八牛，下来，我有话说。"

那小子只在树上吹哨子。

"八牛,下来,有话告你!"

"哪样事?"他这样不高兴地问着,因为他正听到远处唱摇船歌,且听到山上敲石子丁丁声音。

"来!"这字近于压迫,显然命令,不来不行了,八牛就乖乖地答应:

"我来。"

他就下树,如一个猴子,快捷无比。下了树,他并脚跳着上船。

这时几个散伙已经把树荫下大青石板作为战场,开始在那里赌博了。船主钩腰不看岸,只听到岸上一个散伙声音说道:

"……你真要做××党了。"

这时几个散伙已经把树荫下大青石板作为战场,开始在那里赌博了。

喜保人如其名，有一个于世无侮的脸，同时有一个在各种事情工作上皆不缺少兴味的心。

又一个声音说：

"枪毙你这××党。"

又一个声音说：

"……"

近来的撑船人知识是进步多了，别的是不可知的事，至于把××党名词，说得极其顺口，或比譬着笑骂那赢了钱的同伴，或用这字句象征那不出钱而到别处喝了白酒的同伴的故事，是已经像说"猪头""财神""癞蛤蟆"那样自然顺口了。船主人从前听到这声音，并不动心，好像是这些名词与自己无关系存在，其无意义也等于说袁世凯登基坐朝，冯玉祥过俄国搬兵一样，总不是自己的事。然而到了近来,并且又到了据说已经有了××党的康村,而且自己是正感到无法处置自己历年居积下来的一点钱的时节,这些话,自然不免有点惊心动魄了。因为一面是还觉得自己是主人,一个主人心境为用人扰乱时有生一点小气的理由,他就提着一个名叫喜保的名字,说是不许赌钱,快点到山上厂里去看看,看管事在不在厂,因为船已抵地,得把票领来,明早好装石子上船。

喜保人如其名,有一个于世无侮的脸,同时有一个在各种事情工作上皆不缺少兴味的心。关于领票换票,这事情在平时是应当喜保去做的。但当到把每一次所支得一点点工钱,全数倾到押宝的一事上去时,人就脾气稍稍不同,应当做的事也有不做的时候,而且在懒惰之外见出一点反抗精神来了。

如今的喜保就正是输了。他正用着可笑的结舌,詈着另一个同伴,而"××党"这种字句也就出诸这天真的汉子的口中。他听到船主说话,却全不理会。他手边还有最后的五十文铜子一枚,捏在手心,预备作孤注一掷。船主知道这人是输了,因为不输就不说野话,船主说:

"上厂里去,把你钱留到口袋里一会儿,不算罪过!"

被差遣的人呢,头也不回,本来是听见了,然而装痴,仿佛全心注意到宝上。这样一来,主人对于这船伙感到有点革命意味的空气了。他不能在言语上发挥,正理着船篷的绳,就用力地打了一个结。八牛这时站在这船主身边了。

"大舅舅,什么事?"

他本来想有话同八牛说,因为喊喜保不应,心里更乱,说不出什么话了。他望到八牛的脸,望了一会,一句话不说,就又胡乱把船篷绳打了一结。

树荫下的喜保,这时节,最后一枚铜子又送掉了,大声地骂作赌具的那个白铜制钱,骂了一句"肏三代你娘!"他不再在那群里呆，一面扯脱裤子前裆落落大方地撒着尿，一二三四走上跳板回到船的前舱了。

　　船主望到这孩子，知道是铜钱输光了，他感到好笑，像很快活。

　　"你运气不行，不听菩萨的签上话，该输。"

　　"我肏他三代那鬼钱。"喜保一面摸火镰敲火，一面从船沿走到后梢来，只听到岸上又一个人这样嚷着，觉得有了同志就笑了。

　　八牛问他："光了么？"

　　"罄罄干，光打光——老板借我点钱，好扳本。"

　　老板这时也装不听见，自己做事，理绳子，用水湿绳的一端，缚到桩上去。他过了一会，才斜斜睨着这输干了工钱的汉子，说："到厂里去吧，回头说。"

　　无可奈何似的露着灰败的脸色，摇摇荡荡走上跳板，喜保走了。革命告一段落。中年船主记起了同八牛要说的话，他要他守船，他因为自己想到蒲苇村走走。蒲苇村去康村是五里，路并不远，那里有船主两坛袁世凯头的现洋在老姑母床下土中埋着，他放心不下，得去望望这财宝同看守这财宝的老人，所以吩咐八牛守船，等候喜保回来就换换石子收单，自己则就便还可以到蒲苇村带点牛肉回来，作为喝酒的东西。

　　八牛诺诺地答应着，但同时要一点钱，说有用处。这汉子因为年纪不大，钱是不在自己手上的，平时是工钱全由船主交把他亲娘或外祖母手里，所得也不多。这时借守船责任，所以开口向船主要一点钱，他实在是见到岸上热闹心有点痒。

　　"你不许赌！"

　　"我不是赌。"

　　"什么用处？"

　　"有用！"

　　"不许赌钱，你一定是要赌！"这中年人是看透八牛小子的心

"为甚我应当有的不把我呢？"说话的八牛，虽有不平的神气，然而音调软弱，完全是类乎小孩子放赖的意思。

了。因为这样，八牛就有点不平，所以回答：

"我说你不信，你这人！"

平时做长辈兼主人的他，听到这话又觉得与习惯不同了，他低下头想了一会，想这真是要革命了，没有手段可不行了，他忽昂起头来，很沉重地说道：

"没有钱。"

"为甚我应当有的不把我呢？"

说话的八牛，虽有不平的神气，然而音调软弱，完全是类乎小孩子放赖的意思，但在今天的船主听来，总觉得这是近于受××党人的煽动起了革命一样,看起来自己前途真好像极其黯淡了。他听到八牛说要明白不把钱的理由,他在计划策略,他不作答,游移了一会,却用家长的语气说道:

"八牛,你是大人了,应当懂事。"

"你送我一块钱才行。"

"这样多有什么用?"

"这是我的。"

他好像这话完全不是从八牛口中说出,他就很诧异地望着八牛的脸:"是你的放到我身边不稳当么?"

事情是真像很奇怪的,今天的八牛,性质似乎变了,他仍然顽固地说:

"我要。"

"到明天我全把你也可以,这时拿可不行。"

"什么不行?"

他是完全失败了。凡是到质问请求明白理由,都可以说是革命的酝酿,他这时想到说不定这人将来就会谋害他,抢掠他的积蓄,实行共产,于是他一语不发,惨然地坐到舵把上,过了一会,从板带中掏出一块洋钱,捏到手中,交给面前的八牛了。

送了钱,他要去蒲苇村本来就可以走了,但他不走。他想起了什么事,他暂时不上岸,像是把去蒲苇村的事情已经忘记了。他望到天空,又看着那一群蹲在树荫下面的将来可以成为杀人放火的汉子,就轻轻地叹气。因为他似乎隐隐约约知道凡是有××党到的地方,做工的全不做工,安分的全不安分,到那时节,做主人的就完全遭殃,一切糟糕,不待言了。

因为静,他于是也听到山上打岩的声音了,他糊糊涂涂地想:

……八八六十四,烧饼歌说大家都起来。大家起来打洋人。帝国主义打倒了,马路也不要了,船钱不算数,倒找三十一元……

他只糊糊涂涂地想,心上似乎生了一点气,又无从向谁发作。

得了钱的八牛,说是不赌博,本来就全因为赌才一定要钱。如今见船主无上岸意思,又不敢上岸去参加,又不敢到市街上去玩,这钱在手心捏出了汗,他还不知要怎么办,也就觉着无聊了。这时又听到岸上人喊嚷:

"× 你妈的产!"

这是一个赢了许多钱的庄家,忽然在一次孤注上钱被众人瓜分了,因此大家很得意地呼喊着。那庄家,不到一会,就垂头丧气从跳

他望到天空,又看着那一群蹲在树荫下面的将来可以成为杀人放火的汉子,就轻轻地叹气。

板上走上船了。

八牛轻轻地向那输了钱的伙计问话:

"四哥,怎么回事?"

"被打倒了。"

"扳不扳本呢?"

"命运不济。"

"我这里有。"他于是做着不让船主知道的神气,把一块热巴巴的洋钱交给了这个人,好像只要这钱可以作注,自己也就得到赌博的意味了。有了接济的船伙之一,忽然壮大了胆,不久就又挨入了赌徒的叫嚣中去了,这一切一切船主都望得分明,他不作声。

有了接济的船伙之一,忽然壮大了胆,不久就又挨入了赌徒的叫嚣中去了,这一切一切船主都望得分明,他不作声。

八牛见船主不走，明白这是因为要钱，所以心中不愉快了，他既已把钱借给了他人，就也不表示软弱，他也不上岸，只坐在船沿上洗脚。他把一只脚垂到水里去，头上是中秋天气的太阳，这人在大六月白热太阳下尚能做工行船，这时头上的太阳自然全不在乎了。

船主望到这年青汉子，把钱交把另一船伙，又目击上岸的人把洋钱在青石上试声音清浊，只是不作声。他心想到许多事情，许多在平时不必有的感想这时都奔到心上了。他因为无聊，又无事可做又不想走，就从尾梢跳到水中，水深及膝，从水中湿淋淋地走上了岸。他不愿去看那赌博事情，就一人走上高坎，坎上可以望远处，隐隐约约望得到蒲苇村的保卫团旗子，在风中动。

他不愿去看那赌博事情，就一人走上高坎，坎上可以望远处，隐隐约约望得到蒲苇村的保卫团旗子，在风中动。

八牛在船上，把下衣一脱，跳到水中，慢慢走向深水处去，汩起水来了。他将汩水过河，这河有四分之一里宽，水深有河身宽度五分之三，他慢慢地汩去，用脚拍水，用手爬，昂着头，他还能听远处唱歌的声音。不久他又从彼岸汩回了，像一天风云，把水洗净了，他在河中大声喊船主。

他喊他作舅舅，说：

"舅舅，你为什么不去蒲苇村看外婆？"

"……"这中年人望着水中的八牛，不作答。

八牛上了岸，光身爬上坎到树下船主身边来，他投降了。

"你哪去有事吧，我在这里看船。你哪去，我等。今天还早，听有鸡叫，刚半日哪。"这时听到赌博那一边又嚷起来了，把钱借得的一个汉子，扳了本，到八牛处退钱来了。八牛接了钱，仍然是先前那一元，他仍然交给了船主："舅舅你哪收下，我不要了。"

船主接了钱，暂时也不塞到板带中去。因为这钱重复退回，他的心稍稍活动了。他觉得就到蒲苇村去看看再说，重复到船上，把一些从××市上买来的东西，为老姑母捎去，他戴了一顶草帽，携了一个贮酒大葫芦，爬上岸一句话不说，沿河走去了。

他到了那姑母家中，那老人还正在做麻线，地下一堆小竹筒，一大团麻。老人面色如昔，家中光景全如往日，放心了。他于是把送来的东西取出，喝着老年人特为备置的野蜜茶，坐到堂房中大椅子上。这时来了两匹小花猪，哼哼唧唧走近身边来，像与他认识，把身子擦着椅脚无意离开。他又望了一下老年人气色，觉得在这里，与××党是无关系了，才安心再喝了一口茶，品出茶的香味来。

因为猪，他先同老年人谈××市的猪价。他只知道××市猪肉值钱，却不知道一只猪到××市去要上多少税。

"路上好！"

"平平安安，托老人家的福。"

"八牛好！"

"也托福。"

"他妈上前天还到这里来，告我说为他八牛看了亲，要他自己去去，是火窑场烧窑人女儿，十八岁，有三百吊私蓄。"

"是真事情吗？"

"怎么不真，人家好闺女，各样事在行，只有八牛这小子才配！"

船主想起先一时与八牛的冲突了，却问姑母：

"他妈在不在周溪？"

"这几天总在，她告我，三多有病，请了巫，还愿用了十三吊钱，仍然发烧发寒。菩萨不保佑人，无法子想。"

"你老人家听不听人说过康村有……"

"全知道这事！捉了两个，听说捉到城里就杀了。是好人家儿女，仍然杀了。他们排家去说：把你钱票交出来，把红契交出来，把借字交出来，好让我们放火烧。不交出，将来烧房子。这些人先是这样说，没有人听，到后兵来了，捉到团上去打得半死，再到后就杀了。……"

相去还只七天，地方就变动到这样，船主是料不到的。并且还只几天的事，自己还以为是知道这危险顶多的一个人，谁知如今听到这老人说到××党时，也就像很熟习这些事的本根，显然在每一个人心中，都有了一种动摇，再迟一月半月就会全变了。他于是乎来同老人商量处置这两坛子银钱的事。老人以为顶好不要挪动，事情就稳稳当当，不怕变动。然而他意思呢，没有决心，不知道将怎么办好。到这时，凡是一个有钱人的窘处他也尝到了。

谈了一阵没有结果，船主走到村中卖酒处去买那二百六的烧酒，拿了葫芦到卖酒处去，酒店恰恰关了门。他到另一个卖酒处买了五斤酒，拿回到姑母家中来，很诧异地说：

"怎么聚福关了门,也无人知道这事。"

"怎么,关门了吗?我的天!"

说着,这老年人眼睛就红了。因为她有三十七块钱存放在聚福处,平时谁也不告。她这时得到消息了,出乎船主意料,猛地放下手中麻线球,就跑到街上去了,这船主本跟她走到大门前,看这老年人要做些什么事,忽然一想,不走了。他目送那老年人匆匆地走去,尽那老年人影子消失到大树后了,就回身来到这老年人房中,伏到床下去,查看砖土痕迹,看他所留下的暗记有无变动。床下土霉气扑鼻,他也没有关心到。看过了,还是先前样子,站起身,两只手掌全是土花,他拍着土放了一口气,像做过一件大事,脸上汗也出了。这时听到远远地有人喊着自己的混名,声音又像是船伙的声音,他就走出门去,站到篱笆缺处打望。

当真是船伙之一,气急败坏地走来,来得急促竟像走过五里路,气也不曾换过一口,从斜篱笆处见到了船主的上身,远远地就大声说道:

"老板,快回去,死人了。"

他无目的地说:"死了么?"

那人就同样无目的地说:"完全死了。"

他听到死了人,也不问是谁死,为什么死去,就不顾一切,离了姑母的家,空手地跟了船伙向康村大路走去。到了半路,因为天气热,非到树荫下歇歇不成,所以脚步才慢了一点。到这时他记起死人的话了,他问船伙:

"什么事情?"

"洗澡。"

"谁?"

"八牛。淹到水里,半天不见起来,伙计下水去看,一只手揩到石罅,他摸鱼,石头咬他的手,一切完了。"

船主听完这话，又把心拉紧，本来已把一个卖甜酒的人，送来的一碗糟接过手喝了一口，把碗一放就又向康村跑去了。

一切显然是完全无望了，来去是十里！船主到了地，八牛的尸身，已为人从水中拖出，搁到了岸边的树下石板上了。尸用树叶垫着，尸旁围了一些人，那从厂上回来的喜保，腰边还插了一大把领石子的竹签，正蹲在八牛身旁施行手术倒水。然而船主一看，就知道已没有救了。他把眼光一一地望船伙，各船伙皆嗒然丧气，张口无语，赢了钱的呢，肚前的板带高肿走动时就听到钱的声音。他又走到船上去。他又走上岸。完全没有主意，只仿佛是做梦，因为水还是平

然而船主一看，就知道已没有救了。他把眼光一一地望船伙，各船伙皆嗒然丧气，张口无语……

时那样地流，太阳已拉斜，山上敲石子的声音带着石工唱歌声音，也并不同上半天情形两样。他痴痴地站到河边，就想起先前的事来了，想起要钱，不送钱，于是吵嘴，于是下水洗澡，于是……

他这才记起老姑母一旁挽麻，一旁说八牛的亲事，聚福倒了店，关了门，姑母的慌张，自己从床下爬出，听着喊他的声音，同样慌张地走来。

到了夜里，留一船伙守船，三个船伙丁字拐形式，用船上篷索，用扛石子的长扁担，把为破篷布裹身的死八牛抬到蒲苇村里去。喜保拿了一段废竹缆，点燃着当灯引路，船主携了一捆纸钱跟在后面走。大家沉默地成一队，不作一声，船主一面走路一面想这一天的事情，他不忘记最先是想到××觉作这悲剧的开始。

这船主，有两坛洋钱，一个得力的拦头的水手。洋钱是死东西，他担心这钱会终有一天要失去，还仍然睡在那里不动，却不料到太阳一落坡，就得把一个好好的活人送到蒲苇村去埋到土里。请想想，这突变怎样处置那死者的母亲同外祖母呢？不过说到这件事，自然是哭一阵罢了。乡下的妇人，眼泪容易流，也容易止，过一阵，自然就会慢慢地把这事情忘记，所以这里不再说及这事了。

因为这事情的发生，这船重复把石子装到××市交卸，误时了一天。在无论如何解释争持下，这船主还是被扣去洋三元，在八牛方面船主又损失了将近十元，这事情，就在这赔本意义上告了结束了。

船重到康村时，本来下了决心的船主，是要把这两坛银钱运到××市去的，但一拢岸就听到吹喇叭声音，康村住了兵，太平无事了。船泊到原处，船伙仍然上岸去赌钱，这船主，就坐到后梢看水流。河水汤汤地流去，仿佛水中有八牛在快乐天真地拍水游泳，日头落山，天气慢慢夜了下来，升了拦头的喜保，把湿柴放到锅灶里去，侧脸吹着火，烟子成缕往上窜，又即刻被风吹散浮到河面如奶色的雾。船主觉到凄凉，第一次做着孩子的行为，上次没有流过泪的

河水汤汤地流去,仿佛水中有八牛在快乐天真地拍水游泳,日头落山,天气慢慢夜了下来……

眼,如今却潮湿了。

伙计上船了,喜保向赢了钱的船伙之一,做着只有水手们才能做的打趣,说:

"把你赢了的钱买点纸烧给八牛,八牛保佑了你。"

这人吃过饭,就当真买了两斤纸钱放在岸上烧,大的红光照到水面,大家望到这火光都无言语。

原载一九三一年作者同名小说集《石子船》

神之再现

后记

湘西自古以来都是令诗人失魂落魄的地方。生于斯长于斯的沈从文先生一直深深地眷恋着这片土地。他说："我的作品稍稍异于同时代作家处，在一开始写作时，取材的侧重在写我的家乡"，"我虽离开了那条河流，我所写的故事，却多数是水边的故事。故事中我所满意的文章，常用船上水上作为背景。我故事中人物的性格，全为我在水边船上所见到的人物性格。"……先生给我们留下了一个谜一样的湘西世界，这世界是美的典范和极致。

可以说，湘西世界就是沈从文先生心灵的世界。他把他的思想与情感，他的爱憎和忧伤，都糅进了湘西的那几条河流中。他所呈现的湘西世界，深深地震撼着我们，感动着一代又一代，并将继续感动和震撼下去。

20世纪80年代的一天，我脑子里迸出一个想法——用摄影的形式来展现沈从文先生笔底的湘西。从那时开始，我便争取各种机会，无数次走进湘西的山山水水，感受着湘西的风土人情，与翻天覆地的时代变迁抢速度，与日新月异的居民生存方式抢时间，将一幅幅正在消逝的地理人文图景定格在底片上。

时光倏忽，二十余年过去。行囊中除了沉甸甸的胶卷，还装满了许许多多的故事。这些故事就像撷自千里长河中的一粒粒珍珠,时时温润我心。

2001年,我与珠海一女记者去了酉水河,这是沈从文先生最爱、着墨最多的河流之一。我们从保靖县城上船,沿途风景奇秀,青山如黛,绝壁如削,长水如玉,篙桨下处,水草青青,历历可数。一路上,同伴的惊诧赞叹声落满一河,连连惊起蓬刺中的水鸟,我得意极了:"没骗你吧?"傍晚,我们在迷人的隆头镇上岸,住进河边五元钱一天的旅店。待我收拾好房间,整理完相机,上厕所的同伴却仍未出来。糟糕!该不是掉厕所里了吧?这里的"厕所"是搭块跳板伸到水中间的,城里人哪能习惯?我冲过去把门一推,却见她痴痴地贴在"水上茅厕"窗前,早已忘了身在何处,被这河岸风景惊呆了。原来,这里是酉水与一条小支流汇合之地,三面青山夹着两线河水,晚霞中的山水、村落、渡船、炊烟,构成了一幅难以言说的绝美画图,不发呆倒怪了!摄人魂魄的美是让凡人发不出声音来的,耳边恍若沈从文先生轻声在说:"早晚相对,令人想象其中必有帝子天神,驾螭乘蜺,驰骤其间……"

里耶的黄昏是那么温柔美丽。清清的酉水河顺着山势蜿蜒,这一边,满河的汉子们在洗澡游泳;转过水湾,则是姑娘媳妇们沐浴的天地。褐色的大石头上,这里那里摊满了各色衣裳,夕阳将一具具古铜色的身体镀上金光,水波撩起处串串碎银撒落……满河灿烂。多么生动,多么醉人,这不正是沈从文先生笔下的场景吗?谁能相信这与他当年所经历的已相隔八十余年了呢?

仍是那位女记者:"我想靠近去拍,他们会打人不?""湘西人是不会那么做的,你倒是别吓着他们了。"我回答。她像是领到特别通行证般,兴奋地边走边拍起来,一时竟收不住脚步,忘情的快门声惊动了水里赤条条的汉子。有女人闯入"禁区"!还举着相机!这或许是他们从不曾遇到过的事。岸上的赶紧跃入水里,水中的急忙蹲下身子。她仍在步步逼近。见无处藏身,汉子们笑着嚷着只得往大礁石那边躲。史大的动静飞起来了,想想看,一群赤裸的汉子突然闯入岩石后面女人们的天地,那喧哗与骚动真是非凡……一个小女子竟搅乱了一条河,真"伟大"得让你没法去责怪。

在这片乡土上,恍若隔世的感觉你常常会有,一不经心就会掉进沈从文先生描绘的岁月中去。

2002年,我和我先生又来到酉水,在河边却再也找不到上行的船。一位在小船上补渔网的老艄公张着缺牙的嘴笑着说:"没船了,哪个还坐船?中巴车每个弯角都到,一两个小时几块钱,你想哪个还会去坐一天的船?耽误工夫。"

面对汤汤流水,我不由得回想起1997年的那次旅程。时值秋日水枯,船只上滩仍需背纤。到滩头时,老人小孩逐一下船上岸,沿着河滩小路走去,弯弯的队伍拉得长长。年轻人则不声不响背起纤绳,该蹚水时就蹚水,该爬岩时就伏在石头上爬去,协力齐心将船拉上滩。没人要求,没人指挥,甚至连大声说话的人都没有,那么自然,那么默契,过滩后将老人小孩接上船,又行至下一个滩口,周而复始。我先生也背起纤绳,默默走进拉纤的行列;我则前前后后追赶着拍摄。那一份感动,至今回想起来都温暖得很。我知道,那份美丽永远不会回来了。

"你们是来耍的吧?想坐船就租一条去呀!"老艄公为我们出了个主意。好办法!谁知道这条古老的河上会不会有再也见不到船的那一天呢?我与先生赶紧租船而上,留住这最后的"孤帆远影"。

2003年,碗米坡水电站快要蓄水了,我和朋友们想看看最后的风景,仍是租条船顺流而下,没想到这么快,沿途景致已荡然无存,梦绕魂牵的吊脚楼只剩几根木桩,白墙黛瓦的村居空留断垣残壁,嵌入水中的巨石被炸成碎块,碧玉般的河水成了黄汤……我不敢取出相机,痴痴地站在桥头,不用眼泪哭!再见了,里耶。再见了，隆头。再见了，拔茅……

真要用一条河的美丽去换取那"电"吗？还有没有别的办法？我不懂。几年前，听黄永玉先生讲过一个故事：在森林里伐木，锯一棵大松树时，不单这棵松树会发抖，周围的松树都在发抖——没人注意而已……我相信，万物有灵啊！将一条条河流腰斩、改道、拦截，河流们又会怎样呢？大概不会一路欢歌吧？

人非山川草木，孰知山川草木无情？

我尽力而为的是，也只能是，将不可复制、不能再生的原貌，呈现在今人以及后人面前，让人们去感受、思考、掂量、判断，以此为沈从文先生的文字作证。

长长的码头，湿湿的河街，湍急的青浪滩，美丽的酉水河，满江浮动的橹歌和白帆，两岸去水三十丈的吊脚楼，无数的水手柏子和水手柏子的情妇们，都永远逝去了。这一切，不会再来。但湘西的很多地方，天还是蓝，水仍是绿，在一些乡僻边城，寻寻觅觅，你或许会见到一座长满荒草的碾坊、一架不再转动的水车、一泓清澈见底的溪水。倾斜了的吊脚楼依然风情万种，废弃了的油榨房仍充满庄严……

泪眼迷蒙中，我仿佛看见沈从文先生笔底的人物正一个个向我走来。感谢为此辛勤付出的"群众演员"们。这一刻，没有惊喜，没有叹息，只有一种声音在心底：让天证明地久，让地证明天长！

卓雅

2009 年 8 月 18 日